Sur l'auteur

David Whitehouse est né en 1981. Quand il ne prête pas sa plume au *Guardian*, au *Sunday Times*, à *Esquire*, *Time Out* et à *The Observer Magazine*, il réalise des courts métrages. Après *Couché*, *L'Échappée belle du bibliobus* est son deuxième roman.

Du même auteur
aux Éditions 10/18

COUCHÉ, n° 4947
L'ÉCHAPPÉE BELLE DU BIBLIOBUS, n° 5617

DAVID WHITEHOUSE

L'ÉCHAPPÉE BELLE DU BIBLIOBUS

Traduit de l'anglais
par Karine Reignier-Guerre

10
18

PRESSES DE LA CITÉ

Titre original :
The Mobile Library
First published 2015 by Picador,
an imprint of Pan Macmillan,
a division of Macmillan Publishers Limited

ISBN 978-2-264-07109-5
Dépôt légal : juin 2021

À Lou

1

FIN

Un baiser qui colle, pas comme ceux de sa mère. Bobby ne se souciait jamais de leur différence d'âge, sauf quand la saveur de son rouge à lèvres imprégnait les siennes.

— On va avoir des ennuis ? demanda-t-il.

— Non, répondit Val. Plus maintenant.

Devant eux, les blanches falaises du sud de l'Angleterre cédaient la place aux bleus mêlés du ciel et de la mer. Perchés dans la cabine du bibliobus, ils ne voyaient plus que l'infinie courbure de l'océan, comme s'ils s'apprêtaient à fendre les flots sur un îlot de terre, en route vers un coin reculé de la planète. Cernés par la police, ils s'étaient arrêtés au bord du vide. Derrière eux, un croissant de véhicules, toutes sirènes hurlantes. Crépitement des flashs, vrombissement des hélicoptères. Quand les alarmes se turent, il se tourna vers elle. À la pâle lueur du tableau de bord, il la trouva d'une beauté exquise.

Rosa était couchée sur les genoux de Val, la tête posée dans une petite flaque de soleil. Bobby sentit son estomac gargouiller.

— Tu as faim ? demanda Val.

Bobby réfléchit. Ce n'était pas un gargouillis – plutôt un ronronnement. La manifestation d'une partie de lui-même qui exprimait son contentement. Rien à voir avec une remontée d'acide gastrique ou tout autre phénomène corporel du même genre.

— Non, assura-t-il, et il l'embrassa de nouveau.

Épuisé par la traque, mais revigoré par sa conclusion imminente, l'inspecteur Jimmy Samas se tenait près de sa voiture. Il était conscient que ses collaborateurs guettaient un signe de sa part, mais il se trouvait dans l'incapacité de leur ordonner quoi que ce soit. L'affaire avait été très médiatisée. Il avait été chargé de l'enquête. Les membres de son équipe s'attendaient tout naturellement à ce qu'il sache quelles mesures adopter. Ils se trompaient.

Il lui arrivait parfois de se sentir trop jeune pour exercer ce métier, bien que sa jeunesse soit précisément la raison pour laquelle il le faisait si bien. Sa peau lisse et son naturel juvénile lui attiraient la sympathie d'autrui – l'un des meilleurs atouts dont puisse disposer un négociateur. À sa vue, les gens éprouvaient de la compassion pour ce gamin déguisé en flic, et c'était pendant ce bref instant de distraction que l'inspecteur Samas parvenait généralement à libérer un otage ou à convaincre un suicidaire de s'écarter du rebord d'un toit.

Il avait du mal à se concentrer. La fatigue s'insinuait en lui avec une persistance visqueuse. Il s'efforça de dresser la liste de ses priorités. Réévaluer constamment l'objectif à atteindre, voilà ce qu'il avait appris au cours de sa formation. Il fit de son mieux pour s'en souvenir, malgré les tiraillements qui agitaient ses paupières. Son souci premier était d'assurer la sécurité des deux enfants, Bobby Nusku et Rosa Reed, âgés respectivement de douze et treize ans. Mais son esprit s'échauffait, assailli par une centaine d'autres problèmes. La femme, pour commencer. Valerie Reed, la mère de Rosa. Elle pouvait à tout moment précipiter le bus dans la mer. À quoi songeait-elle à cet instant précis ? Difficile à dire. Quiconque se soustrait à la loi – volontairement ou non ? Dans son cas, cela restait à définir – s'expose à un stress permanent. Et ce stress se trouvait certainement amplifié chez Valerie, l'auteur du kidnapping : mère célibataire sans antécédent judiciaire, elle devait éprouver une anxiété plus grande encore que la plupart des criminels. Le moindre geste inconsidéré de l'inspecteur Samas pouvait déclencher une catastrophe. Il observa une équipe de reporters qui installait son matériel derrière les barrages de la police. Il tira sur son col de chemise, moite de sueur. Une catastrophe transmise en direct à la télévision, qui plus est.

Outre Mme Reed, l'inspecteur Samas se trouvait confronté à la présence non moins significative d'un homme dont il avait toute raison de croire qu'il se dissimulait à l'arrière du camion, un homme dont la traque le privait de sommeil depuis des mois. Il porta le mégaphone à sa bouche sans l'allumer. Au lieu d'énoncer des ordres, il savoura un calme qui n'existe qu'en bord de mer. Cris moqueurs des mouettes rasant les flots, clapotis des vagues sur les rochers. Il prit une profonde inspiration en s'efforçant de s'imprégner de la sérénité ambiante.

La bibliothèque occupait l'arrière d'un semi-remorque, le genre de véhicule qui vous fait grincer des dents quand il vous double en vrombissant sur l'autoroute. Un vrai cauchemar pour les mâchoires. D'abord peint en vert pomme, le bibliobus était si long que Val avait du mal à en distinguer l'arrière quand elle était au volant : tout juste apercevait-elle la frange rouillée de sa livrée dans le rétroviseur latéral. Vu de loin sur une route de campagne, hâtivement repeint en blanc, il ressemblait à un mirage flottant dans la brise. Mais l'émulsion dont ils l'avaient couvert commençait à s'écailler et on voyait revenir ses couleurs d'origine, ainsi que l'appellation « Bibliobus », comme un lointain souvenir.

Son poids était inscrit sur son flanc : vingt tonnes. Plusieurs mois auparavant, alors qu'ils étaient assis sur les marches du bibliobus, les yeux rivés sur le panache d'un avion qui zébrait de blanc un coucher de soleil estival, Val avait décrété que vingt tonnes représentaient le poids d'une baleine, « si on réussissait à l'attraper et à la poser sur une balance ». Rosa s'était esclaffée, ravie. Ils avaient lu *Moby Dick* ensemble. Maintenant qu'ils se trouvaient tous trois face à la mer, il lui semblait que l'histoire devenait (un peu, mais très joliment) réalité. Le cœur du capitaine Achab, qui avait tant fixé l'océan dans l'espoir d'apercevoir un jet d'écume ou la bosse argentée du cachalot dans le remous des vagues (« C'est toi, toi seul, qui le cherches dans ta folie ! » écrivait Melville), battait à présent dans la poitrine de Rosa au rythme effréné de son imagination, l'emplissant d'une joie telle qu'il menaçait d'éclater. Combien de temps, se demanda Val, faudrait-il au bibliobus pour sombrer si une baleine le fracassait et l'entraînait vers le fond ? Elle n'aurait sans doute guère à attendre pour le savoir.

— Je t'aime, déclara Bobby.

Val tressaillit. Énoncés dans cet ordre particulier, presque douloureux, ces mots simples lui donnaient l'impression qu'elle les entendait pour la première fois.

Le soleil se levait, chassant rapidement l'air froid de la cabine. Le tee-shirt de Bobby lui collait à la peau, formant un film translucide sur les petits sourires pâles de ses cicatrices. Bert haleta, et sa truffe brillante se couvrit de sueur.

L'inspecteur Samas ne s'expliquait pas la présence du chien. Jamais mentionné dans le dossier. Il avait fallu attendre que l'hélicoptère de la police aperçoive l'animal en survolant le bibliobus quelques instants plus tôt (information aussitôt relayée à Jimmy par radio) pour que celui-ci découvre son existence. Un chien ! Comment avaient-ils pu négliger une donnée aussi cruciale ? Le dossier était vite devenu tentaculaire, certes. Et même les enquêteurs les plus affûtés ne pouvaient prétendre maîtriser une telle masse d'éléments. Pourtant, c'était précisément ce genre d'omission qu'il s'était juré d'éviter. Car les animaux sont bien plus imprévisibles que les ravisseurs ou les fugitifs. De manière générale, Jimmy préférait traiter avec les individus les moins poilus possible. Il imagina le chien accroché à ses testicules tandis qu'il tentait de négocier calmement la libération des enfants. La perspective de la mission à accomplir avait déjà provoqué chez lui les premiers élancements d'une migraine désastreuse. Il éteignit son portable avec un pincement de culpabilité. Sa compagne risquait de l'appeler pour lui annoncer son accouchement imminent. Tant pis. Le moment serait trop mal choisi. Il avait du pain sur la planche.

Pendant un petit moment, rien ne se produisit. Le bibliobus demeura étrangement immobile, encerclé par les voitures de police au bord de la falaise. Le laps de temps inconfortable qui sépare le présent du futur semblait s'étirer à l'infini. Val n'avait jamais vraiment envisagé l'avenir. Il lui évoquait les images tridimensionnelles de *L'Œil magique*, dont les formes lui échappaient chaque fois qu'elle semblait sur le point de les percevoir. Désormais, c'était différent. Elle le voyait clairement – un avenir radieux et plein d'amour. Elle rêvait de l'atteindre, mais jamais il ne lui avait paru si inaccessible. À moins que ce ne soit elle qui soit en train de disparaître ?

— Nous avons vécu une belle aventure, dit-elle, comme si cette dernière était sur le point de s'achever. Nous nous l'étions promis, pas vrai ?

Un voile tiède embruma les yeux de Bobby.

— Comme dans les livres, dit-il.

Il leva la tête. Le reflet de l'inspecteur venait d'apparaître dans le rétroviseur : il s'avançait vers le bibliobus. Bobby l'avait vu aux informations télévisées. Le chaume roux de sa moustache formait un petit store cuivré, bien tendu au-dessus de ses lèvres. Sa chemise était froissée, comme si ses vêtements avaient dormi sans lui.

En dressant mentalement la liste des renseignements qu'il détenait sur Valerie Reed, l'inspecteur Samas découvrit qu'il en savait plus sur elle que sur sa propre compagne. Loin de l'attrister, cette révélation raviva sa confiance en berne. Après tout, peut-être était-il *réel-*

lement la personne la mieux qualifiée pour traiter ce dossier ? Au fil des mois précédents, l'affaire semblant s'enliser, des voix s'étaient élevées pour suggérer de la confier à un inspecteur plus expérimenté. Balivernes, jugea-t-il, soudain rasséréné.

Lorsqu'il fut à quatre mètres du bibliobus, Val se pencha par la fenêtre et pulvérisa sa belle assurance en moins de temps qu'il n'en faut à une balle pour traverser un tonneau.

— Stop ! cria-t-elle. Restez où vous êtes.

Il obtempéra, sa main en visière sur son front. Une cigarette se consumait entre ses doigts jaunis. Les cendres tournoyaient dans l'air matinal.

— Qu'est-ce qu'il veut ? demanda Bobby.

— Me parler, répondit Val.

— Dis-lui de partir.

— Il souhaite juste vérifier que tout va bien.

— Bien sûr que tout va bien.

Il grimpa sur les genoux de Val et se pencha vers la vitre qu'elle avait entrouverte.

— Bien sûr que tout va bien ! cria-t-il.

— Tout va bien ! Tout va bien ! répéta Rosa, et ils éclatèrent de rire.

L'inspecteur Samas recula de quelques pas. Si le vent n'avait pas brusquement forci (assez pour éteindre sa cigarette, en tout cas), il aurait entendu le soupir de soulagement de ses collaborateurs épuisés. Sortis des voitures, ils pointaient leurs armes vers l'arrière du bibliobus. Selon toute probabilité, c'est de là, estimaient-ils, que viendrait le danger. La nuit avait été longue et frustrante pour eux tous. Les ombres qu'ils poursuivaient refusaient de se laisser mettre en boîte.

Val enlaça les enfants – un bras sur les épaules de Rosa, l'autre sur les hanches de Bobby – et les serra l'un contre l'autre avant d'enfouir son visage entre eux, de sorte qu'ils sentirent tous deux les larmes qui mouillaient ses joues. Bobby déposa un baiser léger sur le front de Rosa. La gorge de Val se contracta si fort qu'ils l'entendirent déglutir.

— Veux-tu que je lui ordonne de partir ? demanda Bobby.

Elle secoua la tête.

— Je peux le faire, insista-t-il. Je suis là pour te protéger.

— Je sais. C'est toi l'homme, ici.

Elle resserra son étreinte, tirant de leurs corps une série de craquements déconcertés – c'était peut-être la dernière fois.

— Raconte-moi une histoire, dit-il.

— Je ne peux pas. Tous les livres sont au fond du bus, répondit-elle.

— Alors, inventes-en une. Une histoire qui finit bien.

— Je te l'ai déjà dit : rien ne finit jamais vraiment, même les histoires.

— Alors, commence par le début et arrête-toi avant la fin. Si on décide nous-mêmes du moment où l'histoire s'arrête, elle finira forcément bien, non ?

Val lança de nouveau un regard vers le rétroviseur.

L'inspecteur Samas tendit la jambe et la ramena lentement vers lui, effleurant l'herbe de sa semelle. Et maintenant, que devait-il faire ? Aller toquer à la vitre ou attendre que Valerie ouvre la portière ? Inutile de faire le costaud, estima-t-il. Dans ce cas précis, porter l'insigne ne suffirait pas à asseoir son autorité. Valerie avait l'avantage, et elle le savait. Il décida de patienter, en espérant que les occupants du bus ne le feraient pas trop lanterner. Ses collègues le soupçonnaient déjà de ne pas savoir que faire. Pour tout dire, il se sentait terriblement dépassé – un sentiment désormais familier, auquel sa paternité imminente n'était sans doute pas étrangère.

Loin de s'indigner (comme le faisaient souvent les criminels ou leurs victimes) à la vue du blanc-bec que la police avait chargé des négociations, Val observa l'inspecteur Samas avec attention, assez longtemps pour percevoir ce qui les liait : la peur. Ils la partageaient avec mélancolie, comme on se partage une ultime ration alimentaire avant la disette.

Loin derrière lui, de l'autre côté des voitures de police, sur la colline qui s'étirait vers l'Angleterre, elle aperçut la fourgonnette bariolée d'un marchand de glaces, garée si près des autres qu'elle l'avait d'abord prise pour une drôle d'ambulance, peinturlurée de couleurs criardes.

— Qui veut une glace ? demanda-t-elle.

Bobby et Rosa levèrent tous deux la main avec enthousiasme, tirant Bert du sommeil dans lequel il venait de replonger avec délice.

Val sortit un billet de son sac (le fermoir doré prit une teinte verdâtre au soleil) et le confia à Bobby.

Froissé dans son poing, le billet s'ouvrit comme une fleur lorsqu'elle desserra les doigts.

— Tiens, dit-elle. Allez acheter des glaces. Et emmenez Bert avec vous.

Bobby se recroquevilla contre le dossier du siège. Après des mois de vie commune, il n'avait visiblement aucune envie de se séparer d'elle.

— Qu'est-ce que tu attends ? insista-t-elle.

— Tu ne viens pas ? répliqua-t-il.

— Je préfère rester ici pour garder le bibliobus.

— On va se faire arrêter, déclara Rosa.

— Non. La police n'arrête que les méchants. N'est-ce pas, Bobby ?

Val lui tendait une perche. Il hocha la tête, signe qu'il avait compris : elle avait élaboré une nouvelle stratégie. Il ignorait de quoi il retournait, mais il lui faisait confiance. Rosa l'imita avec ce léger retard, si attendrissant, qu'elle s'était entraînée à parfaire.

Il enfila ses chaussons de gym, attacha la laisse au collier du chien, puis glissa la poignée dans sa gueule. Pas question de le tenir en laisse : les années l'avaient rendu nonchalant, plus encore que ses congénères du même âge, et il s'estimait désormais capable de se promener seul.

— Ne vous arrêtez pas en chemin, dit Val. Marchez jusqu'à la camionnette du marchand de glaces, même si les policiers essaient de vous en empêcher. Et rapportez-moi un gros cornet, avec plein de vermicelles au chocolat sur le dessus.

L'inspecteur Samas resserra son épais nœud de cravate. Certains aspects de la situation pesaient sur sa conscience. Lorsqu'il aurait récupéré le gamin, à quelle vie le rendrait-il ? Il avait rencontré le père de Bobby Nusku. Au lieu du vide que laisse un enfant disparu, Jimmy n'avait perçu chez lui qu'une indifférence à peine voilée. Et cette indifférence le hantait. Ne s'apprêtait-il pas à condamner l'enfant qu'il croyait aider ? Rien, dans ses années de formation, ne l'avait préparé à un tel dilemme. Cette histoire finirait mal, il en était persuadé.

Val serra Rosa dans ses bras. L'espace d'un instant, elles ne firent qu'une, chaque partie de leur corps trouvant son double dans l'autre. Puis elle attira le visage de Bobby vers le sien pour l'embrasser une dernière fois. Quand sa bouche se posa sur sa peau, elle ferma les yeux en priant pour que tout se passe bien.

— Je t'aime, murmura-t-elle.

Il eut le sentiment, lui aussi, de n'avoir jamais entendu ces trois mots dans cet ordre-là, réunis par ce petit fil magique.

Il ouvrit la portière et sauta à terre. L'air froid s'enroula autour de ses chevilles. Rosa le rejoignit, suivie de Bert, qui bondit dans l'herbe imbibée de rosée, à quelques centimètres du gouffre béant devant eux.

L'inspecteur n'en croyait pas ses yeux : les enfants qu'il cherchait depuis l'automne précédent marchaient vers lui bras dessus, bras dessous. Un chien les suivait docilement, la poignée de sa laisse glissée dans sa gueule.

— Bonjour, dit la fillette. Je m'appelle Rosa Reed. Et vous ?

— Jimmy Samas, répondit-il en inclinant la tête sur le côté.

Rosa s'immobilisa pour inscrire son nom dans un petit carnet.

Jimmy avait connu de nombreux moments surréalistes au cours de sa carrière, mais celui-ci les surpassait tous. L'absurde gagnait du terrain ; la réalité vacillait, comme dans un rêve.

Bobby, Rosa et Bert se remirent en route. Ils longèrent les voitures de police, les hommes et les femmes sanglés dans de beaux uniformes bleus ornés d'insignes argentés et de ceintures si noires qu'elles reflétaient la lumière du soleil, puis les équipes de journalistes avides d'informations, et les ambulances prêtes à charger les blessés. Ils avançaient d'un bon pas et ne s'arrêtèrent qu'à l'autre extrémité de la falaise, devant la camionnette du marchand de glaces.

L'inspecteur Jimmy Samas s'approcha du bibliobus.

Bobby ne se retourna pas avant que la chaleur des flammes ne fasse fondre la glace sur ses doigts tremblants. La fumée noircissait le ciel.

2

LE ROBOT
(PREMIÈRE PARTIE)

Agrémenté de sourcils courbés sans faillir à un angle de trente-huit degrés, le fond de teint de la compagne du père de Bobby formait une base mate, couleur ocre brûlé, sur laquelle elle peignait une seule et même émotion : la défiance. Si la virgule de peau restée vierge de maquillage à l'intérieur de l'oreille trahissait sa carnation naturelle (blanc d'œuf), sa voix de fausset, un Klaxon morne et fonctionnel, se mariait idéalement à son nouveau coloris de prédilection. Impossible de deviner son âge : les rares personnes qui s'y risquaient se heurtaient aux mêmes difficultés que ceux qui tentaient de deviner celui d'un reptile, habilement dissimulé sous son masque d'écailles. En fait, Cindy était âgée d'une bonne vingtaine d'années, mais on lui donnait aisément quelques décennies de plus, surtout si l'éclairage était peu flatteur. Elle avait tout de même l'air plus jeune le samedi soir.

Bien qu'elle se prétendît « coiffeuse à domicile », ses clientes venaient chez elle – c'est-à-dire au domicile du père de Bobby, où elle avait emménagé à peine trois mois après le départ de son épouse. Dénuée de formation théorique, Cindy se débrouillait pour reproduire les coupes des stars qui hantaient les pages des magazines de mode. Une fois par semaine, elle se décolorait les cheveux au-dessus de l'évier de la cuisine. Les dégâts qui en résultaient semblaient irréversibles. Bien qu'inamovible, cette crinière informe ne suffisait pas à repousser les clientes potentielles, donnant ainsi raison au vieil adage selon lequel toute publicité est bonne à prendre.

Outre la coiffure, les ragots constituaient son principal centre d'intérêt. Assis dans l'escalier, Bobby l'écoutait bavarder avec ses clientes. Ponctuées par d'incessants claquements de ciseaux, les rumeurs les plus folles circulaient dans la pièce. Il les accueillait avec indifférence. La seule chose qui l'intéressait, c'était les cheveux, les chutes de cheveux qui tombaient sans bruit sur le tapis de sa mère. Les mèches brunes, noires ou blond platine se glissaient entre les brins de laine, unissant des existences qui n'auraient jamais dû se frôler. Ensuite, lorsqu'il était seul, il ramassait les cheveux un à un, les triait et les mettait dans deux bocaux différents – le premier pour ceux de sa mère, le second pour tous les autres. Il reconnaissait sans difficulté ceux de sa mère, plus doux et plus lisses. Lorsqu'il les tendait vers la lumière, ils prenaient la couleur du halo qui éclaire les anges. Ce travail de collecte durait des heures et lui faisait mal au bout des doigts, mais il permettait à Bobby de mettre quotidiennement à jour ses dossiers secrets, après le départ de la dernière cliente de Cindy, quand celle-ci se rendait à l'épicerie pour acheter une bouteille de vin (elle prétendait être immunisée contre le mal de tête qui en résultait).

Il cachait les bocaux sous son lit. Il était devenu l'archiviste de sa mère.

Les mesures de distance et de quantité faisaient aussi partie intégrante de ses archives. Il les notait méticuleusement dans un carnet, en s'appliquant à écrire aussi petit que possible afin que son père ne puisse en comprendre le sens si, par malheur, il trouvait le calepin glissé sous le tapis de sa chambre. Si Bobby tendait les bras devant lui et marchait en crabe, il traversait la maison en cinq grands pas ; l'escalier comptait onze marches ; il y avait trente-huit carreaux au sol de la cuisine, quarante-trois tortillons dans le plâtre qui recouvrait le plafond de sa chambre, et neuf petits pas de la cuvette des toilettes à la baignoire ; il avait dénombré cinquante-sept véhicules différents – avions, voitures de police et hélicoptères – sur la partie visible du papier peint de sa chambre, et estimé à vingt le nombre de véhicules supplémentaires dissimulés sur le mur du fond, derrière les gros cartons qui contenaient les affaires de Cindy.

Il s'entraînait parfois à se déplacer dans la maison après avoir éteint toutes les lumières. Tant qu'il était invisible, nul ne pouvait le punir. Cette certitude lui faisait apprécier l'obscurité. Il s'y sentait pleinement lui-même. À mesure que sa vision nocturne s'améliorait, il avait appris à trouver son chemin sans toucher les meubles, même par une nuit sans lune. Il s'estimait désormais prêt à affronter un cambrioleur : il attendrait que l'homme bute contre le fauteuil de coiffeur qui trônait au milieu du salon, puis il lui enfoncerait les ciseaux dans la gorge. Une fois séché et mêlé aux fibres du tapis, le sang du malfaiteur rendrait son travail de collecte plus difficile. Mais il continuerait à chercher les cheveux de sa mère. Coûte que coûte. N'était-ce pas la meilleure preuve de son engagement total envers ses archives ?

D'après l'étiquette, le tapis mesurait un mètre cinquante sur quatre-vingt-dix centimètres. Rouge dans un coin, il tirait sur le jaune dans le coin opposé – un vrai petit déjeuner à l'anglaise. Par comparaison, tous les autres tapis semblaient ternes. Pas étonnant qu'il ait plu à maman, songeait Bobby en le regardant.

Les maisons sont des corps ; leurs cicatrices dessinent une cartographie du souvenir. Bobby ébauchait des croquis de chaque pièce à l'aide du crayon noir dont sa mère s'était servie pour faire son portrait ; puis il rangeait les croquis dans ses archives, au sein d'une section spéciale consacrée à l'art. Il savait que ce serait la section qu'elle apprécierait le plus.

La traînée qui noircissait le mur au-dessus de la cuisinière témoignait du soir où elle avait mis le feu à une poêle pleine d'huile pour échapper à son mari qui s'était glissé derrière elle, pris de boisson et d'un désir brutal. La tache mesurait deux mains et demie de large. Elle avait ensuite couru dans l'escalier, où elle avait trébuché et s'était foulé la cheville. Le plâtre du mur témoignait de l'accident – un trou de dix-sept centimètres qui continuait à s'effriter ; la tête de lit gardait également la trace de ses doigts, qu'elle enfonçait dans le revêtement capitonné ; son chevalet était encore là, lui aussi – ou plutôt, ce qu'il en restait après que Bruce l'avait réduit en morceaux.

Bobby prenait plaisir à imaginer la fierté qui illuminerait le visage de sa mère quand elle découvrirait ses archives. Ils pourraient se servir de ses notes et de ses croquis pour recréer leur maison à l'identique. Sauf qu'elle se dresserait au sommet d'une montagne, cette fois. À l'intérieur, tout serait exactement pareil : rideaux vert amande et plinthes couleur chocolat dans le salon ; carreaux beiges au sol de la cuisine, si clairs qu'ils trahiraient la moindre éclaboussure de nourriture ; il y aurait aussi le même écart entre le placard et le réfrigérateur : un vide de sept centimètres soixante de large où Bobby retrouvait toujours des objets qu'il croyait perdus. Dehors, en revanche, tout serait différent. En ouvrant la porte de derrière, ils verraient des nuages sur la pelouse. Des aigles viendraient nicher dans les gouttières, et ils se laveraient avec l'eau cristalline que Bobby obtiendrait en faisant fondre la neige des sommets. Le monde serait leur jardin, comme elle le lui avait promis.

Les journées semblaient plus longues depuis son départ. Bobby tentait en vain d'accélérer la course des heures alanguies sur le cadran de sa montre. Hormis sa mère (quand elle rentrerait), une seule personne au monde connaissait l'existence de ses dossiers. Cette personne s'appelait Sunny Clay. C'était le meilleur ami de Bobby. Son seul ami, en fait. Sunny était aussi son garde du corps. Raison pour laquelle il se cachait sous un masque sans cesse renouvelé de bleus et d'égratignures, dont les teintes orangées rendaient un violent hommage à la barrière de corail.

Bobby se rendit chez Sunny dès le premier samedi des grandes vacances. Plein de promesses, l'air matinal semblait scintiller, évocateur des innombrables journées à venir, si libres que Sunny et lui auraient tout loisir d'y inscrire leurs projets les plus fous. En frappant à la porte, il fut saisi d'une telle exaltation qu'un filet de sueur dégoulina le long de sa nuque. Sunny ouvrit, une lueur familière au fond des yeux.

— Bonjour, Bobby.

— Bonjour, Sunny.

— On est quel jour, d'après toi ?
— Samedi. Est-ce la réponse que tu attendais ?
— Pas vraiment, lâcha Sunny.

Bobby soupira. Il glissa les pouces dans les passants de sa ceinture et remonta son jean sur ses hanches.

— Alors, tu ferais mieux de répondre toi-même, dit-il.

— Le jour J est arrivé. On va lancer la phase trois.

Bobby se raidit. Il redoutait la phase trois. Les phases un et deux s'étaient déjà révélées plus pénibles qu'il ne l'avait imaginé. Des os avaient été brisés. Du sang avait été versé. Ce n'était pas très plaisant. Mais les deux amis avaient élaboré un plan : il n'était pas question de reculer. Une fois le plan accompli, plus personne n'oserait s'en prendre à Bobby Nusku – ni son père ni ses camarades de classe. Jamais plus. Sunny projetait de se transformer en cyborg pendant les grandes vacances. À la fin de l'été, il serait en mesure de protéger Bobby avec la puissance et la vélocité supplémentaires que son nouvel état, mi-homme, mi-robot, lui aurait fait gagner.

C'était une idée de Sunny. Bien qu'il l'ait formulée très peu de temps après leur rencontre, il s'agissait, selon lui, d'un projet déjà ancien. Ce jour-là, il s'était approché de Bobby dans la cour de récréation du collège et lui avait demandé s'il savait comment creuser un tunnel.

— Un tunnel ?
— Oui, un tunnel.
— Pas vraiment.
— Dans ce cas, tu apprendras sur le tas.

Bobby se méfia, jugeant ses motivations suspectes. Il s'apprêtait à s'enfuir quand Sunny brandit sa paume sous son nez. Lorsque Bobby se risqua à rouvrir les yeux, il fut surpris de se trouver indemne. Son interlocuteur ne l'avait pas frappé. Ils se serrèrent la main. Bobby fut impressionné par sa poigne, ferme et puissante.

Sunny avait passé la semaine à observer Bobby. Il l'avait vu arpenter seul, l'air maussade, le périmètre de la cour de récréation ; il l'avait vu essayer d'éviter trois élèves plus âgés qui lui couraient après sur le terrain de football ; il avait vu l'un d'eux pousser Bobby dans la boue, non pas une, mais deux fois de suite ; puis il l'avait discrètement suivi jusqu'aux toilettes où Bobby s'était efforcé de rincer sa chemise dans le lavabo, dont elle était ressortie plus sale encore.

Sunny savait reconnaître la solitude. Il la percevait sur autrui, à la manière dont un groupe tourbillonne en jacassant autour du silence qui vous enveloppe ; à la douleur irrépressible qui vous saisit quand un rire se glisse dans votre oreille ; au canyon qui semble vous séparer de celui dont vous pouvez toucher le bras. Lui aussi avait eu ce sentiment, celui d'être radioactif jusqu'au creux des os.

Il était costaud pour ses douze ans ; Bobby, lui, était malingre, bougon, et blanc comme un cachet d'aspirine. Il semblait avoir besoin d'un ami, quel qu'il soit. Leur rapprochement ne pouvait que servir leurs intérêts respectifs.

— Viens avec moi, suggéra Sunny.

Bobby le suivit fièrement vers le département d'arts plastiques, en s'efforçant de marcher au même rythme que lui.

— Pourquoi veux-tu creuser un tunnel ? demanda-t-il lorsqu'ils s'arrêtèrent devant un mur de brique à demi dissimulé derrière un buisson d'épines.

— Pour sortir d'ici. Tu veux te tirer, non ?

Fidèle à l'éducation que sa mère lui avait donnée, Bobby songea aussitôt aux risques d'une telle entreprise. Gêné, il posa les mains sur ses hanches et tenta de se tenir droit, les épaules rejetées en arrière.

— Évidemment, répondit-il.

— Et tu as vu des films de prison ?

Quand le père de Sunny les avait quittés, sa mère et lui, il leur avait laissé son impressionnante collection de films en VHS. Sunny avait parfait sa propre éducation en les visionnant avec voracité jusque tard dans la nuit.

— Eh bien… commença Bobby, déconcerté.

De quoi parlait-il, au juste ?

— Dans ce cas, poursuivit Sunny, tu sais comme moi que les tunnels constituent la seule manière de sortir.

Sunny s'adossa au mur de brique, qu'il frotta du plat de la main. Le ciment se mua en poussière sous ses doigts.

— Sauf que c'est le mur du département d'arts plastiques, rétorqua Bobby. Si tu creuses un tunnel là-dedans, tu rentreras au lieu de sortir.

— Ce n'était pas un bon exemple, admit Sunny.

Il s'allongea sur le ventre et glissa la main sous l'épineux. Il en tira un petit carton qui contenait deux pots de peinture noire – volés, certainement. Bobby baissa les yeux vers le sol avec le sentiment de le voir s'éloigner. « Voilà ce que je verrai de ma potence », estima-t-il. Malgré tout, il ne voulait pas abandonner Sunny. Il voulait rester avec lui. Grimper sur ses épaules et lever les deux poings en l'air.

Sunny prit un pinceau et dessina l'entrée voûtée d'un tunnel sur le mur, comme il avait vu le coyote le faire dans des dizaines d'épisodes de la série de dessins animés *Bip Bip et Coyote*. Ceux-là, Bobby les avait vus, lui aussi, mais il n'eut pas le courage de demander à Sunny s'ils constituaient bien sa source d'inspiration. Il pouvait se tromper, de toute façon. Son nouvel ami n'était peut-être pas aussi fou qu'il en avait l'air. Sunny fourra un pinceau dans sa main et lui ordonna de peindre l'intérieur de la voûte en noir.

— Ça ne marchera pas, dit Bobby en badigeonnant les briques. Tu le sais, n'est-ce pas ?

— Pas du tout. Je t'assure que ce tunnel me permettra de quitter l'école avant la fin de la journée.

Bobby admira la foi qui l'animait. Même s'il se fourvoyait avec cette histoire de tunnel, sa ferveur se révélait contagieuse.

C'était précisément ce que Sunny cherchait à obtenir. Il savait qu'un coup de peinture ne suffirait pas à creuser un tunnel mais, depuis le début de la récréation, le garçon chétif et timide qu'il avait observé de loin, tandis qu'il récupérait un à un ses cahiers au fond du terrain de football, ce garçon-là n'avait pas une fois jeté un regard par-dessus son épaule. Il n'en avait pas eu besoin.

— Ça te dirait de venir chez moi après les cours ? demanda Sunny.

— Chez toi ?

— Oui.

— Pour quoi faire ?

— Pour dîner.

— Tes parents seront d'accord ?

— Je vis seul avec ma mère.

— Ah. D'accord. Je viendrai.

— Super, dit Sunny.

Il retroussa la manche droite de Bobby et écrivit son adresse sur son avant-bras à l'aide de son pinceau le plus fin. Il venait de terminer quand ils entendirent du bruit dans le buisson. Ils se retournèrent et virent apparaître M. Oats.

— Qu'est-ce que vous fichez encore ? éructa-t-il, les lèvres blanches de salive.

Horrifié, Sunny fit volte-face et se rua vers l'entrée du tunnel. Il percuta le mur de brique et s'affala de tout son long, les bras en croix, couvert de peinture noire. Il ne s'était pas trompé : ce jour-là, le tunnel lui permit effectivement de quitter l'école.

Ils passèrent le week-end suivant à regarder les films du père de Sunny, confortablement installés au grenier, munis d'un stock de chocolat et de pailles multicolores remplies de poudre acidulée. L'âge indiqué en rouge sur la jaquette des cassettes, bien supérieur au leur, les fit frémir d'excitation. Puis, à force d'insister, Bobby parvint à convaincre Sunny d'aller chercher les jouets rangés dans le placard de sa chambre. Ils tenaient tous dans une vieille boîte à chaussures, que Sunny ouvrit lentement, avec un mélange nauséeux de crainte et d'embarras. Mais contrairement aux autres amis que Sunny avait invités chez lui, Bobby ne fit aucun commentaire sur le caractère démodé ou délabré de certains jouets, rafistolés avec du Scotch. Entre ses mains, les soldats en plastique vert semblaient animés d'une vie propre, si bien que même Sunny cessa de remarquer qu'il leur manquait un bras ou une jambe.

Lorsque vint le moment de se séparer, aucun d'eux ne se résolut à admettre qu'ils n'en avaient aucune envie. Bobby rassembla ses affaires sans un mot. À pied, le trajet ne lui prendrait que quelques minutes.

— Je peux te protéger des grands qui t'embêtent au collège, déclara soudain Sunny.

— Comment ça ?

— Je sais comment faire pour qu'ils te fichent la paix.

— Non, tu ne sais pas.

— Si. Je pourrais t'accompagner au collège tous les matins et rentrer avec toi tous les soirs. Je viendrais te chercher et je te ramènerais après les cours.

— Non, répondit Bobby, parce qu'il préférait éviter que Sunny rencontre son père. Ce n'est vraiment pas une bonne idée.

Ils se serrèrent la main.

— Merci quand même, ajouta-t-il.

Ce soir-là, Sunny demeura sourd aux injonctions de sa mère. Au lieu d'aller se coucher, il regarda *Terminator 2 : le Jugement dernier*, dans lequel l'humanoïde doté d'un squelette métallique indestructible protège le petit John Connor en toutes circonstances. Ce film lui donna une idée, qu'il consigna aussitôt dans son calepin. Il esquissa la stratégie à suivre : le projet devrait être réalisé en trois étapes successives, sans quoi il risquait de mourir. Remplacer l'intégralité de son squelette en une seule opération serait, à tous points de vue, bien trop ambitieux.

Le lendemain matin, Sunny se posta devant l'entrée du tunnel. Comme pour toutes ses idées, il constata que l'enthousiasme que lui avait inspiré son projet d'évasion s'était asséché aussi rapidement que la peinture noire sous le soleil du week-end. « Toutes mes idées, sauf la dernière », rectifia-t-il. Celle-là, il savait qu'il la mettrait à exécution coûte que coûte – surtout s'il parvenait à recruter un acolyte.

Quand Bobby arriva dans la cour, Sunny lui fit signe de le rejoindre derrière le buisson. En le voyant approcher, il remarqua que sa chemise était de nouveau couverte de boue et qu'un mélange de morve et de larmes avait dilué la terre qui maculait ses joues. Une goutte de sang brillait sur sa narine gauche.

— Qu'est-ce que tu fais là ? demanda Bobby en s'efforçant de poser le pied bien à plat sur le sol pour empêcher sa jambe de trembler.

— J'ai un plan, et j'ai besoin de ton aide pour le réaliser, expliqua Sunny.

— Quel genre de plan ?

— Un plan destiné à te protéger.

Bobby ouvrit la bouche, prêt à affirmer qu'il n'avait pas besoin de garde du corps, mais aucun son n'en sortit. Il vacilla, puis fondit en larmes. Sunny contourna le buisson juste à temps pour le rattraper. Il pleurait si fort qu'ils en tremblaient tous les deux.

— Je vais me transformer en cyborg.

Malgré le désespoir qui l'accablait, Bobby eut du mal à réprimer un fou rire.

Bien que très audacieuse, la première étape s'était déroulée comme prévu. Sunny avait transporté deux chaises dans son jardin et posé la jambe droite dessus, le pied maintenu par deux poches de sable placées de chaque côté de la cheville ; ils avaient ensuite étalé un sac de couchage près de lui pour amortir sa chute ; enfin, Bobby avait entortillé une petite serviette éponge (si serré qu'elle avait crissé) avant de la fourrer dans la bouche de Sunny, qui avait refermé les mâchoires dessus. Alors, comme ils s'étaient entraînés à le faire, Sunny avait hoché la tête à trois reprises pour avertir Bobby qu'il était prêt. Au troisième mouvement de tête, Bobby avait sauté du toit de la remise sur la jambe de Sunny. Bilan : fracture du tibia et du péroné. Un saut vif et précis. Les oiseaux s'étaient enfuis, apeurés par l'écho.

Sunny avait prétendu s'être blessé en tombant de la remise. À l'hôpital, le chirurgien s'était extasié sur la fracture – la plus nette qu'il ait jamais vue. Sunny l'avait remercié, plongeant l'ensemble des personnes présentes dans une vive perplexité.

À l'issue de plusieurs mois de souffrance, qu'il avait endurés avec une détermination sans faille, Sunny s'était remis à marcher, désormais doté d'une plaque métallique insérée sous la longue bande de peau encore brillante qui serpentait le long de sa jambe droite (une bande de quinze centimètres qui avait presque la forme de l'Italie). Une plaque solide. Indestructible. C'était précisément ce que Bobby et lui avaient espéré. La première partie du squelette de Sunny avait été remplacée.

La phase deux n'avait pas remporté un tel succès. Sur l'avant-bras de Sunny, une cicatrice en forme de X marquait l'endroit où de petites esquilles s'étaient dispersées sous sa peau. Malgré la tige métallique ajoutée lors de l'opération, son bras restait faible et tordu. La grosse masse, deux fois plus grande que Bobby, s'était révélée trop lourde, trop difficile à manier ; et les mensonges que Sunny avait racontés pour expliquer l'accident n'avaient convaincu ni sa mère ni le personnel hospitalier. Malgré tout, Bobby et lui avaient atteint les buts fixés pour les phases un et deux. À présent, rien ne pouvait plus les détourner de leur objectif final.

Avant d'enclencher la phase trois, Sunny décréta qu'ils ne pouvaient pas travailler l'estomac vide. Bobby, que la faim tourmentait en permanence, fut heureux de l'entendre. Un gros cheese-cake au citron s'ennuyait dans le réfrigérateur. Ils en gobèrent une belle part chacun. Ensuite, Bobby passa méthodiquement sa langue sur ses dents pour traquer les résidus éventuels, acides et sucrés à la fois. Ce genre de friandises ne franchissait pas les portes de sa maison. Son père s'y opposait. Il n'autorisait même pas Bobby à mâcher du chewing-gum, c'est dire ! D'après lui, si Bobby avait le malheur d'en avaler, la gomme resterait collée à son estomac pendant sept ans. Et alors ? pensait Bobby en se représentant sa cage thoracique constellée de taches pastel. Ça ne lui faisait pas peur. Quand il jouait avec Sunny, c'est ce qu'il ressentait à l'intérieur. Une explosion de couleurs.

Ils emportèrent deux bouteilles de Coca-Cola dans le jardin de devant et s'assirent sur le muret qui les séparait de la rue. Le ciel était aussi crasseux qu'une aile de pigeon. Il se mit à pleuvoir. Des flaques empoisonnées au pétrole frissonnaient sur le bitume. Bientôt, les voitures ralentirent, prises dans un embouteillage. Les jambes ballantes au-dessus du trottoir, ils virent les pare-brise se couvrir de hiéroglyphes confus, à demi lisibles dans la buée. Sunny lécha la paume de sa main et la passa dans ses cheveux pour les rejeter en arrière.

— Et si tu ne m'aimes plus quand tu seras un cyborg ? lança Bobby.

Si reconnaissant fût-il à Sunny de vouloir le protéger, il craignait davantage de perdre son nouvel ami que d'être tabassé par les grands dans la cour de récréation.

Sunny plaqua le bout de sa langue contre ses incisives. Sa chair comprimée, rose et brun comme un ver de terre, se mit à pulser entre ses dents.

— C'est la partie de mon cerveau que je conserverai après ma transformation, assura-t-il.

Jules, sa mère, apparut sur le perron, drapée dans l'ombre de son parapluie. Cette femme calme et douce n'avait que deux sujets d'inquiétude : la santé déclinante de ses parents, qui vivaient à plusieurs centaines de kilomètres de distance, et la propension étonnante de son unique rejeton à se blesser dans des circonstances dramatiques.

— Est-ce que tu m'entends ? demanda-t-elle.

Comme toujours, elle s'était exprimée lentement, dans l'espoir que ses propos se fraieraient plus aisément un chemin jusqu'à son cerveau.

— Hmm, marmonna-t-il.

— Alors, qu'est-ce que je viens de dire ?

Il se mit à gigoter, mais elle lui donna une petite tape sur l'arrière du crâne – en prenant soin de retenir son geste. Son fils se cassait pour un rien, elle le savait.

— Je t'ai demandé de ne pas grimper sur l'échafaudage.

Le menuisier l'avait dressé autour de la maison pour changer les fenêtres. Bobby et Sunny avaient déjà envisagé (en silence, comme seuls les enfants savent le faire) plusieurs modes d'ascension possibles. Même quand Jules leur avait fait promettre, la main sur le cœur, de ne pas l'escalader, ils essayaient d'imaginer à quelle hauteur ils parviendraient à se hisser.

— Sunny, mon cœur… Je te dis ça pour ton bien, parce que je t'aime. Comme chaque fois que je te demande quelque chose, d'ailleurs. Tu le sais, n'est-ce pas ?

— Bien sûr.

— Sauf quand je t'envoie ranger ta chambre. Là, c'est parce qu'elle est vraiment en bazar et que je n'en peux plus !

— Je sais.

Jules lui caressa les cheveux.

— Je t'aime, ajouta-t-il.

— Moi aussi, mon cœur.

Elle dit au revoir à Bobby et se dirigea à pas lents vers le centre-ville. En la voyant s'éloigner, Bobby fut saisi d'un tel sentiment de culpabilité qu'il lui présenta mentalement ses excuses. Les adultes se trompaient à son sujet : ce qu'ils prenaient pour des bonnes manières n'était bien souvent que l'expression d'une culpabilité dévorante.

Les garçons s'aidèrent d'une échelle maculée de plâtre pour grimper jusqu'au troisième niveau de l'échafaudage, jonché de petits morceaux de brique. Ils les jetèrent au sol en imitant pour chacun d'eux le sifflement d'une bombe, puis le fracas de l'explosion. Vue d'en haut, la ville se résumait à une morne succession de cheminées que la bruine rendait floues, comme si l'agglomération était privée d'avenir, mais aussi de passé. Elle surgissait, comme ses habitants, dans un espace-temps auquel elle cherchait à échapper. Tout compte fait, le tunnel de Sunny n'était peut-être pas une mauvaise idée.

Sunny voulut enlever seul son tee-shirt, mais Bobby dut l'aider à passer la tête dans l'encolure tandis qu'il se courbait comme une marionnette un peu raide. Son bras gauche était encore faible : on ne lui avait ôté son plâtre que quelques jours plus tôt. Signe d'une victoire payée au prix fort, une plaque de métal froide et rigide courait maintenant sous sa peau. Mouillé, son corps luisait. Il semblait déjà un peu robotique : souple et fonctionnel, parfait véhicule de sa propre jeunesse.

— Que la phase trois commence ! s'écria Sunny.

Il se dirigea vers l'extrémité de la plateforme, au troisième niveau de l'échafaudage. Le ventre noué, Bobby flageola sur ses jambes. La phase trois, la dernière, visait à installer des plaques métalliques dans le crâne de Sunny. Comme tous les garçons de leur âge, ils faisaient peu de cas du danger. S'ils avaient attendu quelques mois de plus, leur inconscience se serait dissipée – et leur enfance avec.

Sunny oscilla brièvement d'avant en arrière, puis il s'élança vers Bobby avec l'assurance de celui qui entre dans un bain bien chaud. Il leva les bras de chaque côté du corps tel un oiseau déployant ses ailes, mais les muscles de sa mâchoire se contractèrent brusquement, signe qu'il commençait déjà à regretter son geste.

— Stop ! Stop ! cria-t-il en enfonçant ses talons dans la plateforme.

Trop tard. La planche était glissante. Impossible de freiner. Bobby l'attrapa par la cheville et lui décocha un violent coup d'épaule dans le genou afin de l'immobiliser et de l'orienter vers le mur de la maison. Il ne parvint qu'à lui donner plus d'élan. Lorsque ses pieds quittèrent l'échafaudage, Sunny connut un bref instant de gloire : il semblait aussi léger qu'une plume et s'envola dans un silence presque parfait, à peine troublé par le chant moqueur des oiseaux, amusés de voir un gamin chercher à les imiter. Puis il piqua vers le sol, tête en bas, en déclarant : « Je te protégerai, Bobby Nusku. »

Il se fracassa le crâne sur un long tuyau de métal qui dépassait de l'échafaudage (et rompit sa chute à trois mètres du sol), avant de heurter la terrasse avec le bruit sourd et écœurant d'un boxeur frappant un quartier de bœuf. Son sang se déversa dans les rigoles qui séparaient les dalles, formant un puzzle sinistre dont Sunny, placé au centre, semblait constituer la pièce maîtresse. Dans l'estomac de Bobby, une pelote de nerfs enfla et menaça de faire jaillir ses intestins par son derrière.

Bobby éprouva alors pour la première fois la nausée vertigineuse qui vous saisit lorsque vous venez de commettre une grave erreur. Ce genre d'erreurs se reconnaît à la manière dont l'avenir, que vous avez empoigné trop fortement, se brise entre vos doigts. Il faut ensuite recoller les morceaux en sachant que vous ne parviendrez pas à atteindre la perfection de l'original. Bobby se demanda en combien de morceaux l'avenir de Sunny s'était brisé, et si certains d'entre eux seraient trop petits pour être ramassés.

En rentrant, Jules trouva Bobby agenouillé sur la terrasse, en train de bercer la tête ensanglantée de son fils. Ivre de terreur, elle le poussa si brutalement qu'il roula au sol. Elle ne lui prêta aucune attention, aveugle à tout ce qui n'était pas son enfant, dont le crâne s'ouvrait sous ses doigts.

— Il est tombé, déclara Bobby. C'était un accident.

Jules semblait incapable de se brancher sur la fréquence qu'il utilisait, comme si elle s'était réglée sur la seule modulation partagée, en cas d'urgence, par une baleine et son petit égaré.

— Appelle une ambulance ! hurla-t-elle.

Bobby fouilla dans son sac à main pour en extirper les clés de la maison, où il se précipita vers le téléphone.

L'ambulance emmena Sunny et sa mère. Bobby resta assis au milieu d'une flaque de sang. Sous la pluie, le rouge vif se fondit bientôt dans la grisaille environnante.

Il passa la nuit sur la terrasse. Il y était encore quand Jules rentra seule le lendemain matin. Le jour se levait. De lourds cernes ombraient ses yeux embués. Bobby passa ses bras autour de sa taille et fondit en larmes dans son giron. Puis il lui prit la main, persuadé qu'elle allait lui annoncer la mort de son meilleur ami.

— Il a repris conscience pendant un petit moment, annonça-t-elle, les yeux fixés sur le mur.

— Pendant un petit moment ?

— Assez longtemps pour me jurer que c'était un accident. Et que tu n'y es pour rien.

Bobby se recroquevilla à ses pieds.

— Viens, reprit-elle. Je vais te ramener chez toi.

Il pleura pendant tout le trajet, froissant et jetant ses mouchoirs détrempés à ses pieds. Lorsque Jules se gara devant chez lui, il prononça les mots qu'il n'avait jusqu'alors entendus que dans les films que Sunny et lui avaient regardés ensemble.

— C'est une perte immense. Je suis profondément navré pour vous.

Jules lui pinça le lobe de l'oreille et tira doucement dessus, comme si elle espérait en voir jaillir une pièce de monnaie.

— Bobby, mon poussin… Je crois que tu n'as pas bien compris. Sunny n'est pas mort. Il ne va pas bien du tout, mais il n'est pas mort.

Les joues striées de larmes, elle partit d'un petit rire dont le carillon emplit l'habitacle.

— Je vais finir par croire que mon fils est indestructible !

Sunny n'était jamais resté si longtemps à l'hôpital. Bobby dut patienter un moment avant d'être autorisé à le voir. Il n'aurait pas été déraisonnable de la part de Jules de le considérer comme un oiseau de malheur, puisqu'il avait été présent chaque fois que son fils avait frôlé la mort. Cependant, sachant à quel point Sunny serait heureux de le retrouver, elle glissa un mot sous sa porte dès qu'il fut en mesure de l'accueillir.

Ce n'était pas la première fois que Bobby lui rendait visite à l'hôpital. Il connaissait maintenant assez le bâtiment pour accéder à l'aile des enfants malades en empruntant les couloirs de service qui longeaient la morgue et les cuisines, respectivement imprégnés d'une odeur de vieillards et de légumes bouillis. Il mit sa capuche et remonta la fermeture Éclair de son sweat-shirt afin que seuls ses yeux demeurent visibles, puis il se glissa furtivement derrière un agent d'entretien qui poussait un chariot rempli de produits ménagers.

Il trouva Sunny dans la troisième chambre à gauche, assommé par les analgésiques. Il dut vite se rendre à l'évidence : son ami n'était plus tout à fait le même. Pourtant Sunny avait encore deux yeux (enfoncés dans des cercles bleuis), un nez (cassé) et une bouche (privée de cinq dents) ; il était encore costaud, plus grand que les autres gamins hospitalisés dans le service ; et si on devinait l'entaille sous les bandelettes enroulées autour de son crâne, rien de plus sérieux ne permettait d'expliquer la sensation puissante que quelque chose ne tournait pas rond. Mais quoi, exactement ? Bobby n'aurait su le dire.

— Salut ! dit Sunny.

Sa voix, plus grave, plus rauque, adhérait à sa bouche ; son visage, étrangement distendu, s'affaissait vers son menton. Bobby se souvint alors de son sourire, un sourire immense auquel il n'avait jamais prêté attention. Parce qu'il était toujours là, et que maintenant il n'y était plus.

Sunny lui tendit un gros grain de raisin – signe que son bras et sa main fonctionnaient encore –, mais Bobby jugea impoli de l'avaler tout entier. Il en mangea la moitié et lui rendit l'autre, qu'il glissa dans sa bouche entrouverte. Le fruit tomba et roula au sol. Sunny éclata de rire – ou plutôt, un éclat de rire jaillit de sa gorge et le haut de son corps fut agité de soubresauts, mais son visage, lui, demeura inerte. Comme s'il donnait à *entendre* ses pensées. Voilà ce qui clochait : les muscles de son visage ne fonctionnaient plus. Une avalanche de synapses avait bloqué l'accès à la partie de son cerveau qui régissait leurs mouvements. S'il l'avait pu, Bobby aurait volontiers enfoncé la main dans son crâne pour en extirper ce qui bloquait et le tendre à Sunny, encore ensanglanté et recroquevillé dans sa paume.

— Je suis désolé, dit-il.

— Ne sois pas bête, répliqua Sunny. C'est la meilleure chose qui pouvait nous arriver. T'en connais beaucoup, toi, des cyborgs qui sourient en permanence ?

— J'en connais aucun, à part toi.

— Tu vois ? Crois-moi : les cyborgs n'ont pas de sentiments. Pense à Terminator ! C'est pour ça qu'ils plongent leurs ennemis dans la terreur.

Bobby lissa le drap du plat de la main. Il était plus rêche qu'il ne l'imaginait. Pourvu qu'il ne lui irrite pas la peau ! songea-t-il.

— Bobby, ajouta Sunny, j'ai ma plaque de métal maintenant. Ma transformation est achevée. Plus personne ne pourra te faire de mal.

3

LA PRINCESSE

L'absence de Sunny se révéla aussi douloureuse qu'une rage de dents. Au début, Bobby passait ses journées à arracher le papier peint de sa chambre, lambeau par lambeau. Il tenta aussi de se distraire en effilochant les rideaux. L'ennui finit par s'infiltrer partout : il percevait sa saveur rance dans les biscuits et les pommes qu'il engrangeait ; il l'entendait ferrailler dans ses poumons chaque fois qu'il respirait. La nuit, il ne rêvait plus.

La plupart du temps, Bruce et Cindy le traitaient avec indifférence, comme s'il n'était pas là. Parfois, lorsqu'il les entendait rire, il se glissait dans la pièce en espérant partager la cause de leur hilarité, mais le partage n'avait jamais lieu. Ce qui le dérangeait le plus n'était pas tant leur silence que la constance de son père à lui souhaiter bonne nuit lorsqu'il montait se coucher. De toutes les interactions possibles au cours d'une journée, pourquoi avait-il choisi celle qui induisait une telle finalité, celle qui n'appelait pas vraiment de réponse ? Précisément pour cette raison, à n'en pas douter.

La nuit, lorsqu'ils étaient profondément endormis, Bobby se penchait sur la poubelle de la cuisine pour savoir ce qu'ils avaient mangé au dîner. Il notait scrupuleusement la composition du repas dans son carnet, avant de la reporter sur un graphique destiné à mesurer les changements apportés aux habitudes alimentaires de son père depuis le départ de sa mère. Bobby consacrait de nombreuses heures à ses archives sous l'œil de la lune, son unique spectatrice, vissée dans le ciel nocturne comme le monocle d'un dieu borgne mais vigilant.

Quand il avait terminé, il s'installait sur le tapis de sa mère pour regarder les informations télévisées. Dans l'obscurité, et sans le son. Les images projetaient des taches informes et colorées sur les murs du salon. Une nuit, il vit quatorze voitures de police encercler une vieille ferme dans la campagne. Les lumières de la ville, qui scintillaient au loin, lui évoquaient une conga géante. Le fermier plissait le menton et ses lèvres tremblotaient comme si ses émotions n'affectaient que la moitié inférieure de son visage – les hommes sont très forts pour ça, Bobby l'avait remarqué. Il désignait la haie avec inquiétude, visiblement convaincu qu'elle dissimulait un grand danger. « La traque continue », annonçait le bandeau en bas de l'écran.

Bobby appuya sur l'interrupteur de la salle de bains. Des éclaboussures d'urine, d'un jaune phosphorescent, maculaient le siège des toilettes. On aurait dit du frai de grenouille. Bruce dormait, allongé sur le carrelage. Un filet de bave s'échappant de sa bouche le reliait au sol.

Bruce ouvrit les yeux et fixa son fils. D'abord trouble, l'image devint nette. Il fut alors saisi de honte. Une réaction instinctive, dont Bobby semblait l'incarnation vivante, tapie près du panier à linge sale.

— Ça t'amuse, de réveiller ton père ?

— Non.

Il se leva.

— Tu m'espionnais ?

— Je te jure que non, assura Bobby en rentrant la tête dans les épaules.

Bruce passa son pouce sur la boucle de sa ceinture. Bobby s'enfuit. Il courut jusqu'en haut de l'escalier, où l'air ne sentait pas la bière.

Durant toute la semaine, aucun d'eux ne tenta de s'attaquer à l'espace froid qui les séparait, aussi épais qu'un mur de prison. Bobby sursautait les rares fois où son père lui adressait la parole. Il avait de plus en plus de mal à s'endormir, de jour comme de nuit. Le sommeil finissait par arriver, malgré tout, comme un retardataire qu'on n'attendait plus.

Par un morne lundi matin, Bobby avala les miettes qui restaient au fond du paquet de céréales, piètre poignée de poussière beige, et grimpa au sommet de la colline. Vu d'en haut, le quartier formait une cuvette que sa rue traversait en plein centre. Ses abords pentus étaient couverts d'herbe verte, comme si la ville entière nichait dans un volcan éteint pour bénéficier de la chaleur produite par des coulées de lave souterraines.

Bobby se dirigea vers les étangs, où sa mère l'emmenait souvent autrefois. Il espérait y trouver des grenouilles, mais la saison n'était pas encore commencée. Dommage. À la surface de l'eau, un amas d'algues évoquait un gâteau spongieux qui émettait des bulles d'air nauséabondes.

La dame grisonnante qui tenait l'épicerie du quartier avait ajouté quelques nouveautés à son offre de friandises : enveloppés dans du papier écarlate, les chocolats s'empilaient en une jolie pyramide sur le comptoir. Bobby la félicita, louant ses talents de décoratrice. Il espérait engager la conversation, passer un moment auprès d'elle, voire l'aider à ranger les marchandises sur les étagères.

— Je suis peut-être vieille, répondit-elle, mais je ne suis pas bête.

— Pardon ? fit Bobby.

Elle posa avec précaution un ballotin de chocolats belges au sommet de la pyramide et se tourna vers lui. Elle sentait l'eau de rose, un parfum qu'affectionnent généralement les très jeunes femmes. Bobby fut surpris de trouver l'odeur si agréable.

— Pendant que tu me distrais avec tes compliments, tes copains plus âgés en profitent pour se faufiler dans les rayons et me chiper toutes mes marchandises !

— Pas du tout. Ce n'est pas ce…

— Je les ai vus rôder dans le coin.

Elle ouvrit la porte et retourna le panneau annonçant « Fermé ».

— File ! ordonna-t-elle. À ton âge, tu devrais être chez toi, avec tes parents.

Bobby envisagea de lancer une brique dans sa vitrine, tout en sachant qu'il ne le ferait jamais.

Il se dirigea vers le jardin public et regarda à travers une fente de la palissade, à hauteur de ses genoux, pour voir qui s'y trouvait. Trois élèves du collège, plus âgés que lui – le grand Kevin, le petit Kevin et Amir Kindell, leur chef autoproclamé – gravaient leurs initiales sur des poteaux, près des balançoires. Malgré la distance qui les séparait, Bobby les reconnut sans difficulté. Non pas aux traits de leurs visages, mais à leur allure, à la manière dont ils se balançaient d'un pied sur l'autre. Ils abritaient une force contenue, qui pouvait émerger de leurs bouches ou de leurs poings en un éclair. Bobby savait qu'ils le poursuivraient s'il traversait le parc, qu'ils le bourreraient de coups de poing et videraient son sac dans la boue. Il ferma les yeux en souhaitant que Sunny soit là, avec lui. Il abattrait son bras surpuissant de cyborg sur la palissade pour la fendre en deux, et réduirait les garçons en miettes d'un seul coup d'épaule. Les jambes tremblantes, Bobby fit demi-tour pour regagner l'avenue principale.

En milieu d'après-midi, désœuvré, il décida de ressortir. Il ne restait qu'un seul endroit où il n'était pas encore allé depuis le début des vacances. À cinq maisons de la sienne, au coin de la rue, s'étendait un terrain vague de quatre pas de long sur six de large. Ce n'était ni un jardin de devant ni un jardin de derrière. Juste une parcelle oubliée par la municipalité, un lieu qui ne relevait d'aucune juridiction.

Graines et fleurs se mêlaient aux fougères ; partout, le vert et le brun se laissaient chahuter par de vifs éclats de rouge cerise. Des pétales prenaient leur envol et devenaient papillons ; une abeille effectuait des livraisons entre les jonquilles ; un chat tigré tentait d'attraper des grains de pollen qui virevoltaient dans l'air comme des ballerines. Bobby s'assit sur un talus de glaise qui buvait à petites gorgées l'eau échappée d'une jardinière suspendue, trop arrosée et joliment fleurie.

Il tailladait la glaise de ses doigts tendus quand il entendit un roulement de caoutchouc sur le gravier. Il se retourna. Une fille dévalait la rue sur un tricycle rouge. Pas le genre de tricycle destiné aux bambins, mais un engin à sa taille, manifestement fait sur mesure : un grand cadre soudé sur des roues aussi larges que des tonneaux de bière. L'ensemble, robuste et vigoureux, dégageait une étrange majesté. La fillette chantonnait gaiement ; ses joues rondes encadraient des lèvres gercées ; ses cheveux dorés, couleur de blé mûr, étaient coupés en un carré fonctionnel, avec une frange juste assez courte pour ne pas lui tomber dans les yeux. Elle mesurait à peine un peu plus d'un mètre cinquante. Bobby eut le sentiment qu'elle avait un an de plus que lui, malgré ses vêtements de couleurs vives, ornés de personnages de dessins animés qu'il dédaignait depuis longtemps. Elle avait plaqué une main sur son ventre, au-dessus de son pantalon de jogging, et la maintenait pressée sur sa peau pâle, les doigts bien écartés, comme une étoile de mer.

Bobby s'aplatit dans les herbes hautes. Il ne voulait pas être vu. Il lui aurait fallu une tenue de camouflage, comme celle que Sunny et lui avaient enfilée pour jouer à la guerre. Vêtements couleur de boue, de feuillage et de maquis ; traînées de peinture brune sur les joues pour se fondre dans les bois, devenir une créature de la nature, nichée dans la paume de la terre.

Le tricycle s'arrêta. La fille le regarda droit dans les yeux comme s'ils se connaissaient. Gêné, Bobby se redressa d'un bond pour ne pas avoir l'air de se cacher.

— Comment tu t'appelles ? demanda la fille.

Thomas Allen, un des camarades de classe de Bobby, s'amusait à imiter les enfants à besoins spécifiques scolarisés à l'autre bout de la ville : il roulait sa langue dans sa bouche, la coinçait sous sa lèvre inférieure et s'exprimait lentement d'une voix ridicule. Un peu comme cette fille, il fallait bien l'admettre.

— Bobby, répondit-il.

— Bobby comment ?

— Nusku.

Il grimpa sur un rocher et se hissa sur la pointe des pieds – en tanguant dangereusement – pour regarder par-dessus l'épaule de la fille. Par chance, personne ne venait dans leur direction. Que se passerait-il si un des gars du collège le surprenait en train de parler à cette gamine ? On se moquerait de lui, on le pousserait, on le jetterait à terre. Tant que Sunny ne serait pas complètement rétabli, il devrait les affronter seul. Sans cyborg à ses côtés.

Le mieux était encore de s'éloigner le plus vite possible.

Bobby ne s'était jamais senti aussi conscient de lui-même, aussi froidement lucide qu'en cet instant. Il en eut honte. Que dirait sa mère lorsqu'elle reviendrait et découvrirait que son fils se montrait cruel et étroit d'esprit, à l'opposé de ce qu'elle lui avait appris ?

La fille tira sur l'élastique de son pantalon de jogging puis le relâcha, dévoilant brièvement la marque blanche qu'il avait imprimée sur sa peau.

— Je m'appelle Rosa Reed, dit-elle. Tu veux jouer avec moi ?

Elle mit pied à terre et tendit à Bobby un feutre noir comme s'il s'agissait d'un témoin dans une course de relais.

— Tu veux jouer avec moi ? répéta-t-elle.

Les yeux baissés, il faisait tourner un long brin d'herbe entre ses doigts.

— Jouer à quoi ? Que veux-tu que je fasse avec ça ? demanda-t-il en désignant le feutre au capuchon mordillé.

— Écris ton nom.

Elle se tourna vers le panier fixé à l'avant du tricycle. Elle en sortit un carnet écorné, sur lequel elle avait griffonné son nom dans tous les sens d'une écriture brusque et maladroite. *Rosa Reed Rosa Reed Rosa Reed.*

— Pourquoi ?

— Je collectionne les noms.

— Tu n'en as qu'un !

— Bobby Nusku, fit-elle en secouant la tête, ce que tu peux être drôle, parfois !

Il prit le carnet, y inscrivit son nom et le rendit aussitôt à Rosa. Il lui semblait important de ne pas la toucher, et de ne pas toucher le même objet qu'elle au même moment. Il se balança d'un pied sur l'autre et sentit brusquement sa bouche s'emplir de salive comme s'il allait vomir, révulsé par l'ampleur inattendue de ses préjugés envers cette fille.

— Maintenant, dit-il, tu en as deux.

— Attends-moi ici.

Elle se dirigea vers la maison qui se dressait au coin de la rue et prit un vieux ballon de basket dans le jardin. Bobby était stupéfait. Elle vivait là ? Il n'aurait jamais cru qu'elle soit assez normale pour habiter une maison comme la sienne – dans sa rue, en plus ! Cette découverte ne fit qu'accroître sa peur d'être vu en sa compagnie. Et sa honte d'éprouver une telle peur. Il essaya de la faire glisser dans sa gorge, mais elle resta coincée comme un mauvais morceau de viande.

Ils s'assirent sur le trottoir et se lancèrent la balle à tour de rôle. Les doigts courts et malhabiles, Rosa peinait à la rattraper, mais Bobby se prit au jeu : il s'amusa à l'imiter chaque fois qu'elle lâchait le ballon, ce qui la faisait rire aux larmes. Il jetait de temps à autre un coup d'œil alentour, s'attendant à voir surgir les grands du collège. Personne ne venait.

Rosa avait beau s'efforcer d'imiter Bobby, ses mouvements manquaient de fluidité. Elle paraissait contrôlée par un être plus petit, piégé dans son corps, mais incapable d'atteindre les pédales. Chacun de leurs jeux se désintégrait, finissant par se muer en une série de gestes désaccordés. Bobby levait le bras, elle levait le sien. Il lançait la balle, elle faisait de même. Aucune compétition, rien qu'un étrange jeu de miroir effectué en silence, comme s'ils étaient deux pétales d'une même corolle, effleurés à quelques secondes d'intervalle par le même souffle d'air.

Bobby s'amusait vraiment. Pour la première fois depuis qu'il s'était rendu à l'hôpital, il ne pensait plus à Sunny. Même sa crainte d'être vu en compagnie de Rosa s'était évanouie. Pendant quelques instants bénis, l'angoisse et la conscience de soi desserrèrent leur étreinte, et il fut heureux. Voilà ce que c'est, l'amitié ! songea-t-il tout à coup. Les heures passées avec Sunny le lui avaient appris : les amis sont ceux qui vous donnent la clé d'une partie de votre âme.

Le crépuscule refroidit soudain l'atmosphère. Il se posa sur ses bras nus et lui donna la chair de poule. Un rire s'éleva au loin. Il rebondit, puis s'évanouit dans le silence comme une idée qui n'en vaut pas la peine. Saisi de panique, Bobby se redressa.

— Rosa, il faut que j'y aille.

— Pourquoi ? dit-elle en faisant tourner le ballon entre ses mains.

— Je dois y aller. Toi aussi. Il faut que tu rentres.

— Pourquoi ?

— Vas-y ! insista-t-il. S'il te plaît.

Il voulut la faire pivoter sur elle-même, mais elle était plus forte qu'elle n'en avait l'air, et demeura fermement campée sur ses jambes.

— Pourquoi ? répéta-t-elle.

Un autre rire fendit l'air. Plus sonore. Plus proche. *Ils* arrivaient. *Ils* le verraient avec elle. Et ce serait la fin de tout.

Bobby attrapa Rosa par les épaules.

— Va-t'en, ordonna-t-il. Maintenant.

Elle sortit le feutre et le carnet de sa poche et griffonna *Rosa Reed Bobby Nusku* en travers de la page.

— Non, répondit-elle d'un ton rageur. Je veux continuer à jouer.

Il les vit gravir la colline, les trois garçons du jardin public, leurs silhouettes éclairées à contre-jour par le soleil couchant.

— Je suis désolé, dit Bobby.

Trop tard pour prendre la fuite. Il se rua derrière le buisson, abandonnant Rosa sur la chaussée. Il enfouit sa tête entre ses jambes et noua ses bras autour de ses genoux. Il retint sa respiration.

Il les entendit arriver. Ils ne l'avaient pas vu.

— Bonjour. Je m'appelle Rosa Reed. Et toi ?

Amir répéta lentement la question comme un magnétophone qui s'enraye. Les deux Kevin éclatèrent de rire. Bobby aurait voulu aller chercher de l'aide, mais sa peur le clouait au sol. Ils lui lancèrent des plaisanteries qu'elle ne comprit pas. Leurs rires se muèrent en murmures, puis les sons commencèrent à s'entrechoquer.

Claquement du feutre et du carnet de Rosa sur le trottoir.

Frottement de ses semelles sur le bitume.

Fracas de ses cris – un orage qui se déchaîne.

Froissement d'étoffe – elle se débattait et leur donnait des coups de pied.

Pétrifié, Bobby écoutait. C'était tout ce qu'il pouvait faire : écouter et imaginer le pire. Brusquement, le silence se fit, signe que l'un d'eux avait plaqué une main sur la bouche de Rosa. On ne l'entendait plus crier. Ni se débattre : les froissements cessèrent aussi, lorsqu'ils la soulevèrent à bout de bras et la jetèrent dans la boue.

Chuintement de la boue qu'on remue.

Craquement des branches qu'elle empoigna lorsqu'elle tendit la main vers Bobby, toujours caché derrière le buisson.

Tandis qu'il faisait connaissance avec sa honte, d'ordinaire tapie au fond de lui-même, Rosa Reed, la fille qu'il avait fuie pour s'épargner l'embarras d'être vu en sa compagnie, plaquée au sol à moins d'un mètre de là, découvrait la peur.

Bobby ne trouva le courage de se redresser qu'après leur départ, lorsqu'il les eut entendus s'éloigner en courant. Ils ne riaient plus, à présent : ils chantaient victoire.

Rosa était encore couchée sur le dos, là où ils avaient enfoncé ses bras et ses épaules dans la boue – assez fort pour y laisser l'empreinte de son corps. Elle avait de la terre plein la bouche, le nez et les oreilles. Ses larmes dessinaient des sentiers rougeâtres sur son visage sale. Bobby la prit par la main pour la faire asseoir, puis il entreprit de dégager du bout des doigts ses voies respiratoires avant de tortiller le coin de son sweat-shirt pour lui nettoyer les oreilles. Elle pleurait. Des petits vaisseaux gonflés de sang rougissaient le pourtour de ses yeux encore vitreux. Elle s'était retranchée en elle-même pour leur échapper, se réfugier en un lieu plus clément, courir au jardin qui fleurit en chacun de nous.

— Rosa ? dit-il. Je suis désolé.

Il dut faire usage de toutes ses forces pour l'aider à se relever. La terre qui souillait encore ses cheveux et sa robe tomba rapidement au sol. Il drapa son bras autour de ses épaules et l'entraîna vers le coin de la rue. Elle pleurait si fort que la porte de sa maison s'ouvrit sans qu'il ait besoin de sonner.

Une femme se tenait sur le seuil. Le teint pâle, les cheveux et les yeux sombres, elle avait l'apparence ombrageuse d'une madone gitane. Rosa se jeta dans ses bras, maculant de boue ses joues et son cou.

Rosa avait tant supplié sa mère de l'autoriser à jouer dehors que Val avait fini par accepter. Elle savait déjà qu'elle regretterait cette décision toute simple, apparemment semblable à des millions d'autres, jusqu'à la fin de ses jours. Ainsi en allait-il de la maternité – selon elle, du moins : vous pouviez être une excellente mère pendant des années, puis tout gâcher en une fraction de seconde.

Un nuage gris avala le soleil. La femme leva son regard vers Bobby et s'exprima avec une telle détermination qu'il aurait juré la voir briller dans ses yeux verts : ils se teintèrent soudain de pourpre, comme une peau de serpent mouillée.

— Qu'est-il arrivé à ma fille ?

— Des grands l'ont poussée, répondit-il. Et ils lui ont mis de la terre plein la bouche, le nez et les yeux.

La femme partit chercher une bouteille dans la maison. Rosa, qui respirait encore avec difficulté, inclina la tête en arrière pour lui permettre de vider l'eau sur son visage. Elle finit par empoigner la bouteille à deux mains tandis que la femme s'approchait de Bobby. Elle le saisit par l'arrière du crâne et l'obligea à la regarder en face. Le nuage noir qui avait piégé le soleil formait un halo menaçant au-dessus de sa tête.

— Ces garçons, dit-elle, ce sont des amis à toi ?

— Non, assura-t-il.

Sa dénégation résonna comme un mensonge, même à ses propres oreilles, tant la honte le tenaillait. Elle resserra son étreinte sur sa nuque.

— Je ne les connaissais pas. Je ne les ai même pas vus !

— Ne me raconte pas d'histoires. Est-ce toi qui l'as mise dans cet état ?

Elle pointait Rosa du doigt. Bobby secoua la tête. Deux larmes tombèrent du visage de la femme, fourmis brûlantes qui atterrirent dans ses cheveux.

— Non.

— Je te tuerai si c'est toi.

Cette fois, il ne put retenir les aveux qui jaillirent de sa bouche.

— J'ai eu peur. Je me suis caché. Je suis désolé.

— Je te jure que je te réduirai en miettes si…

— Non ! cria Rosa.

La femme le lâcha brusquement. Rosa ouvrit sa main sale, crispée sur la feuille où elle avait inscrit leurs prénoms. La femme s'en empara et la lut à haute voix.

— Bobby Nusku.

— C'est Bobby Nusku, renchérit Rosa. Bobby Nusku est mon ami.

La tache d'urine qui maculait le pantalon de Bobby commençait à sécher, mais demeurait bien visible. Preuve tangible de sa lâcheté. La femme l'avait remarquée. Elle avait compris. La honte le transperçait de part en part. Il s'enfuit à toutes jambes et trouva la maison vide en arrivant chez lui.

4

LA REINE

Bobby ouvrit le placard sous l'évier de la cuisine, en sortit la bouteille d'eau de Javel, mais ne parvint pas à dévisser le bouchon, équipé d'un système de sécurité. Le plastique strié lui entamait la paume. Dépité, il s'empara du produit le plus similaire qu'il puisse trouver et frotta vigoureusement la tache d'urine à l'aide d'une brosse bien rêche. Quand Bruce et Cindy revinrent du restaurant chinois où ils avaient fêté l'anniversaire de leur rencontre, un parfum citronné flottait dans l'air. Ils comprirent vite que Bobby avait utilisé le shampooing le plus cher du salon (celui que Cindy réservait à ses meilleures clientes) et esquinté sa brosse à ongles. Lorsqu'elle se mettait en colère, la peau de son cou se tendait, aiguisant les traits de son visage. Elle exigea que Bobby soit châtié, mais il parvint à esquiver les coups de son père et se précipita à l'étage, où il se réfugia dans sa chambre.

Il passa la soirée à préparer avec frénésie le retour de sa mère. Elle était partie depuis un bon moment, à présent. Il n'aurait su dire combien de temps exactement, mais il était convaincu qu'elle reviendrait d'un jour à l'autre. Bien sûr qu'elle reviendrait. Elle ne l'avait jamais laissé tomber.

Il avait chipé un cutter dans la ceinture à outils de son père et l'avait caché sous son lit, dans la doublure du matelas. Il s'en servit pour découper un petit carré de tissu dans chacune des robes de Cindy. Cette précaution lui faciliterait les choses au cas où Cindy prendrait la fuite et changerait de nom avant le rétablissement de Sunny le cyborg : en glissant le carré de tissu dans le vêtement, Sunny serait en mesure de confirmer sa véritable identité. Une fois certain d'avoir coincé Cindy, il pourrait la détruire. Et Bobby serait vengé. Le cyborg allumerait des feux de joie à ses pieds ; le squelette de Cindy commencerait à roussir ; bientôt, il ne resterait plus qu'un tas de cendres noires en lieu et place de son corps, sous ses vêtements. Peut-être alors comprendrait-elle le risque auquel l'avaient exposée ses fichus cheveux inflammables !

Bobby n'avait jamais été aussi furieux de sa vie. D'après sa mère, la colère constituait une dépense d'énergie inutile. « Mieux vaut la changer en amour », répétait-elle. Mais ce soir, Bobby ne pouvait s'empêcher d'apprécier sa colère : il aimait la sentir courir dans ses veines et lui chauffer le sang. S'il s'entaillait le poignet, un grand arc rouge jaillirait à travers la pièce. Il le regarderait refroidir sur la vitre qui lui renvoyait maintenant l'image d'un gamin aux tempes bouillonnantes. Comme son père. Il ne voulait pas ressembler à son père. Ni maintenant ni plus tard. Faut-il que les jambes d'un homme soient puissantes, pensa-t-il soudain, pour supporter le poids de la haine qui lui ronge les entrailles !

Un tas de photos de famille dormaient dans une boîte à biscuits rouillée au fond de l'armoire. Profitant de ce que la lame du cutter était encore assez tranchante, Bobby coupa la tête de son père sur chacune d'elles.

Il rangea soigneusement ces documents dans la boîte de céréales vide après les avoir numérotés pour ses archives. Puis il éteignit la lumière et attendit que le reste de la maisonnée s'endorme. Ce ne fut pas long. Leur vieux lit grinça brièvement au rythme saccadé d'une étreinte dépourvue de passion. Puis il les entendit ronfler. Joyeux anniversaire ! songea-t-il.

Il descendit l'escalier sur la pointe des pieds pour aller regarder la télé. La chaîne d'informations locales montrait un hélicoptère lancé à la poursuite d'un halo de lumière à travers champs. La ferme où la police s'était rendue paraissait maintenant bien seule sous les têtes d'épingle des festivités déployées dans le ciel nocturne. Bobby enclencha la commande des sous-titres pour comprendre ce que disait l'homme – l'inspecteur Jimmy Samas. Il était jeune. Trop jeune pour une mission de cette importance, estima Bobby. D'ordinaire, on ne voyait aux infos que des visages carrés de bouledogues, hommes politiques aux joues flasques ou leaders syndicaux à triple menton. Cet inspecteur-là semblait à peine sorti de l'école. Il avait l'air gêné – ou peut-être agacé par la pluie ? Il jugea tout de même utile de rassurer les téléspectateurs : « Bien que nous ayons perdu sa trace pour le moment, soyez certains que la traque continue », déclara-t-il devant les caméras.

À l'aube, quelques oiseaux chantèrent. Quel bonheur, se dit Bobby, de pouvoir oublier la journée écoulée et de se réveiller la tête pleine de chansons !

Il bruinait, un voile d'eau arachnéen ; le bitume offrait au ciel un miroir bleu cobalt. Bobby errait au hasard des rues. Là, des parterres de fleurs à demi creusés ressemblaient à des cercueils vides ; plus loin, il aperçut une sculpture éraflée et rouillée, parfaite pierre tombale pour une ville morte. Il prenait le chemin le plus long vers un but que ses jambes ignoraient, mais que son cœur connaissait bien. Un lieu auquel il avait pensé toute la nuit.

— Bobby Nusku, dit la femme.

Il aimait la manière dont elle prononçait son nom. Rien à voir avec celle de son père, qui semblait vouloir le trancher d'un coup de langue.

— Bonjour, fit-il, les yeux baissés sur ses chaussures.

Il constata avec soulagement que la pluie avait effacé la petite flaque d'urine sur le trottoir.

— Que fais-tu dehors par un temps pareil ? Tu es complètement trempé ! Tu vas attraper froid, ajouta-t-elle en tendant la main vers son front.

Elle entortilla une de ses boucles mouillées autour de son doigt.

— Ça ira, je vous assure.

— J'ai averti la police de ce qui s'est passé. Ils sont venus interroger Rosa. Je ne savais pas comment te joindre.

Bobby se gratta le mollet du bout de l'orteil.

— J'ai quelque chose à vous dire.

— Dans ce cas, tu ferais mieux d'entrer.

Il hésita.

— Je sais que ta visite fera plaisir à Rosa, insista-t-elle. Je m'appelle Valerie. Valerie Reed. Mais tu peux m'appeler Val. Comme tout le monde.

Val Reed enveloppa les épaules de Bobby dans une serviette très douce, de couleur rouge, et le fit asseoir à la table de la cuisine. Elle brancha la bouilloire électrique, laissa la vapeur caresser son visage, puis versa une grosse cuillerée de chocolat en poudre dans une tasse et l'emplit d'eau bouillante.

Rosa sortit de la salle de bains où Val venait de la laver, et descendit l'escalier.

— Bonjour, Bobby Nusku ! s'exclama-t-elle, manifestement ravie de le trouver là.

Il fut surpris. Pourquoi était-elle si contente de le voir ? Elle tendit la main, révélant des ongles aussi blancs qu'un drap d'hôpital. Bobby n'avait jamais vu quelqu'un d'aussi propre. Il se sentit brusquement très crasseux – les oreilles, surtout. Val ouvrit un paquet de guimauves. Il glissa un cube pastel dans sa bouche et le sentit pétiller sur sa langue. C'était délicieux.

— Que voulais-tu me dire ? demanda Val.

— J'ai un ami, répondit Bobby. C'est un cyborg.

— Un cyborg ? répéta-t-elle en souriant. Voilà une connaissance utile !

— Il est encore en construction mais, dès qu'il sera terminé, je pourrai lui demander de tuer ces garçons pour vous.

— Oh… Je ne suis pas sûre qu'il soit nécessaire d'en arriver là.

— Alors, comment ferons-nous pour les empêcher de recommencer ?

— Bobby, c'est très gentil de ta part de vouloir rendre ce service à Rosa, mais crois-moi : il y a bien d'autres moyens de s'y prendre.

Un chien entra en se dandinant dans la pièce. Court sur pattes et flanqué d'épais boudins de chair, il avait les yeux rouges et si tombants que la peau de ses paupières semblait renvoyer des éclairs de lumière à chacun de ses mouvements. Il mâchouillait la vieille montre de Val avec délectation. Le bracelet en cuir pendouillait de part et d'autre de sa gueule entrouverte.

— Bonjour, Bert, dit Rosa.

Il se laissa tomber au sol en gémissant. Il savait depuis longtemps que sa survie ne dépendait pas de sa coopération. Val lutta quelques instants pour récupérer sa montre, puis elle posa un biscuit devant lui. Il l'attrapa d'un coup de langue, laissant un demi-cercle de miettes et de bave brillante sur le lino.

— La police ne fera rien, déclara Bobby. Ils sont venus, mais ils ne reviendront pas.

— Comment le sais-tu ?

— Je les ai vus faire.

Val se leva. Incommodé par le raclement de la chaise sur le sol, Bert prit la fuite.

— As-tu faim ?

— Oui.

— Dans ce cas, je vais préparer le dîner.

Rosa et Bobby regardèrent des dessins animés, puis ils tentèrent de jouer à cache-cache, mais durent renoncer, car Rosa réclamait systématiquement le rôle que Bobby s'attribuait : elle refusait de se cacher quand il cherchait ou de chercher quand il se cachait, et le jeu s'arrêtait, comme un moteur privé d'essence. Il compta le nombre de fois où elle avait inscrit son prénom près du sien dans son carnet : dix-sept. Les lettres, de taille variable, s'étalaient sur la page avant d'être rassemblées en bout de ligne par un lasso invisible.

— À table ! cria Val.

Ils descendirent l'escalier et furent accueillis, dans la cuisine, par la vision d'un pavé de saumon fumant, presque rougissant, entouré de pommes vapeur grosses comme des œufs (sur lesquelles fondait un généreux morceau de beurre) et d'étranges piques de couleur verte.

— Ce sont des asperges, expliqua Val à Bobby, qui n'en avait jamais vu. C'est très bon. Et ça donnera une odeur bizarre à ton pipi.

— Val Reed, dit Rosa en secouant la tête, ce que tu peux être drôle, parfois !

— Tu es sûr que tes parents ne vont pas s'inquiéter ? demanda Val à Bobby.

Un gros grain de sel s'était posé sur sa lèvre. On aurait dit un flocon de neige. Il enfouit un morceau de saumon citronné sous sa langue.

— Certain, assura-t-il.

— J'ai du mal à te croire. Tu devrais leur téléphoner.

— Mon père n'est pas à la maison.

— Et ta mère ?

— On ne sait pas où elle est.

Visiblement surprise, Val arrondit la bouche, formant un grand « O » qui se rétrécit peu à peu, au même rythme que les battements de cœur de Bobby. Ce dont elle n'eut pas conscience, bien sûr.

— Il y a de la glace pour le dessert.

— Je n'ai pas le droit d'en manger, répondit Bobby. C'est mon père qui l'a dit.

— Eh bien, ton père se trompe, répliqua Val. Tu as le droit d'en manger autant que tu veux. Et quand tu veux, aussi.

Ils s'installèrent tous les trois sur le canapé du salon pour déguster leur glace. Ensuite, ils regardèrent des films de Disney jusqu'à ce que Rosa s'endorme. Bobby ne vit pas les heures passer. Il se sentait bien.

Quand Val sortit pour aller promener Bert dans le jardin, Bobby s'approcha de la fenêtre. Dehors, il faisait noir. Son souffle dessinait des fleurs de buée sur la vitre. Reproduit en triple exemplaire, son reflet se courait après d'un carreau à l'autre. Lorsque Val revint, il avait déjà éteint la télévision. Seul le bourdonnement des appareils laissés en veille troublait le silence. Le grille-pain. Le lampadaire halogène. Mi-clos, leurs yeux rouges attendaient, espéraient qu'on vienne les tirer du sommeil.

Val semblait avoir été façonnée à la main, songea Bobby. L'arête de son nez luisait un peu et formait un coude à son extrémité. Son menton, lui, était carré. Net et précis.

— Tu as raison, approuva-t-elle. Assez de télé pour aujourd'hui ! Nos yeux vont se déchausser, si on continue !

— Ça peut vraiment arriver ? demanda Bobby.

— Non. Pas que je sache, du moins.

— Moi, j'en sais rien parce que je la regarde pas beaucoup.

— Ah oui ? Ça m'étonne. Je croyais que tous les enfants passaient des heures devant la télé !

— Pas moi.

— Qu'est-ce que tu fais, alors ? Tu lis ?

— Mon père n'a pas beaucoup de livres.

— Ah.

Val jeta un coup d'œil à sa fille, occupée à la poursuite de son rêve derrière ses paupières closes.

— Tu devrais rentrer chez toi, reprit-elle. Il est tard.

— Ce n'est pas grave.

— Tu n'es pas censé rentrer à une certaine heure ?

— Non.

— Qu'aimerais-tu faire, alors ?

Il s'accorda le temps de la réflexion.

— On pourrait discuter, suggéra-t-il.

— Discuter ?

— Oui.

— De quoi ?

— Honneur aux dames, dit-il. Je vous laisse choisir.

Les enfants sont-ils les meilleurs ou les pires des confidents ? Val hésitait. D'un côté, ils ne sont pas tout à fait en mesure de vous conseiller ; de l'autre, ils peuvent vous offrir un puissant réconfort. Il y avait des lustres qu'elle n'avait pas vraiment conversé avec quelqu'un, et trois semaines qu'elle n'avait pas prononcé plus de cinq mots d'affilée – hormis avec Rosa. Il lui arrivait parfois de sursauter au son de sa propre voix. Et elle donnait si peu son numéro de téléphone qu'elle avait du mal à s'en souvenir. Ses amies d'enfance ne l'appelaient que rarement, la naissance de Rosa ayant servi de catalyseur à leur éloignement progressif. Elles étaient gênées par le handicap de la fillette et la manière dont il pesait sur le groupe lorsqu'elles se réunissaient. Val en était venue à penser que rien, sinon la proximité géographique, ne justifiait leur amitié. Si navrant soit-il, ce constat lui procurait une certaine satisfaction.

Depuis quelques jours, elle espérait trouver une bonne raison d'aller consulter son médecin. Certes, cet homme avait les mains froides, mais les menus propos qu'ils échangeraient lui offriraient un répit bienvenu dans l'interminable succession des jours. Sans cela, tout était si vide ! Elle avait même envisagé de feindre les symptômes d'une pathologie bénigne pour le seul plaisir de tressaillir au contact de ses paumes glacées tout en parlant du brusque changement de température.

Puis ce gamin avait sonné à la porte. Ce soir, elle avait eu l'impression d'accéder au monde réel, un monde dont elle n'avait jamais vraiment fait partie. Rosa et elle vivaient en vase clos, dans un univers régi par ses propres règles. Celui que Bobby laissait entrevoir attisait sa curiosité. Et déliait sa langue. Elle eut vite fait de lui raconter le peu qu'elle avait à raconter sur elle-même. Sa compagnie lui procurait un bien-être persistant, comme la marque d'un oreiller sur votre peau après une bonne nuit de sommeil.

Tout en appréciant le temps passé avec Val, Bobby éprouvait un léger embarras. Pour quelle raison ? Parce qu'elle le dévisageait avec intensité, peut-être ? Oui, ce devait être ça. Il avait du mal à la fixer longtemps dans les yeux. En boutonnant son manteau, il comprit soudain ce qui lui paraissait inhabituel : lorsqu'elle s'adressait à lui, elle ne regardait pas par-dessus son épaule.

— Je peux vous poser une question ? demanda-t-il.

— Bien sûr, répondit-elle. Tout ce que tu veux.

Bobby marqua une pause, le temps d'agencer les mots dans son esprit, de vérifier qu'ils étaient dans le bon ordre et sonnaient correctement, de se concentrer sur le sens qu'ils prendraient dans sa bouche à lui, puis dans ses oreilles à elle. Il tenait à ce que tout soit bien pensé.

— Vous me jurez que vous ne serez pas fâchée ?

— Comment puis-je le savoir avant que tu aies posé ta question ?

— C'est juste que je me demandais si…

— Vas-y. Je t'écoute.

— Qu'est-ce qu'elle a Rosa, exactement ?

Val réfléchit. Une longue minute s'écoula dans un profond silence. Bobby aurait voulu repêcher les mots qu'il venait de prononcer et les enfouir au fond de sa gorge.

— Rien, dit-elle enfin. Elle n'a rien du tout.

Et elle noua ses doigts aux siens.

Val attrapa les chaussures de Bobby, rangées dans le placard sous l'escalier. De vraies épaves. Leur petite taille lui rappela qu'il était encore très jeune, lui qui paraissait si sage.

— J'ai une idée, lança-t-elle. Ça te dirait de venir travailler avec moi demain ?

Elle arracha une page dans le carnet de Rosa et griffonna quelques mots, que Bobby tenta de déchiffrer en tendant le cou. Lorsqu'elle passa le bras au-dessus de sa fille endormie, le souffle de Rosa fit frissonner le papier dans sa main.

Bobby le prit. Val avait inscrit le mot *Bibliobus*, suivi d'une adresse. Dans un quartier où il n'avait jamais mis les pieds.

5

LE DRAGON QUI NE CRACHAIT PAS DE FLAMMES

Bobby savait que tout le quartier entendait Bruce et Cindy se disputer. Pas de doute là-dessus. Lui-même venait de les entendre ce soir alors qu'il était encore à l'autre bout de la rue. Il faut dire qu'ils étaient particulièrement bruyants. Si bruyants qu'il avait pu entrer et se faufiler dans sa chambre sans qu'ils s'aperçoivent de rien.

Pimentée par des rafales de claquements de portes, la dispute sembla s'achever à plusieurs reprises pour reprendre de plus belle à l'issue d'une plage de silence. Cindy vociféra en crescendo jusqu'au hurlement final qui provoqua le départ de Bruce. Bobby le regarda s'en aller depuis la fenêtre de sa chambre : son père sortit en courant, grimpa dans sa camionnette et descendit la rue en trombe. Leurs querelles se terminaient toujours ainsi. Seule différence notable, ces derniers temps : elles étaient plus courtes et Cindy avait les yeux plus noirs.

Une demi-heure après, trois amies de Cindy sonnaient à la porte. Elles restèrent jusque tard dans la nuit, fêtant leur samedi soir à grand renfort de vin et de cigarettes comme s'il ne s'agissait pas d'un jour ordinaire, inévitablement appelé à se reproduire la semaine suivante. La fumée se glissa dans l'escalier, s'insinua dans les coins et se pendit au plafond. Elle rampa sous la porte de la chambre où Bobby était allongé, l'oreille collée à la moquette comme un chef indien guettant l'arrivée d'un cavalier. Il toussa quatre fois en enfouissant sa bouche dans la chair tendre de son bras pour que personne ne soupçonne sa présence.

Après le départ des amies de Cindy et avant le retour de Bruce, Bobby se rendit à l'étage inférieur pour prélever les échantillons nécessaires à ses archives – ou plutôt, pour compléter la sous-section de ses archives consacrée au récit journalier de ce qui s'était passé depuis que sa mère était partie. Il indiquait dans la mesure du possible le nom de chaque visiteur, accompagné d'un croquis rudimentaire de son visage (de face et de profil) et d'une brève description de sa tenue vestimentaire ; il notait également les heures de coucher de chaque résident et prenait la peine d'extraire les reçus et les relevés bancaires de la poubelle pour les conserver. Cette nuit-là, il trouva une véritable mine d'indices matériels : des miroirs de poche zébrés de traces blanches ; une brosse à mascara hérissée de cils ; un paquet de pénis en chocolat, dont l'un, à demi mangé, fondait sur la table basse. Il était certain que sa mère voudrait savoir ce qu'elle avait manqué. Plus il aurait d'indices, mieux cela vaudrait.

Elle avait peint ces plafonds ; elle avait posé ces moquettes. Pour Bobby, la maison et Gee Nusku se confondaient : les murs étaient la cage thoracique dans laquelle battait son cœur. Il veillerait à ce qu'il batte jusqu'au jour où le sien cesserait de fonctionner.

Bien qu'il ait travaillé à ses archives toute la nuit, il n'était pas fatigué lorsque son père revint. Il se cacha tout de même sous sa couette jusqu'à ce que Bruce s'endorme une fois de plus sur le carrelage de la salle de bains. Quand le soleil vint inspecter sa chambre, Bobby ne dormait toujours pas. Il était bien trop excité pour ça. Pour la première fois depuis des semaines, il avait un endroit où aller et des amis qui l'attendaient.

Lorsque Bobby arriva au rendez-vous tôt le dimanche matin, des gouttes de rosée scintillaient dans l'herbe comme de minuscules boules à facettes. Il ne venait pas souvent dans ce quartier, appelé The Deeps du fait de sa situation géographique au sommet de la colline. De belles voitures bordaient les trottoirs ; les maisons neuves semblaient avoir jailli des plates-bandes colorées qui les entouraient, comme si les fleurs elles-mêmes les avaient édifiées, pierre après pierre. Des lions en marbre blanc montaient la garde devant des façades faussement rustiques, parées de charmants colombages ; non loin de la rue principale, on entendait le ruissellement impatient d'une fontaine dans ce qui devait être, d'après Bobby, un jardin splendide. Même les nuages semblaient sur leur trente et un : ils étaient duveteux, dodus et parfaitement immobiles, comme s'ils attendaient d'être capturés par la main d'un amateur d'aquarelles. Il paraissait évident que personne, ici, ne mangeait de pénis en chocolat.

Bobby aperçut d'abord Bert, puis Rosa, et enfin Val, qui fermait la marche. Rosa le serra si fort dans ses bras qu'il dut retenir une grimace de douleur. Val sortit un trousseau de clés de son sac pour ouvrir le portail.

— Je suis contente de te voir, dit-elle. Je n'étais pas certaine que tu puisses venir.

— Moi aussi, je suis contente de te voir, renchérit Rosa, et Bobby sourit.

Ils se glissèrent un par un dans l'entrebâillement de la grille.

La bibliothèque occupait le plus grand véhicule que Bobby avait jamais vu. Il dénombra seize roues en tout, dont deux de secours, rangées au-dessus des essieux. À l'avant du camion, la cabine affichait un grand sourire, révélant les dents argentées de la grille du radiateur, flanquée de deux pots d'échappement dressés vers le ciel.

— Vous êtes bibliothécaire ? demanda Bobby.

— Oh, non, répondit Val, mais ça me plairait bien.

Ils s'approchèrent de la porte arrière, que Val ouvrit à l'aide d'une autre clé. Elle laissa Rosa appuyer sur le bouton. La grande porte en acier émit un claquement sonore et se mua en un marchepied qui se déroula devant eux.

À l'intérieur, les livres étaient entassés sur des rayonnages qui couraient du sol au plafond, sur trois côtés du bibliobus. Bobby n'en avait jamais vu autant, ni n'avait même imaginé qu'ils puissent exister en si grand nombre. Au centre, le couloir laissé libre était encombré d'étagères plus petites qui formaient un labyrinthe menant jusqu'au fond du camion. La moquette, en fibre synthétique de couleur bordeaux, n'avait rien d'amical – hormis à l'arrière, où un modèle en laine, plus épais, avait été choisi. Bobby eut le sentiment de pénétrer dans un endroit défendu. Mystérieux, aussi. Déjà, il n'avait plus envie de partir.

Rosa s'assit et vida le contenu de son sac. Elle prit un stylo, fourra le capuchon dans sa bouche, roula sa langue sur elle-même et l'enfonça à l'intérieur du bouchon. Puis elle entreprit de couvrir les pages de son carnet de leurs noms. *Rosa Reed Val Reed Bobby Nusku.*

Val sortit plusieurs bouteilles de produits ménagers du placard installé derrière le comptoir. Bien droites, transparentes et remplies de liquides fluorescents, elles ressemblaient à des feux d'artifice sur une rampe de lancement. Puis elle ouvrit le robinet pour remplir un seau d'eau. En attendant qu'il soit plein, elle astiqua le dessus et les angles de deux petits rayonnages, Science-Fiction et Biographie. Ensuite, elle ajouta un bouchon d'eau de Javel dans le seau et lava le marche-pied. Bobby la regardait. Une fois essorée, la serpillière avait exactement la longueur requise pour faire tomber les toiles d'araignée qui s'étaient accumulées dans les coins, près des livres d'histoire. Après ça, Val nettoya les toilettes.

— Parfois, lança-t-elle à la cantonade, je me demande si la vie ne se résume pas à un trajet d'une cuvette à une autre. Ce serait terrible, non ?

Dès qu'elle eut terminé de passer l'aspirateur, Val invita Bobby et Rosa à s'installer dehors, sur de vieux transats dépliés près de l'entrée du bibliobus, sous l'auvent escamotable. Ils partagèrent les sandwichs qu'elle avait préparés le matin même : du bacon, des feuilles de laitue et des rondelles de tomate entre deux tranches de pain de seigle si souple qu'il reprenait gentiment sa forme initiale entre deux bouchées. Bobby mangea vite pour combler le trou que la faim avait creusé dans son estomac. Rosa jeta des miettes à Bert, qui les engloutit sans même se donner la peine de les mâcher.

— Avez-vous fini le ménage ? demanda Bobby.

— On n'en finit jamais de faire le ménage. C'est un éternel recommencement, Bobby. Il y a toujours quelqu'un pour salir ce que tu viens de nettoyer. Certaines personnes ont les mains si sales !

— Moi, je ne salirai rien.

— Je sais, acquiesça-t-elle, et elle sourit.

— Val ? demanda Rosa en posant son oreille sur la poitrine de sa mère comme si elle écoutait une conversation dans sa cage thoracique. Quand le bus s'en va, où emporte-t-il les livres ?

Bobby aimait observer Val et Rosa dans leur rôle de mère et de fille. Il était clair qu'elles avaient établi une série de rituels qui facilitaient leur vie commune. Conscient de leur utilité, il se garda d'intervenir, préférant les écouter sans rien dire. À la manière dont Rosa, juchée sur les genoux de Val, se laissait aller en arrière, les yeux clos, il comprit qu'elle lui posait cette question chaque semaine et connaissait la réponse par cœur.

— Maintenant que le bibliobus est bien propre, commença Val, quelqu'un viendra lundi matin pour le conduire dans un autre quartier, afin que les habitants puissent emprunter des livres avec leur carte de bibliothèque. Le mardi matin, le bibliobus sera conduit ailleurs ; le mercredi, le jeudi et le vendredi aussi. Le vendredi soir, le chauffeur le reconduira ici pour que je puisse faire le ménage dimanche prochain. Ce sera comme ça chaque semaine. Sauf si la mairie décide de fermer le bibliobus parce qu'il coûte trop cher.

Val fit courir ses doigts dans les cheveux de Rosa en mimant le mouvement d'une paire de ciseaux, puis elle posa sa main à plat entre les omoplates de sa fille.

— Ici, notre bibliothèque ambulante est installée dans un bus, reprit-elle, mais ce n'est pas toujours le cas. Dans certains pays, ce sont des animaux qui se chargent de transporter les livres.

— Quels animaux ?

— Eh bien, au Kenya, qui est un pays d'Afrique où il fait très chaud toute l'année, les livres sont transportés à dos de chameau. C'est le Service national des bibliothèques du Kenya qui organise les tournées. Ils ont douze chameaux, tous grands et assez forts pour transporter des sacs très lourds sur leurs bosses. À eux tous, ils sont capables de porter sept mille livres, tu te rends compte ! Ils les apportent dans les petits villages du désert pour que les habitants aient de quoi lire, eux aussi.

Rosa entortilla les doigts de sa main gauche au creux de sa main droite.

— Imagine les dégâts que ces chameaux pourraient causer s'ils donnaient de grands coups de langue sur ces pauvres livres ! poursuivit Val.

Elle tira la langue aussi loin que possible et la fit claquer au coin de ses lèvres. Rosa éclata de rire. Bert se réfugia sous le bibliobus, près des roues arrière, où il entreprit de lécher les dernières gouttes de rosée qui mouillaient ses pattes.

— Au Zimbabwe, qui se trouve aussi en Afrique et où il fait aussi très chaud, on transporte les livres dans une charrette conduite par un âne. Tous ces livres à tirer… L'âne doit être sacrément costaud, tu ne crois pas ? Et pour quelle autre raison doit-il être costaud, d'après toi ?

— Pour faire… commença Rosa.

— Hi-han ! acheva Val.

Un avion passa au-dessus de leurs têtes, à peine visible dans les nuages, à l'instant où Rosa éclatait de rire. Le bruit des réacteurs couvrit à peine le son de sa voix.

— En Norvège, où il fait toujours un peu froid, les livres naviguent d'une île à l'autre à bord d'un petit bateau. C'est très utile, surtout pour les personnes âgées qui vivent sur ces îles ! Et en Thaïlande, où il fait chaud et où il pleut souvent, on transporte les livres à dos d'éléphant dans la jungle pour les prêter aux gens qui habitent loin des villages, dans des maisons perchées au sommet des arbres.

Val tendit le bras devant son nez pour former une trompe, pinça les lèvres et émit une sorte de barrissement.

— Lequel tu préfères ? Moi, c'est l'éléphant. Grâce à lui, je pourrais enfin attraper les livres sur les étagères du haut !

— L'éléphant ! confirma Rosa.

Ravie, elle courut dans l'allée et sauta à pieds joints dans la plus grosse flaque, mouillant son pantalon jusqu'aux genoux.

— J'aime votre bibliothèque, déclara Bobby.

Val avait presque oublié sa présence.

— Merci d'être venu, dit-elle. Va choisir quelques livres si tu veux !

Bobby recevait rarement des cadeaux, sous quelque forme que ce soit. Convaincu qu'il fallait payer pour emprunter les livres, il songea aussitôt que son père n'accepterait jamais de lui donner l'argent nécessaire.

— Pour quoi faire ? répliqua-t-il.

— Pour les lire, gros malin ! La seule chose que je te demande, c'est de les rapporter la semaine prochaine.

— Je peux vraiment les prendre ?

— Bien sûr. Du moment que tu me promets de ne pas les perdre ni de les déchirer en morceaux, tu peux en emporter autant que tu veux.

Les quelques livres qui se trouvaient chez Bobby avaient été remisés au grenier par son père, qui les jugeait trop envahissants. Hormis un manuel de réparation automobile et une bible chipée dans un hôtel, il s'agissait principalement d'albums illustrés que sa mère avait achetés pour lui lorsqu'il était petit. Elle lui avait appris à en prendre soin. « Ce sont des objets précieux », répétait-elle. Il associait encore l'odeur du papier avec le timbre de sa voix, et le craquement de leur couverture cartonnée avec la tiédeur de sa poitrine contre sa joue.

— Je le jure, croix de bois, croix de fer. Si je mens, je vais en enfer !

Il traça deux croix sur son cœur pour donner plus de valeur au serment.

— Les livres sont des clés, dit Val. Chacun d'eux contient une réponse aux mystères de l'existence. C'est ce qui les réunit. Quand tu lis une histoire, elle prend vie grâce à toi. Et puis, ce qui se passe dans le livre peut aussi se passer dans ta propre vie !

— Je ne crois pas que ce soit vrai pour moi. Je n'ai jamais rien vécu qui ressemblait à une histoire dans un livre.

— Je pense que si, au contraire. Seulement, tu n'as pas encore appris à reconnaître les histoires qui t'arrivent.

Il se mit à pleuvoir. Val demanda à Rosa de s'abriter dans le bibliobus. La fillette souleva Bert dans ses bras et se dirigea vers l'entrée du camion. Bobby déplaça sa chaise longue de manière à toucher les jambes de Val.

— C'est chouette d'avoir de nouveaux amis, dit-il.

Elle acquiesça, avec le sentiment que l'adjectif « chouette » ne suffisait pas à témoigner de l'importance que revêtait déjà leur rencontre à ses yeux.

Plus tard dans la journée, Val permit à Bobby d'emprunter quatre livres. Il lui en fut d'autant plus reconnaissant qu'il n'avait pas de carte de bibliothèque. Il promit d'en prendre soin, ce qu'il fit, en les cachant dans un endroit où nul ne pourrait les trouver. Avec ses archives, au fond de l'armoire, derrière les cartons qui contenaient les affaires de sa mère.

L'un des ouvrages, intitulé *Le Géant de fer*, racontait l'amitié d'un petit garçon pour un gigantesque robot. Bobby se demanda si l'auteur, un certain Ted Hughes, avait glissé là une réponse au mystère de sa propre vie. Était-il le petit garçon, et Sunny le robot ? Comme il aurait voulu partager cette histoire avec son ami ! À l'heure qu'il était, Sunny était sûrement capable de scanner l'intégralité du roman d'un seul coup d'œil et de le mémoriser pour toujours.

Le lendemain, Bobby passa tant de temps à lire qu'il prit du retard dans ses archives. Il oublia de compter les bouteilles vides dans la cuisine ; il omit de relever la date et l'heure des claquements de portes ; il ne prit pas la peine de noter le nom des clientes qui vinrent se faire couper les cheveux, ni celui des célébrités auxquelles elles voulaient ressembler.

Il rêvait de s'introduire entre les pages d'un livre. Il voulait vivre une aventure, lui aussi. Mais son existence semblait déjà toute tracée. Et personne n'aurait jamais envie de lire une histoire pareille.

Quand Bobby s'éveilla, le ciel était d'un rose layette. Il dut attendre que son père parte travailler – et l'attente lui parut insupportable. Fidèle à ses habitudes, Bruce ne se pressait pas. Il engloutit un demi-litron de café noir, puis mastiqua son petit déjeuner sans enthousiasme, en convoquant juste assez d'appétit pour l'avaler. Bobby l'observait à la dérobée : autour des yeux, sa peau se mouchetait de minuscules taches blanches ; ses joues jaunissaient. Il réprima un sourire en songeant que sa mère ne le reconnaîtrait peut-être pas quand elle rentrerait. Comme ce serait drôle !

Sitôt seul, il fila chez Val et Rosa. Val prépara un copieux petit déjeuner, composé de plusieurs aliments que Bobby n'avait jamais goûtés. Des épinards. Des œufs pochés. Un fromage pâle qui s'émiettait entre les doigts.

— Qu'as-tu envie de faire aujourd'hui ? demanda Val.

— Je ne sais pas, répondit Bobby. Qu'est-ce que vous proposez ?

— Nous pourrions aller au parc ?

Bobby secoua la tête.

— Tu ne l'aimes pas ? reprit-elle.

— Pas autant qu'ici.

Chaque semaine, Val autorisait sa fille à choisir un livre dans le bibliobus. Rosa avait récemment découvert une splendide édition illustrée des *Aventures d'Alice au pays des merveilles*, qu'elle avait aussitôt serrée contre son cœur pour ne plus la quitter. La couverture montrait le sourire du Chat du Cheshire, délicatement embossé à la feuille d'or. Sur chaque dent apparaissait une lettre élégamment dessinée, le tout formant le prénom de la jeune héroïne. Ce matin-là, Bobby mit un moment à comprendre que Rosa ne souhaitait pas seulement lui montrer l'ouvrage : elle voulait qu'il le prenne, qu'il l'ouvre et qu'il le lui lise à voix haute.

— Je ne peux pas faire ça, dit-il.

— Pourquoi ? demanda-t-elle.

— J'peux pas, c'est tout.

— Pourquoi ?

— Parce que…

Il eut beau chercher une excuse, il ne trouva rien de valable. Les prétextes semblaient s'envoler à mesure qu'il les saisissait, comme une balle décidée à échapper aux mains de l'enfant qui veut l'attraper. Rosa balança le livre sur ses genoux et l'ouvrit à la première page. Bobby adressa un regard suppliant à Val, mais elle ôta ses chaussons et s'installa confortablement dans son fauteuil, les mains croisées derrière la nuque. Rosa l'imita, ce qui les fit rire toutes les deux. Bobby finit sa tartine en soupirant et entreprit de lire le texte à voix haute. Alice, qui s'ennuyait au bord d'une rivière, poursuivait le Lapin Blanc dans son terrier et atterrissait dans une pièce pourvue de plusieurs portes.

— Fais les voix, réclama Rosa.

Val s'empara du livre.

— Allons, Rosa. Laisse ce pauvre garçon tranquille !

Incommodé par le remue-ménage, Bert se dirigea vers le salon en traînant les pattes. Les restes rognés du bracelet-montre de Val jaillissaient de sa gueule comme une langue en décomposition.

— Vite ! Dans la grotte ! s'écria Rosa en prenant Bobby par la main.

Ils suivirent Bert dans la pièce voisine, que mère et fille avaient complètement transformée la veille au soir. Un faux plafond de draps et de couvertures oscillait à soixante centimètres du sol, posé sur des piles d'oreillers et de coussins. En rampant à l'intérieur, on pénétrait dans des catacombes qui semblaient se prolonger à l'infini – c'est du moins ce que Bobby imagina à quatre pattes derrière Rosa.

Val les entendit rire. Intriguée, elle s'assit sur les marches de l'escalier, d'où elle bénéficiait d'une vue plongeante sur l'édifice.

— Val ? appela Rosa en passant la tête entre deux coussins.

— Oui ?

— Est-ce que Bobby Nusku peut vivre avec nous ?

Bobby s'arrêta net. Val vit son dos se lever et s'abaisser sous les draps au rythme saccadé de sa respiration.

— Eh bien… Je ne suis pas sûre que son père soit d'accord, répondit-elle. Il risque de se demander où il est passé !

— Certainement pas, assura Bobby.

— Comment le sais-tu ?

— Une fois, je suis resté dehors toute une nuit parce que je croyais que j'avais tué mon ami Sunny.

— Toute la nuit ?

Au ton de sa voix, Bobby devina qu'elle ne le croyait pas.

— Ouais, toute la nuit. Je me suis assis sur le perron et j'y suis resté jusqu'au lendemain matin. La mère de Sunny m'a trouvé là quand elle est rentrée de l'hôpital.

— Et personne n'est venu te chercher ?

— Personne.

Val lança un regard vers la grotte. Elle comprit soudain qu'elle avait très envie d'y être, elle aussi, mais elle se sentait comme Alice, après qu'elle avait englouti le petit gâteau sur lequel était inscrit « MANGE-MOI » : elle était trop grande pour passer par la porte.

Bobby surgit à l'autre extrémité de la pièce, près de la cheminée. Il avait élargi l'accès à cet endroit de la grotte afin qu'elle puisse facilement se faufiler à l'intérieur.

— Non, je… marmonna-t-elle.

— Viens ! ordonna-t-il, passant du « vous » au « tu ».

Val se mit à quatre pattes et progressa sur la moquette. D'abord gênée, elle eut vite l'impression de rajeunir. Chaque centimètre lui faisait perdre une année.

— Entre, dit Bobby.

Elle obtempéra, brusquement ramenée des décennies en arrière, quand elle était toute petite et que son père jouait avec elle dans le grenier : il l'enfouissait sous des couvertures et des oreillers, et elle riait à en perdre haleine. Rosa lui prit la main et l'emmena au centre de la grotte. Là, elle découvrit ce qui les avait tant fait rigoler. Bert se léchait les babines. Ses dents, teintées par la laque du bracelet-montre, étincelaient comme celles du Chat du Cheshire.

Les jours de beau temps, ils étendaient un plaid sur la pelouse et pique-niquaient dans le jardin ; les jours de pluie, ils restaient à l'intérieur et se lisaient des histoires à tour de rôle.

Bobby montra à Val comment lancer puis maintenir une balle en l'air en n'utilisant que sa tête ; elle lui enseigna les rudiments de la psychologie et de la sociologie : comment fonctionnent les gens et la société ; comment nos propres expériences font de nous ce que nous sommes.

— Je n'ai pas fait beaucoup d'expériences, dit-il. Je ne suis pas assez vieux.

— Malheureusement, répliqua Val, ce n'est pas comme ça que ça marche.

— Tu sais tant de choses ! Étais-tu prof avant d'être femme de ménage ?

Elle sourit. Bobby sentit son cœur se mettre au diapason du sien.

— J'aurais bien aimé être enseignante. Ou un métier du même genre. Au lieu de ça, je dépoussière des ouvrages que j'emporte ensuite chez moi pour les lire. Je suis à la fois le professeur et l'élève, en quelque sorte. Mais en dehors de ça, je suis femme de ménage, rien de plus.

— Tu l'as dit toi-même : le monde aura toujours besoin de femmes de ménage, parce qu'il y aura toujours des gens qui feront des saletés.

Val étouffa le rire qui enflait dans sa gorge avant qu'il ne parvienne à desceller ses lèvres. Près d'elle, Rosa agitait des bonbons sous la truffe de Bert, qui demeurait insensible à leur balancement semi-hypnotique.

S'il faisait doux, ils allaient se promener en ville. Chaque fois que Bobby reconnaissait un élève du collège, il réglait son pas sur celui de Rosa, la mâchoire pointée vers le ciel. Il se sentait fier et sûr de lui pour la première fois de sa vie. Fierté et assurance – les flèches jumelles qui jaillissent de votre âme quand l'amitié vous sourit.

Un jour, ils aperçurent Cindy, attablée avec une amie devant une tasse de café et une part de gâteau au chocolat. Cette fois-là, sa coupe de cheveux peinait à évoquer celle de sa star favorite et, sur son avant-bras, l'inscription délavée ressemblait moins à un tatouage qu'à un gribouillis permanent. Bobby ralentit pour se cacher derrière Val, qui portait une robe avec des manches ballon. Hélas, elle ralentit à son tour, le forçant à marcher à découvert. Le regard de Cindy se posa sur lui.

Deux pensées traversèrent l'esprit de la jeune femme. La première fut une question : que faisait Bobby avec la dame qui vivait au coin de la rue – celle qui avait une fille handicapée ? Elle faillit appeler Bruce, puis se retint. Il détestait recevoir des coups de fil au travail. La seconde, une incitation : finis ce gâteau. Il est tellement bon !

À la fin de l'été, Val reçut la nouvelle qu'elle redoutait. Elle lui parvint par voie postale : un homme qu'elle n'avait jamais vu lui annonçait, aussi succinctement que possible, la fermeture imminente du bibliobus. Les subventions n'avaient pas été renouvelées. Malgré une petite campagne de protestation (fort véhémente, par ailleurs), les restrictions budgétaires l'avaient peu à peu privé de moyens. Désormais exsangue, la bibliothèque ambulante serait bientôt retirée de la circulation. Val envoya à son tour une lettre de protestation à la mairie. Elle ne reçut aucune réponse.

Contrairement à ce qu'elle s'était imaginé, la perspective de perdre son salaire l'affecta moins que celle de devoir quitter le bibliobus. La baisse de ses revenus lui donnait du souci, bien sûr : elle devrait rapidement trouver un autre moyen de compléter la maigre allocation qu'elle recevait des services sociaux pour s'occuper de Rosa, sans quoi il leur faudrait quitter la maison pour emménager dans un lieu plus petit, un deux-pièces peut-être, comme celui qu'elles occupaient avant que Val ne travaille au bibliobus. Et il faudrait que ce soit un emploi à horaires aménagés afin qu'elle puisse continuer à veiller sur Rosa. Bref, un vrai casse-tête. Inquiétant, mais pas suffisant pour l'empêcher de dormir. Non, ce qui la tenait éveillée, c'étaient les souvenirs. Une ribambelle d'images défilaient derrière ses paupières closes, plus souvent liées aux six dernières semaines qu'à aucune autre période de sa vie. Comme elle chérissait ces moments partagés dans le bibliobus ! Les histoires qu'ils avaient lues à voix haute ; les ouvrages qu'ils avaient découverts ; les héros qu'ils avaient encouragés et les méchants qu'ils avaient vilipendés, comme si leurs victoires et leurs revers de fortune reflétaient les leurs ; comme si ces personnages détenaient des parts d'eux-mêmes dont ils ignoraient l'existence avant de les découvrir, cachées entre les pages d'un livre.

La fermeture annoncée de la bibliothèque ambulante et ce qu'ils y perdraient lui semblaient, à l'heure pâle où chantent les premiers étourneaux, totalement incompréhensibles. Rosa, Bobby et elle ne trouveraient pas d'autre endroit où être ensemble, elle le savait, et c'est ce qui lui manquait déjà avant même que le bibliobus ne ferme vraiment ses portes. Le fait d'être ensemble, de créer quelque chose de nouveau, plus grand que la somme des personnes qui le composent. Val était convaincue que sa fille, qu'elle connaissait souvent mieux qu'elle ne se connaissait elle-même, peinait elle aussi à trouver le sommeil, tourmentée par le même chagrin.

Bobby en souffrait également, et de manière plus aiguë. Dans un contexte déjà douloureux (la fin de l'été le mettait au supplice), la lettre annonciatrice de la fermeture de la bibliothèque ambulante lui avait porté le coup de grâce. Il lui arrivait de rêver qu'il s'enfermait dans le bibliobus en verrouillant les portes de l'intérieur. Il était capable de voir dans le noir. Le camion n'avait pas de fenêtres, mais chaque livre sur les étagères en était une, grande ouverte sur le monde.

Bien que la bibliothèque lui ait permis d'aiguiser son imagination, il ne parvenait pas à concevoir qu'il puisse un jour souhaiter être ailleurs, avec d'autres gens. Cette seule pensée l'emplissait d'un désir incoercible – celui de les retrouver. Il avait l'impression d'être malade, si malade qu'il avait parfois le sentiment qu'il en mourrait. N'était la perspective de revoir Sunny le jour de la rentrée des classes, il aurait certainement sombré.

— Je ne veux pas retourner au collège, dit-il à Val un soir, alors qu'ils étaient assis sur les marches du bus. Je voudrais que tu nous fasses la classe ici, à Rosa et moi. Dans la bibliothèque. Comme ça, toi tu serais prof, et moi je ne serais pas obligé de partir. On serait tous les deux gagnants, tu comprends ?

Les différentes couleurs du maquillage de Val – rose en travers des joues, bleu en travers des paupières et rouge en travers des lèvres – semblaient conspirer pour évoquer le ventre bariolé de l'oiseau exotique qui tournoyait au-dessus d'eux.

— Il faudra bien que tu y retournes, répliqua-t-elle avec un déplaisir manifeste. L'été ne peut pas durer éternellement.

Bobby était pourtant convaincu que quelque part, dans un des livres qu'il n'avait pas encore lus, l'été se prolongeait jusqu'à la fin des temps.

6

LA MÈRE

Il fallait observer la photo de la mère de Bobby avec beaucoup d'attention pour remarquer le léger renflement qui tendait le tissu fleuri de sa robe d'été. Un renflement qui serait bientôt le petit frère ou la petite sœur de Bobby.

Sur le cliché, elle tenait Bobby dans ses bras. Des valises remplies de vêtements d'été se dressaient à côté d'eux sur le trottoir.

Quand il revenait de chez Val et Rosa, Bobby se sentait souvent très seul dans sa chambre. Une profonde mélancolie l'accablait. Il était trop petit à l'époque pour se rappeler le jour où la photo avait été prise (il avait trois ou quatre ans, d'après ses estimations), mais il s'était arrangé pour recréer ce souvenir. Mille fois regardée, l'image le transportait désormais dans un monde où tout était à la fois réel et irréel. Allongé sur le dos, il tenait la photo à deux mains au-dessus de son visage, les pieds posés sur le radiateur. Alors, il lui semblait encore sentir la douce pression des mains de sa mère sous ses fesses et humer le parfum mentholé de son haleine – celui des bonbons à l'eucalyptus qu'elle affectionnait. Dans son souvenir, du moins. Et peu lui importait de savoir si elle en mangeait bel et bien à l'époque.

Le jour de la rentrée arriva, et avec lui le début d'une nouvelle année scolaire. Bobby glissa la photo dans la poche avant de son cartable. Il ajouta un échantillon de cheveux (ceux de sa mère, soigneusement attachés à l'aide d'un long fil), deux vieux stylos et un biscuit (dont le chocolat avait fondu avant de se figer de nouveau). Cette journée marquerait aussi celle de sa première rencontre avec Sunny le cyborg. Car Sunny viendrait au collège, Bobby en était convaincu : Jules Clay n'était peut-être pas capable d'empêcher son fils de se blesser, mais elle tenait à ce qu'il ne manque jamais l'école. Bobby pourrait enfin raconter à son ami ce que les deux Kevin et Amir avaient fait subir à Rosa. Et Sunny se chargerait de la venger. Après cela, il n'aurait plus jamais peur de traverser le parc. Oui, plus il y pensait, plus il avait hâte de retrouver Sunny ! Il était nerveux et impatient à la fois. Avant de partir, il prit une clé à molette, des tenailles et un petit tournevis dans la boîte à outils de son père, afin de pouvoir réparer le cyborg en cas de besoin. Bruce serait furieux lorsqu'il s'apercevrait de la disparition de ses outils, mais Bobby serait alors doté d'un garde du corps totalement fonctionnel, capable de fracasser le crâne de son père et de créer une plage avec la poussière de ses os.

Il attendit la dernière minute pour se mettre en route et arriva au collège à l'instant où les portes se refermaient sur les retardataires. Les élèves se rassemblaient dans la cour ; leurs corps fondaient en piqué et plongeaient les uns vers les autres. Certains comparaient bruyamment leurs uniformes flambant neufs. Celui de Bobby, trop petit (vu que c'était celui de l'année précédente), le serrait au cou et aux cuisses. Des visages familiers, encore parés d'un bronzage estival, se tournaient vers le terrain en pente, près des courts de tennis, où les nouveaux avaient toujours tendance à se regrouper. Le collège se dressait au-dessus d'eux tel un mauvais présage, comme seuls les bâtiments institutionnels savent le faire. Bobby sentit son estomac se nouer lorsqu'il leva les yeux vers le toit de l'édifice.

Il s'approcha des buissons plantés près des salles d'arts plastiques. Le tunnel de Sunny se réduisait maintenant à une zone grisâtre sur le mur en brique. C'était là qu'ils avaient l'habitude de se retrouver, tous les deux. Bobby se pencha. Pas de Sunny. À sa place, deux adolescents s'embrassaient à pleine bouche. Ils étaient si occupés qu'ils n'entendirent même pas la cloche sonner.

Déformée par une consommation abusive de pâtisseries et de whisky, la silhouette de M. Oats était des plus étranges. Ses cheveux, aplatis sur les côtés et le haut de son crâne, rebiquaient à l'arrière. Un reste de dentifrice s'était figé à la verticale sur la ligne pâle et peu mouvementée de sa lèvre supérieure. Il s'empara de la liste des élèves et se pencha vers l'avant, comme un prêtre sur le point d'entamer un sermon.

— Penny Abrahams ? appela-t-il.

Penny brandit la main. Elle avait passé l'été à se transformer : de nouvelles courbes avaient remodelé sa silhouette encore indécise. M. Oats s'accorda une seconde de répit avant de continuer. Penny s'était contentée de tendre la main vers le plafond, mais le spectacle de ce corps en extension, de cette forme larvaire de féminité, avait suffi à lui couper le souffle.

— Thomas Allen ?

Thomas Allen, qui n'avait pas changé d'un iota au cours de l'été, signala mollement sa présence.

M. Oats lut l'intégralité de la liste sans prononcer le nom de Sunny Clay.

— Sunny Clay, protesta Bobby. Vous avez oublié Sunny Clay.

La chaise qui se trouvait devant la sienne, celle sur laquelle Sunny avait l'habitude de s'asseoir, était restée vide. Bobby refusait de la regarder.

— Assieds-toi, Bobby, répliqua M. Oats.

Il glissa la liste dans le tiroir de son bureau, qu'il referma d'un coup sec, arrachant un petit cri plaintif à Thomas Allen.

— Vous avez oublié un élève ! insista Bobby. La liste est incomplète. Vous n'avez pas appelé Sunny Clay !

Il entendit son nom passer d'une bouche à l'autre. Murmuré, soufflé, déformé entre les murs de la classe. Il s'empourpra et ses pensées s'enchevêtrèrent. Pourtant, personne n'aurait pu deviner que son agitation résultait de la crainte d'avoir perdu son ange gardien.

— Je t'ai demandé de t'asseoir, Bobby. Tu pourras rester debout et pérorer tant que tu veux quand tu seras professeur. Mais tu en es encore loin, crois-moi !

— Ce n'est pas parce qu'il est devenu un cyborg qu'il ne fait plus partie de la classe !

Dans son dos, les murmures se muèrent en hennissements.

— Qu'est-ce que c'est que cette histoire ? s'emporta M. Oats.

— Sunny s'est transformé en cyborg. Quand il arrivera, il vous réduira en miettes !

Stupeur générale. Bobby aurait juré entendre une mouche voler. Il renversa son pupitre d'un violent coup de pied. Le bois trop mince se fendit, répandant ses échardes sur le sol récemment ciré. Penny Abrahams poussa un cri bien plus strident que ceux qu'elle aurait pu émettre quelques mois plus tôt. M. Oats prit Bobby par le bras et l'entraîna dans le couloir. Lorsque la porte se referma derrière eux, la classe entière éclata d'un rire si sonore que les vitres en tremblèrent.

M. Oats plaqua Bobby contre le mur. La colère faisait vibrer ses doigts perclus d'arthrose.

— Je te suggère de te calmer, éructa-t-il.

Lui-même était tout sauf calme. La fureur faisait déjà écumer les coins de ses lèvres.

— Allez vous faire foutre, rétorqua Bobby, enhardi par la certitude d'être déjà au fond du gouffre.

M. Oats avait essuyé tant d'insultes, sous toutes les formes imaginables, au cours de ses quarante années d'enseignement qu'il n'y prêtait plus attention. Il avançait comme une moissonneuse en plein champ, avalant, puis rejetant les épis qui battaient ses flancs. Personne ne savait qu'il avait été un professeur exemplaire au début de sa carrière. Lui-même s'en souvenait à peine.

Bobby passa la matinée à recopier des équations dans la petite pièce attenante au bureau de la directrice. Quand M. Oats et lui étaient arrivés chez Mme Pound, les deux adultes s'étaient d'abord enfermés dans le bureau, où ils avaient discuté à voix basse, avant de sommer Bobby de les rejoindre. L'été avait manifestement eu raison de la plante posée sur la table. Les stores étaient gris de fumée ; tout était d'un jaune nauséeux et macabre.

Armée d'un gros feutre rouge, Mme Pound passa en revue une série de documents, encerclant parfois des phrases entières. Bobby se calma peu à peu. Malgré son air sévère, cette femme ne lui faisait pas peur. On lui avait souvent assuré qu'elle était gentille. Il en eut la confirmation lorsqu'elle s'adressa à lui d'une voix douce aux inflexions presque larmoyantes :

— Tout se passe bien à la maison, Bobby ?

— Oui.

— Écoute… Nous savons que la vie n'a pas été facile pour toi ces derniers temps. Alors, avant de commencer l'année, j'aimerais savoir où tu en es – tu comprends ?

M. Oats avait refusé de s'asseoir, préférant rester debout, coincé entre la porte et une armoire bourrée de classeurs. Si converser avec un enfant lui semblait pénible, discuter avec un enfant et une femme en position d'autorité excédait ses modestes capacités. Il rêvait d'être ailleurs. Dans le nuage de fumée qui environnait les habitués du pub, par exemple. Ceux avec lesquels il jouait aux fléchettes. Quelle sainte équipe ! Le sérieux qu'ils mettaient à descendre leurs pintes de bière ; l'étrange réconfort que leur procurait l'odeur de leurs pets… Oui, c'était avec eux qu'il se sentait le mieux.

Cet homme n'avait pas toujours été si pathétique. Bobby l'avait compris. Il le lisait dans ses yeux. Il reconnaissait dans ses prunelles la lueur qui brillait parfois dans celles de son père.

Ils n'étaient jamais partis en vacances. Ce serait la première fois. Quand la mère de Bobby lui montra une carte postale du littoral, il ne comprit pas ce qu'il voyait : il prit la mer pour une grande étendue de cristal bleu desséchée par le soleil.

— Et ça, qu'est-ce que c'est ? demanda-t-il en désignant la longue bande blanche qui bordait la plage.

— De la craie, répondit-elle. C'est une falaise de craie.

Il s'assit sur le lit pendant qu'elle faisait la valise. Ellc plia leurs vêtements avec soin, formant des carrés qu'elle empila les uns sur les autres de manière à édifier de petites tours, vite assemblées en colonnes. Bientôt, les vêtements dessinèrent une grille sur le lit, traversée de matériaux différents : les lainages en bas, les soieries au sommet et les cotonnades au milieu, en guise de garniture. Ensuite, elle démonta l'édifice pour le rebâtir dans la valise. Puis elle rabattit le couvercle et demanda à Bobby de sauter dessus à pieds joints pour que la boucle se positionne en face de la sangle : alors elle tira et poussa jusqu'à ce que la dent métallique accepte de rentrer dans l'œillet du fermoir.

— Nous allons voir de très grandes falaises, expliqua-t-elle. Tout au bout du pays.

— Comment ça, « tout au bout » ? À la fin, tu veux dire ?

— Oui. Là où le pays se finit. Après, il n'y a plus rien. Comme si tu arrivais à la dernière page de ton livre d'histoires.

— Qu'est-ce qui se passe, si on tombe du pays ? Est-ce qu'on peut remonter dessus ?

— C'est impossible, mon chéri. Personne ne peut tomber d'un pays.

— Et si le bord du pays se met à glisser sous nos pieds ?

— Pour que ça arrive, il faudrait que tu restes au même endroit pendant des millions d'années.

— Alors, on bougerait, non ?

— Oui, mon cœur. On bougerait.

Elle ferma la porte de la chambre, puis fixa Bobby d'un air grave.

— Maintenant, j'aimerais que tu écoutes bien ce que je vais te dire.

— Hmm.

— Bobby ? Tu m'écoutes ?

— Oui.

— Quand nous arriverons là-bas, nous ferons quelque chose de très spécial.

— Ah bon ?

— Nous prendrons la fuite, annonça-t-elle en le soulevant dans ses bras. Rien que toi et moi.

— Pour aller où ?

— Aucune importance. Nous serons déjà loin.

— Comment on fera ?

— Quand nous arriverons sur la plage…

— Près des falaises ?

— Oui, près des falaises. Je demanderai à ton père d'aller nous acheter des glaces. Dès qu'il sera parti, nous partirons, nous aussi. Tu vois, c'est tout simple.

— Il ne sera pas content.

— Ça, c'est sûr ! acquiesça-t-elle.

Son rire délicat jaillit dans la pièce comme de petites bulles éclatant à la surface de l'eau. Elle coinça ses longs cheveux (si doux, si soyeux, que Bobby en avait conçu une véritable obsession dès son plus jeune âge) derrière ses oreilles et baissa les yeux vers ses pieds. Il y avait longtemps qu'elle n'avait pas porté de talons. Le père de Bobby n'aimait pas ça. Il disait qu'elle était trop grande avec ces chaussures-là – sous-entendu : plus grande que lui. Gee enveloppa ses escarpins à talons dans une vieille serviette éponge et glissa le tout dans un sac de plage.

— Tout ce que je te demande, c'est de garder le secret, dit-elle.

— Pour les chaussures ?

— Oui, pour les chaussures. Et aussi pour notre départ. Ton père ne doit pas le savoir.

Bobby hocha la tête.

— D'accord.

— Tu me le promets ?

— Juré, craché. Croix de bois, crois de fer, si je mens, je vais en enfer.

— Marché conclu.

Elle reposa Bobby sur le sol. Il noua ses bras autour de ses jambes et nicha sa tête au creux de ses cuisses, sous son ventre légèrement arrondi. Impeccable corrélation entre une mère et son fils.

— Tu me promets que tu ne partiras pas sans moi ? reprit-il.

— Pourquoi te mentirais-je ? Tu te souviens de ce que je t'ai appris ? Ne mens jamais. Et ne fais de mal à personne.

— On va mentir à papa, pourtant.

Gee soupira.

— Non. On ne lui dira rien. Ce n'est pas tout à fait la même chose.

— Alors, tu promets ?

— Juré, craché. Croix de bois, croix de fer, si je mens, je vais en enfer. Maintenant, au lit, mon chéri. C'est l'heure de dormir. Demain matin, nous partirons en vacances pour très longtemps.

Quand Bruce rentra ce soir-là, il était couvert de peinture. Il peignait les maisons des autres pour gagner sa vie. Chez lui, en revanche, il avait laissé plusieurs murs à nu. Il y faisait toujours un peu plus froid qu'ailleurs, et Bobby éprouvait un sentiment de manque qui lui donnait la chair de poule. Bruce ne parlait guère, hormis pour évoquer les aléas de son métier solitaire.

Il ne partait jamais travailler sans glisser une bouteille d'alcool dénaturé dans sa trousse à outils. Il appréciait son efficacité, sa manière brusque et précise de régler les problèmes. Dans la grande famille des éthanols, cet alcool était le requin : l'arme que Bruce dégainait pour venir à bout de presque tous les fléaux de sa profession. Depuis le début de sa longue carrière, il ne s'en servait pas seulement pour nettoyer les taches de peinture, mais aussi pour se débarrasser de l'encre et de la poussière. Et même des cochenilles, si nécessaire – il en avait tué toute une colonie chez un fleuriste qui l'avait chargé de repeindre les plinthes de son solarium. Bruce était si satisfait de ses performances qu'il n'hésitait pas à employer l'alcool à brûler sur lui-même : pour désinfecter la peau craquelée de son talon avant de percer une vilaine ampoule ; ou pour se défaire d'un bouton d'herpès accroché à sa lèvre supérieure comme un bébé koala. Il en avait même versé sur la plaie béante de sa main gauche le jour où il avait perdu son petit doigt, coincé dans la charnière métallique de son échelle pliante. Son initiative n'avait pas été du goût des urgentistes qui l'avaient vu arriver à l'hôpital en brandissant un bocal rempli d'alcool dénaturé dans lequel trempait son auriculaire : si le liquide s'était révélé un bon antiseptique pour la blessure, il avait aussi détruit les cellules des tissus, empêchant toute possibilité de reconstruction. Les médecins furent tout de même impressionnés d'apprendre qu'il était venu aux urgences au volant de sa camionnette.

Ce qui lui plaisait le plus avec ce produit, c'était qu'il soit dénaturé : malgré sa très haute teneur en alcool (ou plutôt, à cause d'elle), les fabricants avaient jugé nécessaire d'y ajouter une substance infecte pour empêcher les gens de le boire. Cette substance, le benzoate de dénatonium, était le plus amer de tous les composés chimiques. Impropre à la consommation humaine, il entrait dans la fabrication de vernis amers et de répulsifs contre les animaux. Sans le dénatonium, les acheteurs d'alcool dénaturé seraient tentés d'en avaler, quand bien même ce geste pouvait les rendre aveugles, voire les tuer sur-le-champ. Certains s'y risquaient, malgré tout. N'était-ce pas formidable ? Un produit capable d'exercer une attraction constante malgré la destruction qu'il semait sur son passage ! Cette faculté forçait le respect de Bruce. Au fond de lui, il espérait qu'on puisse en dire de même à son sujet.

— Tu sais bien qu'on va perdre notre temps, déclara-t-il à son épouse. Il fera froid et la plage sera jonchée de crottes de chien. Il y aura des touristes partout. Même sur la falaise, tu ne pourras rien voir à cause des nuages. Quant à lui (il pointait le doigt vers Bobby), il réclamera tout ce qu'il verra dans les vitrines. Il se mettra à brailler et il faudra le traîner sur la digue balayée par le vent. Je n'appelle pas ça des vacances.

— Ce sera déjà bien de partir d'ici, répliqua-t-elle.

Ils n'échangèrent plus un mot jusqu'au lendemain matin. Quand Bruce chargea les valises dans la voiture, elle tenta de l'attendrir en faisant assaut de gentillesses, énoncées de sa voix la plus sucrée. Puis elle lui demanda de les prendre en photo, Bobby et elle, adossés au coffre. Elle prit son fils dans ses bras. Le flash mit longtemps à se déclencher. Bobby sentait le renflement de son ventre contre sa cuisse. Elle aurait beau changer, il pourrait toujours se lover dans les replis de son corps.

Bruce accepta d'allumer l'autoradio, mais ils l'entendirent à peine tant le vent soufflait à leurs oreilles (l'air conditionné ne fonctionnait plus, et ils devaient rouler avec les vitres baissées). Bobby s'amusa à arracher des lambeaux de cuir au dossier du siège de son père, à les rouler en boule et à les assembler dans le creux de sa main de manière à former de petites pyramides qui s'écroulaient dans les virages. Sa mère lui avait appris à dénombrer ce qu'il voyait autour de lui, afin que sa voix intérieure soit plus forte que le bruit de leurs disputes. Aussi compta-t-il les boulettes de cuir, puis les écrans sur le tableau de bord, puis le nombre d'insectes écrasés sur le pare-brise.

Après deux heures de route, ils s'arrêtèrent dans une station-service. Bruce sortit en claquant la portière et s'éloigna, une cigarette vissée au coin des lèvres. La fumée dessinait de jolies volutes au-dessus de sa tête. Il se dirigea vers le bar d'un hôtel qui accueillait des VRP en tournée et des chauffeurs de poids lourds brusquement tentés de se garer pour la nuit plutôt que d'affronter l'incessant mouvement de la route, cette vision imprimée dans chacune de leurs minutes d'éveil. Bruce commanda un verre de porto. Le barman tendit le bras vers l'étagère du haut et s'empara d'une bouteille poussiéreuse. Bruce buvait rarement ce type de liqueur, mais aujourd'hui c'était ce qu'il lui fallait. Une boisson (et une promesse) adaptée aux circonstances.

La mère de Bobby ouvrit la portière arrière, détacha la ceinture de son fils et l'emmena vers une petite aire de jeux, où elle inséra quelques pièces dans une voiture électrique qui se mit soudain à clignoter et à faire du bruit. Harnaché sur le siège, Bobby fit plusieurs tours de circuit sous son regard attentif. Elle donnait des coups de dents dans la peau desséchée de ses lèvres. Elle n'aimait pas pleurer devant lui et lui avait appris à monter dans sa chambre quand elle le lui demandait, aussi rapidement et sagement que possible.

Lorsqu'ils regagnèrent la voiture, Bruce les attendait. Il ne s'était pas calmé, loin de là : il semblait encore plus furieux. De sa main droite, il frottait l'endroit où se trouvait autrefois son petit doigt gauche.

— Dépêchez-vous, grogna-t-il.

Gee installa son fils sur la banquette arrière et lui donna un baiser.

Ses lèvres étaient douces comme une cerise tout juste cueillie.

Bruce les foudroya du regard. Gee eut beau tenter de résister à la panique, rien n'y fit. Ses gestes se firent précipités – à croire que son mari contrôlait la vitesse de ses mouvements. Elle attacha la ceinture de Bobby (sans veiller à l'enfoncer complètement, si bien que la sangle se détacha quelques instants plus tard), puis reprit place à l'avant et ôta son manteau, les joues rouges.

Dès qu'ils furent sur l'autoroute, le père de Bobby se mit à tambouriner sur le volant. Cinq doigts, puis quatre : un morceau bancal, qui s'achevait toujours en queue de poisson. À peine audible, le tapotement se fit plus fort, puis plus fort encore. Gee ôta ses bagues et ses bracelets, et tendit le tout à Bobby.

— Tiens, dit-elle. Compte-les.

Il obtempéra. Un deux trois quatre cinq six sept. Un deux trois quatre cinq six sept. Un deux trois quatre cinq six sept. Chaque fois qu'il arrivait à sept, il recommençait aussitôt, sans même reprendre son souffle, afin de ne pas entendre la voix de son père ni les pleurs de sa mère.

En revanche, il entendit très nettement le choc, puis le froissement de la tôle ; le fracas de sa tête contre le pare-brise et le bruit de son corps lorsqu'il atterrit sur la voiture arrêtée devant eux. Oui, il entendit très bien tout ça.

Après, il vit leurs sandwichs éparpillés sur la route ; leurs chaussettes, aussi. Quarante-deux, certaines appariées et roulées en boule, d'autres seules, à plat sur le bitume. Et leurs sous-vêtements. Vingt et un, de tailles et de couleurs différentes.

Ils étaient encore propres, ce qui l'avait rassuré. Quant à lui, bien que légèrement étourdi, il n'avait rien. Absolument rien. Mais ils n'étaient plus que trois, à présent. Il l'avait compris aussitôt. Il n'y aurait pas de bébé. Rien qu'eux trois pour toujours.

— Maman, murmura-t-il.

La lèvre inférieure de Bobby s'était mise à trembler. Mme Pound congédia M. Oats. Visiblement soulagé, l'enseignant sortit en fermant la porte derrière lui, puis lança un regard noir à Bobby à travers la vitre, avant de s'éloigner dans le couloir.

— Veux-tu que je téléphone à ton père ? suggéra la directrice.

— Pourquoi ? s'enquit Bobby.

— Tu n'es pas obligé d'aller en classe cet après-midi. Tu pourrais rentrer chez toi, te reposer et revenir demain matin.

— Pouvez-vous appeler quelqu'un d'autre ?

— Un membre de la famille ?

— Une amie.

— Seulement si ton père lui a donné l'autorisation de venir te chercher au collège.

Il baissa les yeux. Elle portait des chaussures noires, petites et brillantes, comme celles des poupées – mais dépourvues de charme, comme celles des soldats.

— Tant pis, dit-il. Je préfère rester ici avec vous.

Mme Pound accepta que Bobby s'installe dans un coin. Il était censé travailler. En réalité, il passa la matinée à espionner les autres élèves. La fenêtre offrait une vue imprenable sur la cour du collège. Il regretta de ne pas avoir emporté les jumelles de son père. Bruce ne s'en était servi qu'une fois, à l'envers, pour observer la télévision depuis le canapé du salon. « Elle paraît très loin », avait-il commenté.

La cour formait un étroit couloir de béton ceinturé de hauts murs. Pendant les récréations, les élèves bouchaient l'artère du passage qui menait vers l'énorme cœur du bâtiment : le hall d'entrée où tous convergeaient à chaque sonnerie.

Bobby connaissait parfaitement cette partie du collège. En prévision de l'opération à venir, il s'était remis la carte en tête : il fallait effectuer trois cent quatre-vingt-quatre pas pour traverser la cour en diagonale ; la grille du fond, fermée pendant les heures de cours, ne mesurait que deux fois la hauteur de Bobby : il l'escaladerait sans trop de difficulté ; des enseignants pouvaient surgir à tout moment par chacune des douze portes disséminées le long du parcours, mais ils préféraient généralement rester dans la salle des professeurs et se bitumer la langue à coups de café noir.

Quand Mme Pound quitta son bureau pour aller déjeuner, Bobby fourra ses cahiers dans un sac en plastique et sortit du bâtiment administratif par une petite porte. La cour était remplie d'élèves. Il s'adossa au mur, puis s'accroupit et se dirigea vers un gros conduit d'évacuation à ciel ouvert. S'il parvenait à le longer, planqué derrière, pour faire le tour de la cour sans être vu, il atteindrait l'autre extrémité du bâtiment et n'aurait plus qu'à s'élancer vers les buissons qui bordaient le terrain de basket-ball. De là, il pourrait aisément rejoindre la grille qui donnait sur la rue. Son plan fonctionna à merveille. Un amas de feuilles et de boue bloquait le conduit par endroits, ce qui l'obligea à s'en éloigner plus que prévu, mais personne ne l'aperçut. Il marqua une courte pause en débouchant sur le terrain de basket, le temps de reprendre son souffle et de resserrer ses lacets.

Il venait d'atteindre la grille quand il les vit. Amir, le petit Kevin et le grand Kevin. Ils marchaient dans sa direction. Encore loin, mais clairement identifiables. Bobby se figea. Déjà, son corps ne lui obéissait plus. Au lieu de tourner les talons et de s'enfuir comme il aurait voulu le faire, il restait là, accroupi dans une position ridicule. Leur rire, étrangement métallique, lui parvint aux oreilles. Était-il en train de rapetisser ? Son cœur allait-il exploser dans sa poitrine devenue trop étroite ? Il en avait bien l'impression. Il ferma les yeux. Noua les bras autour de son visage. Et sentit un jet d'urine tiède couler le long de ses cuisses. Les trois garçons arrivèrent à l'instant où le liquide, déjà froid, maculait son pantalon en polyester. S'ils étaient des personnages de roman, songea-t-il soudain, que se passerait-il ?

Sunny le cyborg actionna le faisceau laser qui jaillissait de ses yeux et fendit la grille d'un seul regard. Il pulvérisa les cailloux du chemin sous ses gigantesques pieds d'acier et laissa ses empreintes majestueuses dans la terre meuble. Un bruit de chargement (le courant électrique se rassemblait dans la chambre de son énorme moteur en métal), puis les canons en titane se repositionnèrent. Vibration robotique du barillet, vrombissement, pression sur la détente et mise à feu. Odeur de chair et de cheveux brûlés. Jets de vapeur. Résultat : trois lanternes chinoises (cœurs calcinés dans une cage thoracique brûlée) oscillaient devant lui en silence. Un bras métallique se posa sur l'épaule de Bobby et une lampe frontale ultra-puissante lui indiqua le chemin à suivre à travers la fumée.

Quand Bobby ouvrit les yeux, ils étaient tous partis. Ceux qui étaient là un moment plus tôt n'y étaient plus. Il arracha une feuille du buisson et essuya son entrejambe sans parvenir à éponger la tache. Il attendit que ses mains aient cessé de trembler, puis il escalada la grille. Une des pointes s'insinua sous son tee-shirt, qui se balafra d'un coup sec.

Il avait un point de côté quand il arriva à l'angle de la rue où vivait Sunny. La voiture de Jules n'était pas garée devant l'entrée. Après avoir gratté trois fois à la porte, il se plaqua le long du mur. Personne ne vint ouvrir. Il frappa de nouveau, plus violemment cette fois, au cas où Sunny n'aurait pas eu le temps de faire régler ses oreilles de cyborg sur la bonne fréquence. Toujours personne. Il contourna la maison et se glissa sous la barrière du jardin par le petit passage secret que lui avait indiqué Sunny. L'herbe avait poussé depuis sa dernière visite : il s'enfonça jusqu'aux chevilles dans un épais tapis de verdure.

La porte de derrière était verrouillée. Il n'y avait toujours pas de vitre à la fenêtre de la cuisine, obturée par un grand morceau de plastique. Bobby décolla le chatterton qui le maintenait en place et jeta un coup d'œil à l'intérieur. La cuisine était vide. Pas de nourriture. Pas de table. Pas de chaises. Il n'y avait même plus d'évier. Le four avait été emporté, laissant un espace béant, encadré de taches de gras.

Bobby se hissa sur le rebord de la fenêtre et pénétra dans la maison. Le salon était aussi vide que la cuisine. Au sol, un carré de moquette neuve évoquait un fauteuil disparu ; en face, le poste de télévision avait laissé un espace similaire, tout aussi propre ; aux murs, de fines traces de poussière rappelaient les photos qui les avaient décorés, celles de Sunny quand son sourire fonctionnait encore, et celles de Jules, pendant ces longs et merveilleux étés où elle était encore capable de protéger son fils.

Bobby ressortit dans le jardin. Derrière la remise, il creusa pour trouver une pierre noire et brillante à nulle autre pareille. C'était sur cette pierre qu'ils avaient mêlé leur sang le jour où ils avaient décidé d'être frères. Sunny avait déclaré que le serment les lierait pour toujours. Bobby trouva la pierre à l'endroit où ils l'avaient enterrée. Il trouva aussi une boîte de conserve. Bien que Sunny l'eût lavée à deux reprises, les bords étaient encore couverts de pulpe de tomate. Bobby vida la terre qu'elle contenait et découvrit un petit sac plastique. Et dans ce sac, un bristol.

Cher Bobby Nusku. Ils m'ont emmené loin d'ici. Viens me chercher pour que je continue à te protéger. Sunny.

Il avait inscrit une adresse au recto. Bobby se laissa tomber dans l'herbe, la gorge nouée. Sunny était parti.

L'espoir, disaient les gens autour de lui (ses professeurs, surtout), est ce qui nous fait tenir dans les moments les plus difficiles de l'existence. Bobby, lui, pensait exactement l'inverse. Il savait, par exemple, que sa mère finirait par revenir. N'était-ce pas ça, l'espoir ? L'espoir est une flamme constamment allumée dans votre âme ; une flamme dont la lumière vous guide ; qui jamais ne vacille, jamais ne s'éteint. Même si nous ne nous en rendons pas toujours compte, nous nous réchauffons les mains à sa flamme chaque matin. C'est elle qui nous tire du lit ; c'est elle qui nous pousse à sortir. C'est elle qui nous donne l'énergie de vivre.

Pour la première fois de son existence, Bobby s'en sentait brusquement privé.

7

L'OGRE

Val faisait le ménage. Épousseter les bibelots, nettoyer le rebord de la fenêtre : n'était-ce pas une manière comme une autre de passer le temps ? Rosa faisait de même : délaissant les devoirs que sa mère lui avait donnés, elle écrivait le nom de son nouvel ami dans son carnet, encore et encore, jusqu'à ce que les caractères noirs aient envahi la blancheur de la page. Ni l'une ni l'autre n'avaient réellement conscience du manque que l'absence de Bobby Nusku suscitait chez elles. Intriguées par le désir vague, presque nauséeux, qui les tenaillait en permanence, elles le mettaient à tort sur le compte de la faim. Il en va souvent ainsi lorsque quelqu'un nous manque : le désir de le revoir s'avance masqué pour ne pas risquer de nous rendre fous de désespoir.

Quand Bobby frappa à la porte, Val fut un peu surprise, mais surtout ravie de le voir. Elle ne mentionna pas le fait qu'il aurait dû se trouver au collège à l'heure qu'il était. Il n'en parla pas non plus. Elle l'invita à entrer. Son pantalon était curieusement taché sur le devant et l'arrière. Boue et vert-de-gris. Là encore, elle ne dit rien. Les yeux de Bobby s'emplirent de larmes quand elle le prit dans ses bras, faisant courir ses doigts le long de sa colonne vertébrale.

— Sunny a été emmené parce qu'il s'est transformé en cyborg et qu'ils ont peur de ce qu'il est capable de faire ! annonça-t-il.

— Où l'a-t-on emmené ?

Il lui montra l'adresse.

— Mince, dit-elle. C'est sur la côte sud.

— Loin d'ici ? demanda Bobby.

— Nous sommes au centre de l'Angleterre. Alors, la côte sud, c'est assez loin. Et même très loin.

Val prépara du thé et une assiette de sablés, puis elle laissa Rosa et Bobby devant la télévision tandis qu'elle allait remplir la baignoire d'eau chaude et de bulles de savon.

Le père de Bobby ne l'autorisait pas à prendre des bains. Ça coûte trop cher, disait-il. Bobby en était d'autant plus déçu que la salle de bains était la pièce qu'il préférait dans la maison, même si rien ne fonctionnait correctement. Le ventilateur de la bouche d'aération avait rendu l'âme ; la vapeur d'eau ourlait les coins du linoléum et l'extrémité de chaque latte des stores ; les murs étaient marbrés par l'humidité et la tuyauterie couinait chaque fois qu'il ouvrait les robinets. Malgré son pommeau futuriste, la douche était une source de déception permanente : son jet n'était guère plus puissant que celui d'un bambin. La pièce était pleine d'imperfections, dont la constance rassurait Bobby. Elles lui rappelaient l'époque où il s'asseyait sur la cuvette des toilettes, le regard braqué sur sa mère qui tentait maladroitement d'appliquer son eye-liner sans dévier de sa trajectoire.

Bruce s'immergeait parfois dans un bain chaud lorsqu'il rentrait du travail couvert de peinture. Il laissait la porte grande ouverte. Posté dans le couloir, Bobby attendait patiemment qu'il ait fini. Quand Bruce se décidait à sortir, l'eau tiède laissait des traces grisâtres sur les bords de la baignoire. Elle ruisselait sur les joues de son père, son cou et son torse, avant de rebondir sur sa bedaine. Il avait tant grossi qu'il devait se pencher pour voir son pénis, tout plissé et recroquevillé – un peu comme le petit doigt qu'il avait perdu.

Bobby se déshabillait et grimpait dans la baignoire pendant que son père se séchait. Puisque ça ne coûtait pas plus cher, c'était permis. Il enfilait ses lunettes de natation, prenait une grande inspiration et enfonçait la tête sous l'eau. Là encore, il collectait des échantillons pour ses archives : rognures d'ongles, peluches de laine, lambeaux de peau flottant à la surface (Bruce profitait de son séjour dans l'eau chaude pour se défaire de ses ampoules). Un jour, se disait Bobby, j'aurai assez de matière pour me fabriquer un autre père. Mais quand ce jour viendrait, il s'était promis de ne pas lever le petit doigt : ça n'en vaudrait pas la peine.

La salle de bains, chez Val, était bien plus luxueuse que chez Bobby. La mousse avait débordé et glissait lentement jusqu'au sol. Lorsqu'il s'immergea dans l'eau, la chaleur lui monta à la tête ; la vapeur descella ses lèvres, lui arrachant un cri de surprise. Il laissa le liquide brûlant emplir son corps jusqu'à ce qu'il en soit imbibé, comme un croûton dans un bol de soupe. Val s'assit sur le bord de la baignoire et lui savonna la plante des pieds en traçant des cercles concentriques sur sa peau. Ça chatouillait un peu, mais c'était agréable.

— Tu te sens mieux ? demanda-t-elle.

— Oui, assura-t-il, une barbe de mousse sur le menton.

Elle lui lava les cheveux avec du shampooing à la fraise. Attiré par le parfum, Bert s'arrêta brièvement sur le pas de la porte, l'air inquisiteur. Puis Val remplit d'eau une bouteille en plastique, qu'elle vida lentement sur la tête de Bobby. Il sentit les bulles cascader dans son dos ; elle suivit leur parcours en pressant doucement son pouce sur sa peau. Il confectionna un gâteau d'anniversaire avec la mousse, et le fit exploser en soufflant la bougie.

Avant de rejoindre Rosa au rez-de-chaussée, Val tendit à Bobby une serviette couleur crème, aussi moelleuse qu'un cube de guimauve. Il sortit de la baignoire et se tint au milieu de la pièce, tandis que l'eau dégoulinait de ses chevilles jusqu'au sol. Son pantalon taché d'urine gisait dans un coin, parmi les gants rose pâle, les crèmes et les lotions, les serviettes à fleurs et les sels de bain parfumés. Il comprit soudain ce qui manquait dans la maison de Val. L'eau grisâtre, les lambeaux de peau dans la baignoire, et cette odeur âcre qui rendait plus douce encore celle des fleurs – un homme. Il lui manquait un homme.

Il la trouva dans sa chambre, assise au bord du lit. Il fut surpris par l'indigence de son intérieur. Un soutien-gorge accroché à la tête de lit ; une vieille malle aux coins écornés pour ranger l'intégralité de ses vêtements. La pièce était aussi utilitaire qu'un tire-bouchon. Il passa ses bras autour de ses épaules. L'espace d'un instant, ils formèrent une seule silhouette aux contours parfaits.

Bert aboya, réveillant Bobby, mais pas Val. Même quand le chien se mit à grogner, puis à gronder, elle continua de dormir. Il fallut que Rosa l'appelle à pleins poumons depuis le bas de l'escalier pour qu'elle ouvre un œil. Bobby, lui, était déjà sur le qui-vive : la violence avec laquelle le visiteur frappait à la porte, sa brusquerie (ou les deux) avaient détaché son cœur du poteau qui le retenait dans sa poitrine. Il l'entendait piaffer dans sa cage thoracique, prêt à s'enfuir au galop vers l'embouchure de ses lèvres.

Val resserra la ceinture de son peignoir sur ses hanches. Bobby la suivit dans l'escalier. Dans l'entrée, la poignée de la porte cessa de trembler, mais les coups reprirent de plus belle contre le battant.

— Qui est là ? demanda-t-elle en s'approchant.

— Ouvrez ! répliqua une voix masculine.

Bobby se figea.

L'esprit encore tenaillé par le rêve qu'elle venait de faire (un rêve puissant qui avait planté ses éclats dans ses pensées), Val accrocha la chaîne de sécurité et entrouvrit la porte. Un rayon de soleil s'engouffra dans le vestibule, reliant deux univers que Bobby tenait férocement à distance l'un de l'autre.

— Où est mon fils ? demanda Bruce Nusku.

— Votre fils ?

— Oui. Mon fils.

Le père de Bobby referma sa grosse patte mutilée sur la chaîne et tira d'un coup sec, faisant valser vis et boulons. La porte s'ouvrit à la volée. Ils se tenaient tous d'un côté, lui de l'autre.

— Toi ! rugit-il en pointant Bobby du doigt. Peux-tu m'expliquer pourquoi la directrice de ton collège vient de m'appeler pour m'informer de ta disparition ?

Bobby veillait à ne pas le regarder dans les yeux. Tant qu'il ne croisait pas son regard, il pouvait continuer à penser que Bruce ne se dressait pas réellement devant lui et qu'il s'agissait d'un cauchemar. Oui, d'un instant à l'autre, il allait se réveiller, bien au chaud dans les bras de Val, au premier étage de la maison. Pour ne pas dissiper l'illusion, il concentra son attention sur une partie du crâne de son père, là où le soleil jouait avec sa calvitie, plaquant des formes étranges sur sa peau lisse. Il envisagea aussi de claquer la porte, mais Bruce y aurait perdu ce qu'il lui restait de doigts. C'était toujours pareil : quand l'occasion de blesser son père se présentait, il était incapable de la saisir.

— Désolé, dit-il. Je ne l'ai pas fait exprès.

— À quoi ça sert de t'excuser, maintenant que le mal est fait ?

— À rien.

— Exactement. Ça sert à rien, bordel !

— Monsieur Nusku, intervint Val. Tâchez de surveiller votre langage. Votre fils n'est pas le seul enfant à assister à cette conversation.

Bruce jeta un coup d'œil par-dessus l'épaule de Val et aperçut Rosa. Assise en tailleur sur le sol, les bras solidement noués autour du genou de Bobby. Il fit un pas dans l'entrée, les privant brusquement de la lumière du soleil. D'après le livre d'astrologie pour enfants que Bobby avait trouvé dans le bibliobus, les hommes croyaient autrefois (dans certains pays, du moins) qu'une éclipse signalait la fin de quelque chose d'important.

— Ma compagne vous a vue en ville avec mon fils, dit Bruce à Val.

— En effet. Je l'ai emmené faire des courses.

— Vous comptiez lui offrir un drap de bain ? répliqua-t-il en désignant Bobby, toujours enveloppé dans sa serviette éponge.

— Non. Bien sûr que non.

— Vous aviez déjà prévu de lui donner un bain, n'est-ce pas ?

Val plissa le nez. Bobby la vit grimacer et comprit aussitôt. L'haleine de son père empestait la bière et le tabac. Rien n'était plus accablant que ces deux odeurs combinées.

— Il était sale. J'ai voulu le laver.

Le père de Bobby tapota sa cuisse pour sommer son fils de le suivre. Comme il l'aurait fait avec un chien, sans doute. Bobby demeura parfaitement immobile. Seule sa paupière gauche tressaillait, agitée de mouvements incontrôlables.

— Viens, ordonna Bruce. On rentre.

— Mais je suis bien ici !

— Ça m'étonnerait. Pas avec une femme qui s'amuse à déshabiller les enfants des autres.

Il plaqua une main sur la nuque de Bobby et tenta de l'entraîner vers la porte, mais Rosa s'agrippa à ses jambes pour le retenir. À eux deux, ils pesaient plus lourd que Bruce ne l'aurait cru. Il ne parvint pas à les séparer. Rosa se mit à geindre, émettant un grondement rauque auquel Bert répondit, pour la protéger, en grognant à son tour.

— Monsieur Nusku, je vous en prie ! plaida Val.

— Écoutez, ma petite dame, ce n'est pas à vous de me dire ce que je dois faire de mon fils.

Sur ce, il secoua Bobby jusqu'à ce que la serviette tombe à ses pieds, et le jeta sur son épaule comme un quartier de viande. Ses fesses nues, que l'eau chaude avait réchauffées, étaient aussi rouges que les joues de son père.

— Toi, tu vas avoir de très gros ennuis, assura Bruce.

Il courut jusqu'à la maison d'une traite sans poser son fils au sol. Son sale caractère lui avait été transmis par son propre père, et par le père de son père avant cela. Les enfants sont des perroquets en puissance. Seuls les rejetons exceptionnels parviennent à se parer des plumes de leur choix, qui se mêlent peu à peu au duvet grisâtre dont ils sont couverts à la naissance.

Lorsqu'ils arrivèrent, Bruce était aussi exténué que Bobby était mortifié – mais pas assez pour l'empêcher de le pourchasser jusqu'en haut de l'escalier.

Bobby compta jusqu'à cent trente-quatre. Puis, estimant le danger passé, il ouvrit les yeux. Il avait l'impression d'avoir parcouru des centaines de kilomètres. Pourtant, il était exactement là où son père l'avait jeté avant de commencer. Sur son lit, dans sa chambre.

Il avait caché sous son lit une corbeille remplie de produits de beauté. Ceux que sa mère avait laissés en partant. L'un d'eux, un petit pot de crème pour le visage, froid au toucher, était censé adoucir la peau, combattre les effets du vieillissement et lutter contre les rides. Il avait lu les indications avec soin. Rien ne semblait s'opposer à ce qu'il utilise le produit sur ses fesses. Il l'avait déjà fait auparavant et n'avait souffert d'aucun effet indésirable – bien au contraire : la crème lui avait rendu ses fesses de bébé, souples et douces. C'était sans doute aussi la raison pour laquelle les œillets de la ceinture de son père s'étaient imprimés si profondément dans sa chair.

Plusieurs ampoules ne tardèrent pas à se former. Le port du pantalon se révélant trop douloureux, Bobby enfila la vieille robe de chambre de sa mère. Le tissu était encore imprégné de son odeur, mais si ténue qu'il craignit de la perdre. Bouleversé, il se mit en devoir de la recréer avant qu'elle ne s'évapore complètement.

Un vase à long col fit office de chaudron. Il obtint une note de fond quasiment parfaite en mélangeant l'après-shampooing « anti-frisottis » de sa mère avec sa lotion de mise en plis, couleur bleu-vert. Puis il vida la moitié de son tube de dentifrice préféré et ce qui restait de son parfum dans la mixture, mais le résultat lui sembla trop mentholé, trop aqueux. Il était encore loin du compte. La peau de sa mère exhalait une fragrance presque médicinale, telle une panacée qu'il lui aurait suffi de humer pour être guéri de l'intérieur. Soucieux de la reproduire aussi précisément que possible, il écrasa un bâton de baume pour les lèvres dans une soucoupe, puis mélangea la pâte obtenue avec sa propre lotion antiseptique, mêlée d'une bonne rasade de bain de bouche contre les aphtes. Il versa le tout dans le vase et touilla. Ce n'était pas idéal mais, en portant le vase à son nez et en inspirant à fond, il eut l'impression d'être plus près de sa mère qu'il ne l'avait été depuis longtemps. Les émanations le firent aussi un peu planer, ce qui l'inclina à l'enthousiasme. N'avait-il pas des idées géniales ?

Il resserra ses doigts autour du vase, puis aspergea généreusement la pièce de son contenu. Son lit. Les murs. Les valises et les cartons de Cindy. Gee serait bientôt de retour. L'heure était venue de lancer les préparatifs. Bobby tenait à ce que la fête soit un succès.

Il dénicha un vieux ruban dans la boîte à couture de sa mère. Il le déchira en lambeaux, qu'il suspendit au plafond. Certains d'entre eux persistant à s'enrouler sur eux-mêmes, il les lesta de quelques bigoudis chipés à Cindy. Puis il ôta le drap de son lit et l'accrocha au fond de la pièce, sur toute la longueur du mur. Muni du fond de teint et de l'éponge de Cindy, il inscrivit « BIENVENUE À LA MAISON » sur le tissu blanc. L'effet obtenu lui parut étrange – sans doute parce que les mots peinturlurés en saumon lui évoquaient le teint de la compagne de Bruce.

Gee n'avait pas emporté ses bijoux avec elle. Bobby les avait réunis dans un pot en plastique caché sous son lit. Il le secoua, charmé par le cliquetis des bracelets et des bagues. Douce et angélique, cette musique lui rappelait ses doigts courant sur son dos lorsqu'elle lui chantait une berceuse. Il forma un grand cercle avec les bagues (l'argent à gauche, l'or à droite), avant de déposer les bracelets au centre, les plus petits dans les plus grands, comme les anneaux concentriques qui se forment à la surface d'un étang après un ricochet.

Il pallia l'absence d'instruments de musique en sifflant doucement les chansons qu'elle aimait. Quand sa mémoire butait sur une mélodie, il en inventait une autre pour la remplacer. Il sifflait en expirant et non en inspirant, ce qui l'obligea à marquer une courte pause, le temps d'allumer une bougie, car il n'avait que deux allumettes. Par chance, il réussit à enflammer la mèche du premier coup. Il glissa avec satisfaction la seconde allumette dans sa poche. L'odeur de soufre lui avait donné une idée irrésistible, un projet de vengeance dont il rêva lorsqu'il s'endormit sur la moquette, vaincu – pas par les coups, se dit-il vaillamment, mais par le décompte des coups. Lorsqu'il s'éveilla, la cire chaude rampait vers lui. Il aurait voulu qu'elle le recouvre, qu'elle le pénètre et renforce sa carapace. Quand il ferait de son rêve une réalité, il lui faudrait une armure efficace. La plus efficace possible pour armer son bras vengeur.

Son père lui avait annoncé qu'il n'aurait pas à retourner au collège avant la semaine suivante. Il avait mis cette faveur sur le compte de Mme Pound, mais Bobby n'y croyait pas. Il savait que Bruce avait besoin de ce laps de temps pour que les bleus s'atténuent sur la peau de son fils. Cloîtré à la maison, Bobby mit sa réclusion à profit pour peaufiner son projet, dont il répéta minutieusement chaque étape nuit après nuit, au cours de longues heures d'insomnie entrecoupées de rêveries sur le retour de sa mère.

Pendant la journée, il s'asseyait dans l'escalier en veillant à ne pas montrer son visage. Son père le lui avait interdit, et Bobby avait encore trop mal aux fesses pour lui désobéir. Il écoutait le clic-clac des ciseaux tandis que Cindy racontait à ses clientes comment la femme qui vivait au coin de la rue avait déshabillé son beau-fils et lui avait donné un bain. Son récit évoluait d'heure en heure, de cliente en cliente. En fin de semaine, il était méconnaissable.

— Elle était dans la baignoire avec lui, dit-elle le vendredi.

— Comment le savez-vous ?

— Bruce a trouvé une trace de rouge à lèvres sur le dos du petit.

Le lundi suivant, alors qu'il se préparait à retourner au collège, Cindy installa une de ses plus fidèles clientes dans le fauteuil du salon. Bobby descendit l'escalier en uniforme, la cravate bien serrée autour de son col de chemise. La femme, qu'il avait déjà vue de nombreuses fois, tenait une photo à la main. Le portrait d'une actrice américaine, sans doute. Bobby jeta un coup d'œil au cliché. Il ne connaissait pas cette actrice, mais il savait pertinemment que la cliente qui cherchait à lui ressembler avait le profil d'une grenouille-taureau ; et que rien, pas même un carré mi-long savamment dégradé, ne pourrait le camoufler.

— Le voilà, dit Cindy lorsqu'il ouvrit la porte qui donnait sur le salon.

La cliente secoua la tête.

— Elle l'a déshabillé et elle lui a donné un bain, insista Cindy.

Les ciseaux firent clic-clac. Une touffe de cheveux tomba sur le tapis de la mère de Bobby. La femme-grenouille écrasa du bout de la langue une bulle de salive sur ses lèvres.

— Oh, vous n'avez pas besoin de me le raconter. J'en ai déjà entendu parler. Je trouve ça répugnant. Il faudrait faire quelque chose !

— Je me suis lavé tout seul, affirma Bobby.

La femme détourna la tête, comme s'il venait de sécréter une substance immonde à l'aide d'une glande secrète.

— Val est mon amie, reprit-il. Et vous avez fait tomber vos cheveux sur le tapis de ma mère !

Cindy posa les ciseaux sur l'accoudoir du canapé et fit sortir Bobby. Il l'entendit s'excuser en son nom auprès de la cliente, ce qui l'aurait agacé si la discussion qui s'ensuivit ne lui avait pas permis d'aller fouiller dans les affaires de son père.

La ceinture pleine d'outils était bien trop grande pour lui. Il dut l'enrouler deux fois autour de son torse nu et faire un double nœud pour l'empêcher de tomber à ses pieds. Il rabattit sa chemise sur les pinces et les tournevis. Le cliquetis du métal contre son ventre multipliait son ardeur au combat. Il se sentait prêt. Avant de partir, il prit soin de débrancher le téléphone. Puis, armé de tenailles, il coupa les câbles pour faire bonne mesure.

Il faisait un temps radieux, à peine troublé par quelques bourrasques automnales. Bobby arriva au collège bien avant l'ouverture des portes. Il se cacha derrière les buissons, où personne ne remarqua sa présence. La cour s'emplit peu à peu. Les nouveaux traînaient les pieds dans les feuilles mortes. Bobby se répéta le plan. Tout se passera comme dans un livre, décida-t-il.

Depuis que Val lui avait permis d'emprunter les ouvrages du bibliobus, Bobby avait pris conscience, avec une acuité grandissante, des changements intervenus dans sa manière de penser. Il voyait plus grand, plus large aussi. Comme s'il rêvait les yeux grands ouverts. Il avait lu *Matilda*, de Roald Dahl, et s'était demandé s'il n'était pas, lui aussi, doté de pouvoirs magiques. Une nuit, il avait passé trois heures à fixer une pomme pour tenter de la faire bouger. Elle n'avait pas quitté sa place mais, pour la première fois, Bobby avait estimé que tout était possible. Oui, s'était-il dit en croquant dans le fruit juteux, assis en tailleur sur son lit, tout était possible. À condition d'y consacrer l'énergie nécessaire. Bien qu'il ne sache pas encore comment l'utiliser, cette certitude était le premier cadeau que lui avait fait le bibliobus.

Deux cent dix-huit pas séparaient les buissons de la grille du fond. Cette distance lui laisserait environ quarante secondes de battement – à condition de courir vite et d'avoir du cran. Il sortit la crème autobronzante de Cindy de son sac à dos et s'en couvrit le visage, les mains et la nuque de manière à se fondre dans le paysage : son teint couleur brique (ou feuille-morte ?) ferait diversion, lui offrant les quelques secondes supplémentaires dont il aurait besoin si tout se déroulait comme prévu.

La cloche sonna et les élèves commencèrent à quitter la cour. M. Oats apparut pour appeler les retardataires et fermer les grilles. Il s'avança jusqu'au court de tennis, puis s'assura qu'il n'y avait personne derrière la remise à vélos. Avant de rejoindre les salles de classe, il se figea brièvement, sans doute pour maudire la journée de travail qui s'annonçait, puis tourna brusquement la tête. Bobby s'était redressé. Leurs regards se croisèrent. Bobby agrippa les lanières de la ceinture, prêt à la laisser glisser au sol, mais M. Oats poursuivit son chemin. Comme s'il ne l'avait pas remarqué. Comme s'il faisait partie du paysage.

Soulagé, Bobby pissa une dernière fois contre le mur du bâtiment. Le jet d'urine grésilla sur le revêtement en béton et libéra un nuage de vapeur. Après avoir revérifié le bon fonctionnement de son attirail, il s'allongea à même le sol, tel un tireur d'élite – en veillant à éviter la mare qu'il venait de créer. Il savait bien qu'il devrait se protéger seul, maintenant que Sunny était parti. C'était pour cela qu'il mettait son plan à exécution. Le fait que ce plan lui permette également de venger l'affront causé à Rosa le nimbait d'une poésie à laquelle il ne pouvait résister.

Amir et les deux Kevin arrivèrent vingt minutes plus tard. Ils escaladèrent la grille et sautèrent dans la cour en même temps, plus ou moins sur la même ligne, comme une fourche à trois pointes. Bobby attendit qu'ils franchissent la ligne jaune délimitant le terrain de basket, puis il s'accroupit, les lèvres pincées pour retenir le colibri de son souffle au fond de sa gorge. Lorsque le trio parvint à l'endroit voulu, il s'élança vers eux, mais sa ceinture d'outils ralentit sa progression. Il ne fut pas aussi rapide qu'il l'avait escompté.

Alertés par le claquement de ses semelles sur le sol, les trois garçons firent volte-face. Quel spectacle ! Un gamin courait vers eux – celui qu'ils avaient vu pisser dans son froc –, le visage enduit d'une épaisse couche de fond de teint, avec la souplesse d'un vieux robot rouillé. Amir éclata de rire, autorisant implicitement ses deux acolytes à l'imiter. Bobby l'avait déjà identifié comme le meneur du groupe. Il s'était rasé le crâne lui-même, laissant une série de croûtes ensanglantées sur sa peau rougie. Ses sourcils trop bas et trop épais empêchaient la lumière de miroiter dans ses yeux. Bobby ralentit, puis s'arrêta. Un mètre à peine les séparait.

— Comme on se retrouve ! dit Amir.

Bobby baissa les yeux et marmonna une sorte de prière entre ses dents. Il remonta son pull sur sa chemise. La ceinture glissa sur ses hanches, mais il la rattrapa à temps. Le plus gros des trois garçons se pencha vers lui, les mains vissées sur ses genoux. Leurs visages se frôlaient presque. Bobby sentit l'odeur de son chewing-gum. Tendant la main droite, Kevin lui frotta la joue, puis examina la tache de crème restée sur le bout de son doigt.

Bobby se mordit la langue jusqu'au sang et plongea la main dans la poche de devant, là où il avait placé la bouteille d'alcool dénaturé. Il avait pris soin de desserrer le capuchon au préalable pour ne pas être gêné par le système de sécurité – l'avantage d'une organisation sans faille. Il fit sauter le bouchon d'une simple pression du pouce. Puis, levant le bras comme s'il tenait un poignard, il renversa la moitié du liquide dans les yeux d'Amir.

Tous retinrent leur souffle, y compris Bobby. Le moment qui venait de s'écouler ne méritait-il pas une seconde de silence ? Leur quatuor, si bancal soit-il, partageait une certitude : dès qu'ils recommenceraient à respirer, le sort en serait jeté. Et plus rien ne serait comme avant.

L'instant d'après, Amir s'écroulait à terre, les doigts crispés sur son visage. Ses hurlements, estima Bobby, étaient assez sonores pour ameuter tout le collège. Sans réfléchir davantage, il releva le bras et projeta le restant d'alcool vers les cibles toutes désignées que constituaient les bouches béantes des deux Kevin. Tous deux tombèrent à genoux devant lui.

Bobby tira l'allumette de sa poche. Chapeautée de rouge, elle ressemblait à un soldat arrivant à son poste. Il la fit craquer sur le béton pour l'enflammer, puis il la tendit au-dessus du trio qui se tordait de douleur, les yeux ruisselants. Amir agrippa le bas de son pantalon. Il ne pouvait voir ce que Bobby tenait entre ses doigts, mais il l'avait senti. Son âme contractée par la peur, celle-là même qu'il avait infligée à Rosa en la poussant dans la boue, se recroquevillait derrière ses paupières. Elle déformait aussi les traits de son visage, offrant à Bobby le spectacle dont il avait rêvé.

Mme Pound courait de toutes ses forces. Elle se déplaçait avec la grâce d'une danseuse de ballet, comme si ses chaussures de poupée témoignaient d'une vocation contrariée pour la danse classique. Elle arracha l'allumette de la main de Bobby, l'éteignit et donna un coup dans la bouteille vide. Surpris, Bobby la lâcha. Elle rebondit cinq fois et tourna sur elle-même avant de s'arrêter, visiblement fière de ses pirouettes.

Posté dans un coin du bureau de Mme Pound, son képi entre les mains, le plus jeune des deux agents de police s'ennuyait ferme, mais veillait à n'en rien laisser paraître. Le plus âgé avait fait pivoter son fauteuil de manière à regarder Bobby en face. Leurs jambes se frôlaient de temps à autre. Bobby se raidissait alors sur son siège, tandis qu'une décharge d'électricité statique remontait le long de sa cuisse. Les enfants du policier avaient quitté la maison depuis longtemps. Il avait perdu l'habitude de s'adresser à des gamins : quoi qu'en dise sa femme (persuadée que rien n'avait changé), il se sentait étranger à leurs préoccupations et mal à l'aise en leur présence.

— Eh bien, mon garçon, insista-t-il, faisant vibrer les longs poils noirs qui jaillissaient de ses narines. Si tu as la moindre envie d'arranger la situation dans laquelle tu t'es fourré, je te conseille de tout me raconter.

La bouteille d'alcool dénaturé était perchée sur le bureau de la directrice. Altérés par le plastique, les rayons du soleil s'incurvaient à l'intérieur. Mme Pound pressait une balle anti-stress au creux de sa paume. L'objet ressemblait à une petite banane.

— Je vous prie d'excuser le comportement de Bobby, intervint-elle. Je suis sincèrement navrée de ce qui s'est passé.

— Je doute que vos excuses suffisent à régler le problème, répliqua le policier. Les trois garçons sont à l'hôpital. Bobby a commis un acte très grave, vous comprenez ?

Mme Pound fit le tour du bureau et s'arrêta derrière Bobby. Elle posa doucement les mains sur ses épaules.

— Bobby, dit-elle, il vaut mieux que tu nous attendes à l'extérieur.

Ils veillèrent ensuite à baisser la voix, chuchotant comme s'il s'agissait d'un enterrement, mais la porte vitrée et l'exiguïté des lieux permirent à Bobby d'entendre chaque mot aussi distinctement que s'il les avait prononcés dans sa tête. En les écoutant, il n'avait qu'une envie : être ailleurs, n'importe où, dans un futur proche.

— Bobby est un élève un peu particulier qui a toute notre attention, expliqua Mme Pound. Il a eu beaucoup de mal à se faire des amis, et le seul qu'il ait trouvé a déménagé cet été.

— Madame Pound, répondit l'agent, nous avons été chargés d'enquêter sur une agression commise à l'aide d'une substance toxique. Amir Kindell pourra s'estimer heureux s'il conserve l'usage de ses yeux.

Bobby pressa plus fermement l'oreille contre le mur. La grande plante verte dans l'angle projetait son ombre tentaculaire sur son visage.

— Je comprends.

— Dans ce cas, vous comprendrez également l'importance de convoquer les parents de Bobby le plus rapidement possible. Nous ne pourrons pas résoudre le problème sans eux.

— Nous avons déjà essayé de joindre son père, mais il n'a pas répondu.

— Eh bien, nous irons sonner chez lui. Vous avez son adresse, n'est-ce pas ? Auriez-vous l'amabilité de nous la donner ?

— C'est ce que je m'apprêtais à…

Accroupi, Bobby posa d'abord la plante sur ses genoux, puis il se redressa, l'inclinant contre son torse le temps de croiser les doigts sous le gros pot en terre cuite. Ensuite, il la hissa jusqu'à son cou, rassembla ses dernières forces, et la projeta contre le panneau vitré de la porte.

Les hurlements de Mme Pound le poursuivirent jusqu'au fond du couloir, qu'il atteignit en glissant sur le plancher fraîchement ciré, avant de dévaler l'escalier.

Bobby arriva chez Val en nage, le cou dégoulinant sous son col de chemise moite de transpiration. Elle se tenait sur le seuil, face à la porte d'entrée, si bien qu'elle ne le vit pas approcher. Immobile derrière elle, il mit un moment à comprendre ce qu'elle faisait. Vêtue de vieilles hardes, un tablier taché noué sur les hanches, elle frottait avec énergie le panneau en bois sombre pour ôter une inscription qui y avait été taguée à l'aérosol. L'eau teintée de rose ruisselait le long de la porte, avant de se frayer un chemin tortueux jusqu'au caniveau. Les lettres peintes en rouge, porteuses d'un message infamant, commençaient à disparaître sous les coups de brosse, mais les plus épaisses demeuraient visibles, quoique difficilement identifiables. Val avait découvert l'inscription le matin même, alors qu'elle sortait de chez elle, les doigts crispés sur une lettre anonyme – la troisième depuis le début de la semaine. Qui pouvait être assez haineux ou assez sûr de lui pour rédiger des accusations si cruelles, si erronées, et venir les glisser sous sa porte ? Elle n'avait commis aucun des crimes qui lui étaient reprochés. Pourtant, plus elle lisait ces messages, plus elle se sentait aussi dépravée qu'ils le prétendaient. Dans ses pires moments de désespoir, elle rêvait de se frotter, de se brosser des pieds à la tête jusqu'à ce qu'il ne reste de son corps qu'une pile d'os bien brillants. Rien n'aurait pu la préparer à affronter des mots aussi indicibles – pas même la totalité des ouvrages du bibliobus.

— Qu'avaient-ils écrit ? demanda Bobby.

Surprise, Val renversa le saut. Le fleuve d'eau savonneuse se brisa sur les chaussures de Bobby avant de se scinder en deux bras couverts de mousse.

— Tu ne dois pas venir ici.

— J'y suis.

— Il ne faut pas, insista-t-elle.

Elle tourna la tête à gauche, puis à droite. La rue était déserte.

— Entre, dit-elle. Vite !

Le plafonnier de la cuisine projeta sa lumière crue sur son visage sillonné de larmes et de peinture. Il s'attarda sur le méplat de ses joues, qu'elle enfouit dans ses mains, secouée par de violents sanglots.

— Ils parlent de nous, gémit-elle.

— Qui ?

— Tout le monde. Ils racontent des horreurs.

— Ils ne nous connaissent même pas !

— Je sais. C'est bien ça, le problème.

— Tout ce qu'on nettoie, ils le salissent.

Un tas de mouchoirs blancs, gros comme des boules de neige, commençait à se former sur la table à côté d'elle. Bobby en fit une brassée qu'il jeta à la poubelle.

— Je les ai eus, annonça-t-il. Pour toi.

— Qui ?

— Les grands.

— Quels grands ?

— Ceux qui ont poussé Rosa dans la boue.

Val laissa passer un silence.

— Que leur as-tu fait ? reprit-elle.

— Je les ai eus, répéta-t-il. C'est tout. Ils ne l'embêteront plus, maintenant.

Il sentit quelque chose remuer dans sa poitrine, comme si son cœur s'était mué en un oiseau qui déployait ses ailes.

— Bobby, plaida-t-elle, les yeux brillants de larmes. Il faut que tu partes.

— Pardon ?

— Va-t'en. Tu ne peux pas rester ici.

— Pourquoi ?

— Pars, je te dis !

Elle abattit sa main sur l'évier, faisant s'entrechoquer les tasses qui séchaient sur l'égouttoir. Bobby se plia en deux comme si elle l'avait frappé. Elle l'enlaça par la taille et voulut le serrer contre elle. Il grimaça – ou plutôt, son corps entier se rétracta, de son front jusqu'à ses orteils.

— Mon Dieu ! s'écria-t-elle. Je t'ai fait mal ?

— Non, dit-il, le visage crispé de douleur.

— Si, dit-elle. Je vois bien que je t'ai fait mal.

Les cernes autour de ses yeux étaient sombres mais colorés, comme la chair d'un fruit étrange. Elle souleva le pull de Bobby et tira sur sa chemise. Un hématome, plus bleu qu'à l'origine et dont la clarté rappelait la clémence d'un ciel d'été, s'enroulait dans son dos avant de se glisser sous sa ceinture. Un examen attentif lui permit de discerner la marque laissée par la main gauche du père de Bobby. Elle déboutonna son pantalon et baissa son caleçon. La tache bleutée poursuivait obstinément sa route jusqu'à l'arc des fesses, où l'empreinte de trois doigts et d'un pouce commençait à s'effacer.

8

LE PONT

En matière de bagages, Val n'avait pas la même approche que la mère de Bobby. Elle ouvrit maladroitement un grand sac-poubelle et le tendit à Rosa.

— Tiens, dit-ellc. Entasse tes habits là-dedans. Autant que tu pourras.

Bobby, lui, remplissait de stylos et de papier le sac à dos de la fillette.

— Merci, Bobby Nusku, fit-elle.

Val leur demanda également d'emporter ce qui se trouvait dans les placards de la cuisine, y compris les aliments qu'ils ne connaissaient pas ou qui ne les tentaient guère. Bobby fourra le tout dans un grand sac de sport, veillant à prendre un ouvre-boîtes, puis il bourra les poches latérales de conserves pour chiens. Il prit même la côte de porc en caoutchouc que Bert traitait généralement avec une moue de dédain, refusant de la mâchouiller. De son côté, Val vida un carton de jouets pour le remplir d'affaires de toilette. Lorsqu'ils eurent terminé, la maison semblait avoir été mise à sac. Ce qui était le cas, en fait.

— Où allons-nous ? demanda Rosa.

Val s'accorda un instant de réflexion avant de répondre :

— Chez nous. Dans le bibliobus. Il y a tant de livres à transporter !

— On va les transporter avec nous, comme l'âne et l'éléphant ?

— Exactement. Comme l'âne et l'éléphant.

Rosa et Bobby sautèrent de joie, puis ils se mirent à tournoyer dans la pièce.

— Vite, reprit Val. Il faut bientôt se mettre en route.

Pris de vertige, ils s'adossèrent au mur du salon, le temps que le sol cesse de tanguer sous leurs pieds.

— On s'arrêtera chez moi, annonça Bobby. C'est sur le chemin.

Val tira si fort sur la fermeture Éclair du sac de sport qu'elle manqua lui rester dans la main.

— Non, répondit-elle. C'est impossible.

— Il faut qu'on y aille ! Je dois récupérer mes archives.

— Je crains que tu n'aies pas bien compris le problème, Bobby. Si ton père découvre nos intentions, il t'empêchera de partir.

La soirée venait de commencer, mais le ciel envahi de nuages sombres éteignait les dernières lueurs du jour. On se serait cru en pleine nuit. Bobby saisit un couteau de cuisine à la lame souple et effilée.

— Ne t'en fais pas, répliqua-t-il. J'ai un plan.

Garée à l'endroit habituel, ses flancs couverts de lettres en vinyle à moitié mangées par la rouille indiquant son nom et son numéro de téléphone, la camionnette de Bruce constituait la verrue la plus désolante d'une rue déjà piteuse – si c'était un animal, ce serait un phacochère, se disait souvent Bobby. Les pneus étaient si usés que la lame du couteau y pénétra sans difficulté, comme dans les films que Bobby avait regardés chez Sunny. Ils crachotèrent, puis rendirent l'âme dans un ultime sifflement.

Bobby souleva le clapet de la boîte aux lettres aménagée dans la porte d'entrée, et appuya son oreille contre la fente. Il entendit son père et Cindy rire devant la télévision, dont les petits haut-parleurs grésillaient, secoués par les basses fréquences. Il glissa le couteau contre son mollet, dans sa chaussette, puis il inséra tout doucement la clé dans la serrure.

Il referma la porte sans bruit et s'avança dans le vestibule sur la pointe des pieds. Le compteur électrique était installé au fond du couloir, dans un coffrage en bois qu'il avait interdiction de toucher. Il s'en approcha – comment résister à la tentation, vu l'urgence de la situation ? Il tira le couteau de sa chaussette, le leva au-dessus de son épaule comme s'il s'apprêtait à lancer un javelot, et l'abattit sur le panneau de bois, qu'il fendit d'un coup sec, envoyant valser cadrans et interrupteurs. Il y eut quelques étincelles, suivies d'un bruit sourd, puis tout s'éteignit. La maison sombra dans l'obscurité.

Dix-sept petits pas en arc de cercle séparaient l'entrée du salon de la première marche de l'escalier. Habitué à se déplacer dans le noir, Bobby les effectua sans encombre : passé en mode nuit, il contourna sans difficulté le canapé où son père et Cindy se chamaillaient, aucun d'eux ne voulant se lever pour aller rétablir le courant. Bruce perdit la bataille. Il se redressa d'un bond et se cogna dans le fauteuil de coiffeur, qui s'écrasa bruyamment sur l'écran de la télévision. Furieux, Bruce se mit à éructer. Bobby sentit un jet de postillons tomber en pluie fine sur sa joue. C'est dire s'il était proche de son père ! Si proche qu'il tendit la main vers sa chemise, là où son cœur aurait dû se trouver, tandis que Bruce, lui, trébuchait, faisant crisser les morceaux de verre sous ses pieds. Chaque mouvement lui arrachait un cri. Et sous ce cri, Bobby perçut le tremblement nerveux, bien particulier, qu'il avait déjà entendu en début de journée : la peur. Son père avait peur. Être perdu dans sa propre maison – quel terrible chamboulement ! Nul doute que son épouse aurait compati. Bobby espéra que cette peur avalerait son père tout entier et le changerait à jamais, comme elle avait changé sa mère.

Il savoura l'instant quelques secondes de plus, puis gravit les marches deux à deux (sans buter une seule fois) et entra dans sa chambre. Le parfum s'était évaporé. Il reconnaissait toujours l'odeur de sa mère, mais plus distante, comme portée par le vent. Il fit un pas de côté, puis longea le mur pour s'approcher de la tête de lit. Il se pencha, cherchant à tâtons le grand carton où Cindy avait remisé les sacs à main dont elle ne voulait plus. Il le vida et y mit ses archives : les bocaux de cheveux, les listes, les comptes rendus – bref, la totalité de son travail – trouvèrent refuge dans le carton, rangés avec soin, comme Gee lui avait appris à le faire.

Au rez-de-chaussée, Bruce tentait toujours d'atteindre le compteur électrique. Après s'être cogné le genou contre la table basse, il heurta les pieds du fauteuil et perdit de nouveau l'équilibre.

— J'y vois rien ! brailla-t-il sans savoir que son fils venait de passer à côté de lui.

Bobby traversa la pièce. Treize pas, comme prévu. À mi-parcours, il prit soin de se baisser pour éviter le lampadaire. Parvenu dans le coin opposé, il s'accorda une pause, tandis que son père battait des bras dans l'obscurité. Puis il se faufila derrière lui et s'arrêta à quelques centimètres de son oreille.

— Bouh !

Aveugle et terrifié, Bruce tomba au sol la tête la première, percutant l'étagère sur laquelle se dressait autrefois une grande photographie de la mère de Bobby. Le temps de pousser un cri, et il atterrit sur les ciseaux de Cindy, qui se plantèrent dans la chair tendre de sa cuisse comme un couteau dans un melon.

Bobby enjamba le corps de son père et sortit en refermant doucement la porte derrière lui. Personne ne l'avait vu. Les vociférations le poursuivirent jusqu'au bout de la rue, troublant la quiétude nocturne.

Val, Rosa et Bobby entassèrent les valises et les cartons dans la brouette cabossée qui végétait au fond du jardin. Rosa prit Bert dans ses bras, Val verrouilla la maison, et ils se mirent en route. Ils atteignirent le bibliobus sans rencontrer âme qui vive. Ils chargèrent hâtivement les bagages à l'arrière du camion, puis Bobby abandonna la brouette dans le potager du voisin, auquel il chipa quelques patates et une poignée de carottes, au cas où.

Il n'était jamais monté dans la cabine du bibliobus et fut surpris de la trouver si spacieuse. Il y avait même un lit, installé sous le toit. Bobby s'allongea, tendit les bras et les jambes : le matelas était si grand qu'il ne parvint pas à toucher les deux extrémités en même temps. Il regagna la banquette à l'instant où Val tournait la clé de contact. Une nuée de petites lampes s'allumèrent sur le tableau de bord comme une ville dans le lointain. La banquette en cuir était aussi craquelée que la peau d'un vieux marin. Le levier de vitesse argenté jaillissait du plancher tel un cou de cygne délicatement recourbé. Val fit courir ses doigts sur le volant en plastique noir. Elle aurait besoin de toute la longueur de ses bras pour le tourner. Accroché au rétroviseur, un petit monstre en peluche verte se balançait sous leurs yeux. Rosa le décrocha et le tendit à Bert, qui le mâchouilla consciencieusement.

— Bon, marmonna Val pour elle-même.

— As-tu déjà conduit ce genre de camion ? demanda Bobby.

— Le plus gros véhicule que j'aie jamais conduit ne mesurait pas un seizième de celui-là.

Rien ne les avait préparés au rugissement qui s'éleva du capot quand Val fit démarrer le moteur. Même la banquette se mit à vibrer. Bert plaqua ses pattes sur sa truffe. Des miettes de pain sautillaient sur la plage avant. Val enroula ses doigts autour du frein à main avec un profond soupir.

— Tout le monde est prêt ? demanda-t-elle, sans avoir la moindre idée de ce à quoi ils auraient dû être disposés.

Bobby attacha la ceinture de Rosa, puis la sienne. Un clic, et les phares pulvérisèrent les ombres qui dansaient devant eux. Val manœuvra pour quitter leur emplacement. Les yeux rivés sur le rétroviseur latéral, Bobby vit l'arrière du bus, aussi immaculé qu'une page blanche, emboutir la grille, puis arracher un pan entier de la barrière et le traîner sur la pelouse.

— Merde ! s'exclama Val.

Bobby couvrit les oreilles de Rosa. Une seconde trop tard, hélas. Val commençait à transpirer. Elle tenta de reculer, mais un avertisseur sonore la prévint de la présence d'un obstacle. La barrière, peut-être ? Des lumières apparurent aux fenêtres des maisons voisines.

Une dame ouvrit la croisée de sa chambre, furieuse d'être dérangée par ce vacarme inattendu. Val braqua, contre-braqua, puis avança de quelques mètres, évitant de justesse la voiture de la dame, qui faillit en perdre son masque au concombre, tout juste appliqué devant le miroir de sa salle de bains.

Les pneus mastiquèrent la grille métallique et la recrachèrent au bout de la rue.

C'est ainsi qu'ils partirent vers une destination inconnue à bord d'une immense bibliothèque à roulettes. Jamais ils n'auraient osé imaginer un tel voyage. Ils avaient la sensation d'ouvrir un livre dont ils ignoraient tout.

Ils empruntèrent l'artère qui faisait le tour du centre-ville. Val, qui peinait à s'habituer aux dimensions du véhicule, érafla plusieurs voitures au passage, imprimant une longue balafre argentée sur leurs flancs. Rosa éclatait de rire chaque fois que sa mère appuyait par mégarde sur le Klaxon.

— On devrait partir à l'aventure, déclara Bobby.

— C'est exactement ce que nous sommes en train de faire, répondit Val.

— Est-ce qu'ils essaieront de nous retrouver ?

— Oui. Ils se lanceront à notre recherche.

— On aura des ennuis, alors ?

— Il n'y a que les méchants qui ont des ennuis ! s'exclama Rosa en battant des mains.

Ils se joignirent peu après à la longue file des véhicules qui migraient sur l'autoroute, tels des bisons mécaniques en partance pour les grandes plaines. La pluie qui s'abattait sur le pare-brise brouillait les lumières des phares : elles se fondaient toutes en un unique câble coloré, déployé à l'infini.

Rosa s'endormit sur l'épaule de Bobby. Il l'enveloppa dans une vieille couverture, dénichée derrière la banquette, en veillant à ce qu'elle soit bien au chaud. La boîte à gants ne contenait quasiment rien : une lampe de poche, une paire de jumelles, un tournevis et un journal froissé. Toutes les cinq minutes, il en déchirait un petit morceau, le roulait entre ses doigts et le glissait dehors par la vitre entrouverte. Il espérait que sa mère parviendrait à suivre sa trace. Cette méthode avait fonctionné pour Hansel et Gretel – pourquoi pas pour lui ?

Un voyant rouge s'alluma sur le tableau de bord.

— Il nous faut de l'essence, annonça Val. Le plus vite possible.

Le moteur du bibliobus commençait à crachoter quand ils parvinrent à la station-service. Leurs visages blêmes se parèrent de teintes exotiques sous la lueur des néons. Bobby garda un œil sur Rosa et Bert tandis que Val se lançait à la recherche du réservoir. Le nombre de litres augmenta rapidement lorsqu'elle commença à le remplir, atteignant bientôt des sommes que Bobby n'avait jamais vues. La station-service, les néons, la nuit – à ses yeux, tout contribuait à donner au décor l'allure d'un casino. Quand Val vint chercher son sac à main dans la cabine, il décida de l'accompagner jusqu'à la caisse.

Assis derrière le comptoir, l'employé feuilletait un magazine consacré à la pêche. Il semblait constamment sur le point de bâiller à s'en décrocher la mâchoire. Des grappes de boutons d'acné dessinaient un sentier rougeoyant de ses joues à son cou. Val et Bobby s'emparèrent d'un panier qu'ils remplirent de bonbons et de barres chocolatées.

— Laisse-moi lui parler, chuchota-t-elle en s'avançant vers la caisse.

Le jeune homme entreprit de passer les articles sous la lumière rouge du scanner. Le prénom *Bryan* était inscrit sur son badge, accompagné de deux étoiles argentées. Il avait été félicité, manifestement. Pour quelle raison ? Le badge ne le précisait pas.

— Une fringale nocturne ? s'enquit-il.

— Quelque chose comme ça, répondit Val.

Elle comptait les pièces au creux de sa main.

— Il est un peu tard… Pas vrai, jeune homme ? lança Bryan.

Bobby dérangea nonchalamment un étalage de cacahuètes avant de répondre d'une voix plus aiguë qu'il l'aurait voulu :

— Non. J'ai l'habitude de rester éveillé toute la nuit.

Val éclata de rire (en se tenant les côtes pour montrer à Bobby qu'elle faisait semblant).

— J'ai aussi un plein à payer, précisa-t-elle. Pompe numéro six.

Bryan jeta un regard vers les pompes, puis reporta son attention sur Val, avant de regarder de nouveau le bibliobus.

— Ce bus, dit-il, c'est à vous ?

— Oui.

— Il est un peu grand, non ?

— Pour qui ?

— Pour… euh…

— Pour une femme ?

— Ce n'est pas moi qui l'ai dit. C'est vous.

Val poussa un soupir. Bryan faisait mine d'appuyer sur les boutons de la caisse.

— En fait, ce n'est pas vraiment un bus, expliqua-t-elle. C'est une bibliothèque ambulante.

— Et vous la déplacez pendant la nuit ?

— Bien sûr, dit-elle. Je suis bibliothécaire, pas conductrice de poids lourd ! Avec mes petits bras tout fins, j'aurais du mal, vous ne croyez pas ?

Bobby se mirait dans l'écran du moniteur encastré dans le mur, un rectangle de pixels gris et noir de quelques centimètres de haut. Sous certains angles, il paraissait plus grand qu'il ne l'était en réalité. Il plaqua ses cheveux en arrière et se pencha vers l'écran : il lui sembla qu'ils commençaient à reculer sur son crâne, signe d'un début de calvitie. Il prit à tort ces modestes indicateurs pour les premiers coups de semonce de la virilité, et leva discrètement en l'air le poing de la victoire. Vu les circonstances, il était grand temps qu'il devienne un homme.

Val paya, puis entraîna Bobby vers la porte sans même laisser à Bryan le loisir de lui tendre le ticket de caisse. Ils grimpèrent dans la cabine et elle démarra aussitôt, manquant arracher une pompe côté passager lorsqu'elle orienta le camion vers la sortie. Furieux, le jeune Bryan tapa du poing contre la fenêtre, maculant le verre de sa main graisseuse. Assis dans sa cage vitrée, éclairé par les lumières stroboscopiques des enseignes au néon, il offrait un spectacle presque glamour, comme une danseuse de cabaret observant Las Vegas depuis l'arrière d'un taxi.

Ils roulèrent longtemps. L'éclairage public couleur de nectar figeait des villes entières sous sa cloche d'ambre. À chaque coup de frein, les ralentisseurs hydrauliques fendaient l'air, déclenchant l'alarme des voitures garées sur les trottoirs. Les rares passants se pétrifiaient à la vue du bibliobus filant dans la nuit tel un voilier sur l'océan. Lorsque Val prenait de la vitesse, ils avaient vraiment l'impression de fendre les flots. Dans ces moments-là, rien n'aurait pu les arrêter – hormis un iceberg, peut-être. Bobby baissa la vitre et laissa le vent explorer le fond de sa gorge. L'air glacé lui fit mal aux dents, mais il ne cessa pas pour autant. Il souhaitait être aussi neuf à l'intérieur qu'à l'extérieur.

Ils parvinrent à un carrefour. Fraîchement peintes, les lignes blanches tranchaient l'étendue noire et brillante du goudron à peine sec. Il régnait un tel silence que Bobby entendit le léger vrombissement du feu de signalisation passant du vert au rouge. Val venait de s'arrêter quand une voiture de police s'immobilisa à côté d'eux.

— Oh, non ! gémit-elle. Ferme la fenêtre.

Bobby devina l'ampleur de son désarroi au volume de sa voix, à mi-chemin entre le murmure et le ton de la conversation.

— Ferme cette fenêtre, Bobby. Tout de suite.

Il obéit – non sans avoir jeté une énième torsade de papier journal. Elle tournoya dans l'air nocturne avant d'atterrir sur le capot du véhicule de police. La femme qui le conduisait leva les yeux vers Bobby. Elle lui offrit un sourire qu'il lui rendit volontiers. Quand le feu passa au vert, ils partirent dans des directions opposées. La policière souriait toujours, loin d'imaginer que ce gamin n'était pas, comme elle le pensait, le fils d'une bibliothécaire assez insouciante pour le laisser veiller jusqu'à une heure tardive au mépris de l'humeur massacrante qui caractérisait les enfants en manque de sommeil.

Bruce Nusku était trop occupé à dessoûler aux urgences de l'hôpital pour remarquer que son fils avait disparu. La gaze que Cindy avait enroulée autour de sa cuisse était maintenant imbibée de sang, et il n'avait qu'une envie : avaler un grand verre d'alcool.

Si la dame qui habitait en face de la bibliothèque ambulante avait été plus intéressée par la vie de quartier, elle aurait peut-être appelé la police. Au lieu de quoi, elle coupa d'autres lamelles de concombre qu'elle appliqua sur ses paupières closes, avant d'incliner le dossier de son fauteuil pour s'offrir un repos bien mérité. Elle n'avait jamais franchi les portes du bibliobus. Pour elle, ce n'était qu'un camion hideux garé de l'autre côté de la rue.

Bryan avait l'habitude de voir surgir des excentriques dans sa boutique lorsqu'il travaillait de nuit à la station-service. Par ailleurs, il lui arrivait fréquemment, depuis six mois, d'ajouter quelques billets tirés de la caisse à son maigre salaire. Aussi n'avait-il strictement aucune envie de convier la police sur son lieu de travail. Enfin, jusqu'à preuve du contraire, cette femme était bel et bien responsable du bibliobus, même si ses horaires étaient inhabituels. De quel droit l'aurait-il soupçonnée ? Il ne connaissait aucun bibliothécaire.

La radio de la policière cracherait bientôt la nouvelle, mais pas avant que le soleil n'ait éclairé une bonne partie de la journée du lendemain. Un jardinier amateur avait constaté deux choses en arrivant dans son potager. Primo, on lui avait volé des pommes de terre et des carottes. Secundo, la parcelle était bien plus ensoleillée, à cette heure matinale, qu'elle ne l'était quelques semaines plus tôt. Récemment opéré d'une double cataracte, l'homme mit d'abord l'afflux de lumière sur le compte de ses yeux. Ce n'est que plus tard, en jetant un regard de l'autre côté de la palissade, qu'il s'aperçut de la disparition du bibliobus. Si le conseil municipal avait pu trouver assez d'argent pour continuer à le financer, il s'en serait réjoui, car il avait souvent passé des matinées délicieuses à lire un livre ou deux à sa petite-fille. Mais il n'en avait pas été question, ni dans la presse locale ni dans le quartier. Il se prépara une tasse de thé à la menthe, s'accorda encore un moment de réflexion, puis s'empara du téléphone en se demandant s'il n'était pas victime d'une première attaque de sénilité.

— Bonjour, dit-il. J'espère ne pas vous faire perdre votre temps, mais j'ai l'impression que…

Quant à Val et à Rosa, elles n'avaient manqué à personne. Pas assez, du moins, pour que quiconque s'inquiète de leur disparition. Pour regretter l'absence de quelqu'un, il faut avoir remarqué qu'il est parti.

Après quatre heures de conduite, Val avait terriblement mal aux bras. Il était temps de faire une pause. Elle chargea Bobby de repérer un endroit susceptible de les accueillir jusqu'au lever du jour. L'adrénaline était retombée, à présent. Le doute s'installait, et elle commençait secrètement à admettre qu'ils pouvaient être arrêtés à tout moment.

Ils s'engagèrent sur un étroit sentier de campagne, couture serrée qui sillonnait un patchwork de champs d'orge, et montèrent vers le bosquet que Bobby avait remarqué au sommet d'une colline. Val ralentit, puis gara le bus dans une jolie clairière. Ils virent scintiller des campanules brillantes de givre sous le faisceau des phares. C'était une très bonne cachette : nul ne pouvait apercevoir le bibliobus depuis la route, même lorsque les champs et la colline se trouvaient soudain pris dans la lumière impitoyable d'une voiture passant en contrebas. Baignées dans la lueur rouge des feux arrière, les branches ressemblaient à des coulées de sang plaquées sur la lune. Seuls les arbres savent vraiment garder un secret.

Val, Rosa et Bobby s'installèrent pour la nuit au fond de la bibliothèque, près des étagères de livres pour enfants. Ils s'étendirent sur la moquette, les uns près des autres, la tête tournée dans la même direction, leurs corps formant un seul et même arc de cercle. Une fois la porte fermée, ils auraient pu être n'importe où – pas seulement dans le monde réel, mais au-delà. Les murs étaient tapissés de voies de détresse et d'issues de secours ouvrant sur des déserts, des espaces intergalactiques, des océans, et sur bien d'autres contrées plus étranges encore.

— Lis-nous une histoire, demanda Bobby.

Il choisit le livre le plus gros et le plus ancien qu'il put trouver. Bien calé sur l'étagère sous sa couverture bordeaux écornée, il semblait s'accorder au caractère dramatique des récents événements. Bobby le prit et le tendit à Val. C'était une édition cartonnée de *Moby Dick*, de Herman Melville.

Bobby écouta la musique des mots. Ils ne sortaient pas de la bouche de Val, mais du milieu de son corps. Rosa et lui posèrent la tête sur sa poitrine, montant et descendant au rythme de sa respiration. Aucun d'eux n'interrompit le récit. Elle s'arrêta, exténuée, à l'instant où Starbuck supplie une dernière fois le capitaine Achab de renoncer à poursuivre le cachalot sur toutes les mers du monde.

— « Moby Dick ne te cherche pas, lut-elle. C'est toi, toi seul, qui le cherches dans ta folie ! »

— Cette histoire a-t-elle une fin ? demanda Bobby.

— Aucune histoire ne finit jamais vraiment, répondit-elle. Du mal peut sortir un bien et inversement, mais rien ne s'arrête. Comme dans la vie. Les livres sont le miroir de la vie. Toi, tu ne lis qu'une partie de l'histoire, mais elle commence avant les premières pages et se termine après les dernières. C'est un cycle sans fin. Tu n'en vois qu'un petit bout, pendant un bref laps de temps.

On étouffait dans le bibliobus, sous la carrosserie chauffée par le soleil matinal. Ils sortirent pour se laver les dents avec une bouteille d'eau minérale. Puis Val prépara le petit déjeuner sur un réchaud à gaz acheté des années plus tôt, dans l'espoir de partir camper avec Rosa – ce qu'elle n'avait jamais fait avant cette nuit. De grosses bulles de graisse éclatèrent sur la peau grillée des saucisses.

— Est-ce qu'on va vivre ici ? s'enquit Bobby.

— Je ne sais pas, répondit Val.

— Ça me plairait bien, en tout cas.

Il partit chercher les jumelles dans la boîte à gants et s'étendit dans l'herbe. Rosa s'allongea en travers de son ventre. Ils tentèrent d'attraper les feuilles d'automne qui tombaient autour d'eux, puis incitèrent Bert à déterrer les marrons enfouis sous les fleurs. Val les enfila sur de vieux lacets qu'ils nouèrent autour de leurs têtes en imitant le vrombissement d'un hélicoptère. Puis ils jouèrent à chat, si longtemps qu'ils en perdirent le souffle. Ils le retrouvèrent en taquinant un scarabée qui s'était aventuré sur leur chemin. Quand vint le soir, Bobby déclara qu'il s'agissait « probablement » du meilleur jour de sa vie. Et quand Val alluma un feu de camp autour duquel ils s'assirent pour lire à tour de rôle, il en eut la certitude. À la lueur des flammes, il observa les rides qui frétillaient au coin de ses yeux. Il aurait aimé en avoir, lui aussi, pour que Val le juge plein de sagesse.

— Tu as quel âge ? demanda-t-il.

— Tu ne devrais jamais demander son âge à une femme, répliqua-t-elle. Mais puisque la question vient de toi, j'accepte de faire une exception. J'ai quarante ans.

— Tu es sacrément vieille, alors !

— Une véritable antiquité, renchérit-elle.

La chaleur des flammes lui montait à la tête.

— Comment se fait-il que tu n'aies pas d'amoureux ?

Val fit griller un autre cube de guimauve. La pâte bouillante et sucrée coulait sur la pique en bois. Elle n'avait jamais eu ce genre de conversation avec sa fille. Plus d'une fois, cette constatation lui avait brisé le cœur.

— Qui te dit que je ne suis pas amoureuse ?

— Tu l'es, alors ?

— Oui.

— De qui ?

— De Rosa.

Sa fille se lova contre son épaule, épousant les formes de son corps avec autant d'aisance qu'un vêtement de soie.

— Il n'y a personne d'autre ? insista Bobby.

Le bois mort qu'ils avaient jeté dans le feu craquait comme des petits os d'animaux.

— Les choses n'ont pas fonctionné comme prévu, répondit-elle.

— Pourquoi ?

— Qui sait ?

— Tu dois bien le savoir : tu as quarante ans.

— L'âge n'est pas toujours synonyme de sagesse.

— Là, tu parles comme un vieux sage, pourtant !

Val souffla sur la guimauve, puis la toucha du bout de sa langue pour s'assurer qu'elle n'était pas trop chaude.

— Étais-tu amoureuse du père de Rosa ? demanda Bobby.

— Nous nous aimions très fort quand nous nous sommes mariés.

— Tu as été mariée ?

— Oui. J'avais une alliance et tout le tralala.

— Waouh.

— Eh oui. C'était il y a très longtemps. Dans une autre vie. Je te l'ai dit, l'histoire commence bien avant ton arrivée. Et elle continuera bien après ton départ.

Bobby réfléchit.

— Il y a longtemps que tu es adulte, alors.

— On peut dire ça, acquiesça-t-elle.

Elle posa une branche sur son genou, la coupa en deux et jeta dans les flammes le morceau que Bert n'avait pas emporté. Le feu tournoyait au-dessus des cendres comme une danseuse orientale.

— Quand il a vu Rosa, son papa a décidé qu'aimer une petite fille comme elle serait trop difficile pour un homme comme lui. Même si Rosa lui offrait son amour de manière inconditionnelle. Eh bien, moi, quand quelqu'un pense ce genre de choses…

Elle parut sur le point de terminer sa phrase, puis se tut, visiblement satisfaite de laisser les chouettes s'en charger à sa place.

— Je te trouve très sage, déclara Bobby.

— Dans ce cas, je le suis peut-être.

— Moi aussi, je te trouve très sage, renchérit Rosa.

— Dans ce cas, je le suis certainement !

Rosa peigna Bert pour que sa fourrure reflète le clair de lune. Puis ils lurent des histoires de fantômes, la lampe de poche coincée sous le menton, de manière à projeter l'ombre de leur nez sur leur front. Lorsqu'ils entendirent du bruit dans les arbres, ils jouèrent à se faire peur en parlant de loups et d'ours affamés, mais ils savaient pertinemment qu'il n'y avait aucun danger. Déjà, le monde et ses monstres n'existaient plus à leurs yeux. Seul comptait leur trio.

9

L'HOMME DES CAVERNES

Les livres engloutirent la matinée du lendemain. Bobby lut *Le Petit Prince* d'Antoine de Saint-Exupéry, stupéfait qu'un homme au nom si difficile à prononcer puisse écrire une histoire semblant rédigée pour lui seul. Comme le petit prince, il trouvait le monde des adultes assez étrange. Et très incertain.

Plus tard, Val lui rasa la tête. La lame courut sur son cuir chevelu, lui chatouillant le crâne.

— Arrête de gigoter, dit Val. Si je glisse, je te coupe une oreille.

D'épaisses boucles aux reflets mordorés voltigèrent jusqu'au sol, en accord avec la saison.

— Est-ce qu'on va tous se raser la tête ? demanda-t-il.

— Si le but est de se fondre dans le paysage, je doute de l'efficacité du procédé.

— Mais il n'y a personne, ici. On n'est pas obligés de se cacher !

— Il faudra bien aller chercher des provisions. Le plus tôt serait le mieux, à mon avis.

Rosa et Val se coiffèrent de capelines dissimulant en grande partie leurs traits. Bert, pourtant convié à les accompagner, préféra faire la sieste et se réfugia sous le bibliobus pour échapper à la brume.

Ils suivirent la route qui longeait les champs, pleine de pentes et de virages. Un facteur les doubla à petite allure. Une cheminée isolée, à moitié effondrée, exhalait des panaches de fumée grise. Devant cette caricature surannée de la vie champêtre en Angleterre, Rosa songea aux livres d'Enid Blyton que Val lui avait lus dans le bibliobus. Elle passa son bras autour des épaules de Bobby avec toute l'affection d'une sœur.

Val ne put s'empêcher de se demander si une bataille toutes griffes dehors ne serait pas plus crédible pour témoigner de leur lien fraternel.

La vieille dame de l'épicerie complimenta Val et Rosa pour leurs chapeaux.

— On n'en voit pas beaucoup dans le village, dit-elle, comme s'ils avaient débarqué en ville à dos de mammouth.

Un petit toupet de cheveux coupés traînait sur le col de Bobby : Val l'en chassa avant que la femme ne le remarque. Ils achetèrent du lait, du jus d'orange et trois pommes alléchantes. La femme offrit à Rosa et Bobby une sucette au goût citron chacun – elle était depuis longtemps la bonne fée des enfants du village.

Au moment de partir, Bobby repéra une image bien connue en première page du journal. L'article principal s'accompagnait d'une autre photographie familière, celle du détective Jimmy Samas (il semblait encore plus jeune qu'avant, si tant est que ce fût possible). Celle que Bobby contemplait était plus petite, et calée dans le tiers inférieur droit de la page, au milieu d'une mince colonne. C'était une photo de lui.

Son père avait écrit « bric-à-brac » sur le carton. Son contenu n'avait pourtant qu'un seul et même thème : il s'agissait d'objets appartenant à sa mère. Tout le contraire, par conséquent, d'un bric-à-brac. De tout l'univers, c'était la boîte préférée de Bobby. Elle constituait la pièce maîtresse de ses archives. Pour un regard extérieur, il n'y avait là qu'un parapluie, un sèche-cheveux, un appareil photo – des bribes d'existence mises au rebut. Pour lui, c'était différent : il savait que cette boîte contenait des parcelles de sa mère. Des morceaux aussi essentiels à son être que ses bras, ses jambes, ses dents et ses cils. Le parapluie : elle l'emportait, même en plein soleil, pour préserver la nuque de Bobby des averses ou des rayons brûlants. C'était son âme. Le sèche-cheveux : elle réchauffait l'air le matin, l'appareil pointé vers lui, quand il avait trop froid pour sortir du lit. C'était son cœur. Et l'appareil photo ! Il y avait toujours une pellicule dans le boîtier : des clichés qu'elle avait pris, des souvenirs qu'elle voulait conserver. C'était son esprit. Quand Bobby avait fait le tri, après son départ, il s'était aperçu qu'il pouvait la recréer tout entière grâce à cette boîte.

Il restait quatre photos à prendre avant de pouvoir développer la pellicule. Quelques semaines après leur rencontre, Bobby et Sunny avaient emporté l'appareil aux étangs. Gee Nusku aurait certainement apprécié Sunny, qui se montrait si protecteur envers son fils. Aussi Bobby prit-il une photo de son ami en train de remuer les algues vert pomme à l'aide d'un bâton. Il captura également sur la pellicule les fleurs délicates poussant sur la terre humide. Sa mère adorait les voir disposées autour d'elle quand ils venaient pique-niquer au bord de l'eau sans le dire à Bruce.

Puis Sunny avait photographié Bobby, qui se trémoussait pour atteindre la cime du plus grand arbre des environs. Il avait glissé au moment crucial et atterri sur ses fesses au milieu d'une flaque de boue. Les photos seraient floues, ils le savaient tous deux. Ils avaient donc veillé à ce que la dernière plaise suffisamment à la mère de Bobby, quand elle reviendrait, pour qu'elle la conserve jusqu'à la fin de ses jours. Un souvenir écrit de manière indélébile, à l'encre tenace de l'amour.

Ils avaient marché jusqu'au Rocher du Taureau. Personne ne l'appelait ainsi, à part eux. Envisagés sous un certain angle, deux murets paraissaient se dresser telles de robustes cornes de bœuf, à l'autre bout du lac. Quand les reflets de l'eau rebondissaient sur la roche, on aurait dit, avec un peu d'imagination, la boucle de métal traversant de part en part les naseaux d'un taureau. Sunny et Bobby escaladèrent le rocher. Le crépuscule avait teint les nuages en rose. Au-dessus des arbres, le vol des oies dessinait un grand V dans le ciel. Un brouillard terne flottait sur la ville, et une nuée de moucherons sillonnait le plan d'eau. Depuis ce rocher, ils pouvaient embrasser l'intégralité de leur univers. Bobby y avait un jour pris place avec sa mère. Les yeux perdus dans le lointain, ils avaient élaboré leur projet de fuite.

Une photographie du panorama préféré de Gee, avec au premier plan un Bobby devenu grand, compléterait ses archives à merveille.

« Un peu plus à gauche, avait indiqué Sunny. Plus à droite. Maintenant baisse-toi, que l'on puisse aussi voir la ville et le lac. »

Les oreilles en feu sous l'effet du soleil, Bobby avait posé les genoux sur le rocher froid.

« Prêt ? Un, deux, trois ! »

Ils avaient entendu un claquement, suivi du chuintement de la pellicule qui se rembobine. L'éblouissante blancheur du flash s'était attardée quelques secondes dans les yeux de Bobby. S'il avait su que cette image serait un jour en une du journal, il se serait épousseté les fesses et lavé les mains dans l'eau du lac.

Moins d'un an plus tard, Cindy avait relégué ce cliché dans un minuscule cadre posé sur le réfrigérateur. C'était là que la police l'avait trouvée : la photo la plus récente du jeune Bobby Nusku.

Bobby, Val et Rosa flânèrent un moment dans le village. Ils virent un mur de château en ruine, arc-bouté contre le vent. Parmi les pierres éboulées, un fermier élevait deux chevaux. La jument était pleine. Son ventre gonflé, de couleur brune, oscillait doucement tandis qu'elle broutait.

Un peu plus loin, une maisonnette avait été transformée en musée, en hommage à la célèbre poétesse qui y avait vu le jour. Ils suivirent discrètement un groupe de touristes, composé pour l'essentiel de couples d'âge mûr. Bobby imagina que Val était sa femme, même s'il n'était pas bien sûr de savoir ce que cela signifiait. Cela lui fit tout drôle. Il voulait être le genre de mari capable de réparer n'importe quoi, si elle le lui demandait. Rien de plus. Sur l'insistance de Rosa, ils achetèrent des stylos à la boutique de souvenirs et décidèrent de regagner le bibliobus tandis que le soleil était encore haut dans le ciel.

— Là ! s'écria soudain Rosa.

Elle se campa devant un salon de thé à l'allure désuète. Dans la vitrine, des *cupcakes* étaient disposés sur un présentoir en forme de toboggan en colimaçon. Rosa pressa ses doigts contre la vitre, comme si elle avait le pouvoir de la transpercer pour en dérober un.

— Je veux un gâteau.

— Désolée, mais c'est impossible, répondit Val.

— Si, c'est possible !

Rosa se frotta le front de ses poings serrés et se mit à ronchonner d'une voix étrange, comme pour psalmodier sa colère.

— Allez, viens, ordonna Val.

— Non !

Grinçant des dents, Rosa se frappa la poitrine, puis le visage, combattant au fond d'elle une force furibonde jusqu'alors endormie. Bobby savait que Rosa pouvait être saisie de véritables accès de rage, mais leur intensité le déconcertait à chaque fois. Le teint de Rosa vira au pourpre. Elle tapa sur la vitrine du plat de la main et se mit à crier. Les mots, collés les uns aux autres, ne formèrent qu'un seul et même grondement indifférencié. Val tenta de saisir son poignet, mais la fillette la repoussa avec violence.

Une femme sortit du magasin, stupéfaite de voir Rosa plantée sur le trottoir, au comble du désespoir.

— Qu'est-ce qui se passe, ici ? s'enquit-elle.

Rosa voulut lui donner un coup de pied. Manquant de peu le tibia de la femme, elle fit un trou dans le bois vermoulu du montant de la porte. Du plat de la main, elle frappa à nouveau la vitrine. Le verre vibra dans un léger bruit de carillon. Val s'aperçut que le salon de thé était empli de touristes qui les observaient.

Une seconde femme rejoignit la première sur le pas de la porte. Elle voulut prononcer quelques mots, mais les sons émanant de son corps frêle ne pouvaient rivaliser avec les hurlements de Rosa, qui repoussa brutalement les deux femmes, faillit les faire choir, se rua dans le magasin, grimpa dans la vitrine et démolit à coups de pied le présentoir à gâteaux.

Val, Bobby et les deux femmes contemplèrent en silence les rubans de crème dégoulinant le long de la vitre. Puis Val se ressaisit, sema derrière elle quelques confettis d'excuses et se rua dans la boutique pour attraper Rosa. Les deux femmes, bouche bée, dévisageaient Bobby, qui demeurait impassible. De l'autre côté de la rue, du linge claquait au vent.

— Toi, dit la première femme, je t'ai déjà vu quelque part.

— Impossible, répliqua-t-il. Je ne suis pas du coin.

— Je suis pourtant sûre que si, insista-t-elle en se tournant vers son amie. Qu'est-ce que tu en penses ?

Bobby songea au bibliobus et l'imagina se cabrant sous lui tel un fidèle destrier. Il connaissait désormais des centaines d'histoires, mais la seule qui lui vint à l'esprit, à cet instant précis, fut celle qu'il venait tout juste de lire. D'autres explications – plus crédibles, moins fantastiques – convenaient davantage à la situation ; mais sous l'effet du stress, Bobby était incapable de s'en souvenir, comme si elles n'avaient jamais existé.

— Non, reprit-il, je ne suis pas d'ici. Ce n'est même pas ma planète d'origine. Ma planète est minuscule. C'est un astéroïde à peine plus grand qu'une maison. J'explore la galaxie. J'ai rencontré un roi sans sujets, un monsieur convaincu d'être l'homme le plus admirable de sa planète, même s'il y vit seul, un buveur qui boit pour oublier qu'il a honte de boire, un homme qui dit posséder les étoiles, un allumeur de réverbères qui allume et éteint le même réverbère une fois par minute, et un vieux géographe n'ayant jamais exploré le monde qu'il prétend avoir cartographié.

À mesure qu'il parlait, Bobby se sentait de plus en plus proche du Petit Prince. Il prit même la pose, comme si une couronne se dressait crânement sur sa tête.

— Mais… commença la femme.

Bobby l'empêcha de poursuivre.

— C'est lui qui m'a conseillé de venir ici, sur la planète Terre, dans votre salon de thé. Et voilà que je vous ai rencontrées !

Val reparut, traînant derrière elle une Rosa maculée de *cupcakes*.

— Maintenant, si vous voulez bien m'excuser, dit Bobby.

Tournant le dos au chemin du retour, ils remontèrent la rue sous le regard insistant des deux femmes. Une fois hors de vue, ils patientèrent près d'un pub, dans une ruelle froide et humide, puis escaladèrent une palissade et coupèrent à travers champs. Ils en franchirent cinq de suite, à la terre fraîchement remuée, et leurs chaussures ne tardèrent pas à se couvrir de boue détrempée.

— Que leur as-tu raconté ? demanda Val.

— J'ai dit que j'étais le Petit Prince, répondit Bobby, persuadé qu'elle allait le gronder.

Val éclata de rire, le prit dans ses bras, et déposa un baiser sur le lobe de son oreille – là où la chair est tendre. Le temps qu'ils atteignent le bibliobus, la colère de Rosa s'était envolée. Sans la cerise écrabouillée sur son manteau, on aurait pu croire que la journée s'était déroulée sans incident.

— C'est comme ça que ça marche, déclara Val. L'histoire continue.

Bert avait disparu. Val inspecta la bibliothèque, Rosa fouilla la cabine, et Bobby rampa sous le bus.

Furetant près des pneus, il ne vit qu'un biscuit sec à moitié grignoté et la silhouette de Bert imprimée dans l'herbe. Ils se campèrent à l'orée du bois et l'appelèrent. Rosa agita une boîte de conserve remplie de ses croquettes de prédilection. Seul leur répondit le vrombissement des insectes, invisibles mais sonores. Le feuillage lui-même semblait fredonner.

Ému par le chagrin de Val, Bobby troqua ses chaussures contre des bottes en caoutchouc et s'engagea plus avant dans la forêt. À l'aide d'un bâton, il tapa sur les troncs et inspecta tous les buissons qu'il croisa sur sa route, persuadé d'agir ainsi en homme.

— Bert !

L'écho propageait ses cris. Quand le bibliobus finit par disparaître sous le couvert des arbres, il rebroussa chemin, triste de ne pas avoir retrouvé le chien.

Les journées commençaient à raccourcir. Val fit un feu et prit Rosa dans ses bras. Personne n'avait envie de discuter.

Val s'attendait à tout moment à entendre la déflagration des sirènes, à voir leur lueur bleutée inonder la clairière. Elle aurait voulu qu'ils puissent se volatiliser dans la forêt comme Bert l'avait fait. Avant de se lancer dans cette aventure, elle n'avait jamais vraiment voyagé – et encore moins enfreint la loi. Lors d'un voyage organisé par son école, pendant les vacances d'été, ses amies avaient ramené des garçons dans leur dortoir : Val avait simulé une crise d'asthme pour dormir à l'infirmerie. Elle était restée vierge jusqu'à ce qu'elle rencontre le père de Rosa (un homme pas comme les autres qui avait cessé d'être pas comme les autres en un temps record, alors que les lumières étaient encore éteintes, et les draps encore humides).

Val avait toujours payé ses factures d'électricité dans les délais impartis. C'était à peine si elle émettait un juron de temps à autre. Tout récemment, lorsque Rosa était devenue un peu plus autonome, elle avait pris le temps de réfléchir aux occasions qu'elle avait laissées passer. Et il y en avait un certain nombre. Rencontrer Bobby avait radicalement modifié sa vision des choses. Quelle meilleure raison de se révolter, songea-t-elle soudain, que de permettre à ce jeune garçon, dont les débuts dans la vie avaient été si difficiles, de connaître un sursis, même provisoire ? À cette pensée, un immense sentiment de liberté l'envahit – liberté qui n'empêchait pas une phrase de tourner en boucle dans son cerveau : Où est donc passé ce satané chien ?

Peu avant minuit, Bert surgit nonchalamment de la pénombre environnante et prit place près de Rosa. Elle le serra si fort contre elle qu'il en lâcha ce qu'il tenait entre ses crocs : une paire de chaussettes kaki roulées en boule. Val lui demanda où il avait bien pu aller, et sur quel panier de linge sale il avait jeté son dévolu – comme s'il était capable de lui dresser la carte des environs. Bert bâilla et gravit avec lenteur les marches du bibliobus, leur rappelant à tous qu'il était temps d'aller se coucher.

Le lendemain matin, pelotonné dans un recoin de la cabine, Bobby lut *Stig, l'enfant des cavernes*[1]. Val lava leurs vêtements (y compris la nouvelle paire de chaussettes) dans un seau d'eau et les suspendit, encore ruisselants, à la branche d'un arbre.

1. *Stig of the Dump*, de Clive King (1963). Considéré au Royaume-Uni comme un classique de la littérature jeunesse, cet ouvrage n'est pas traduit en français. *(N.d.T.)*

Bobby veillait à ce que ses archives demeurent impeccables et bien rangées. Il commença à concevoir, à l'intention de sa mère, le lit le plus confortable que l'on puisse imaginer : il déchirerait les pages des manuels de mathématiques alignés sur les rayonnages de la bibliothèque. Puis il les disposerait sur un châlit sophistiqué, fait de branchages entrelacés.

— Regardez !

Rosa pointait le doigt vers Bert, qui, une fois de plus, se dirigeait en se dandinant vers la forêt. Comme il était vieux et un peu lent, ils n'eurent aucun mal à le rattraper, bondissant par-dessus les racines et se faufilant entre les ronciers. Bert ne semblait guère se soucier de les avoir à ses trousses ; il n'accorda pas plus d'intérêt à Val quand celle-ci lui ordonna de s'arrêter. Lorsqu'il atteignit un ruisseau, ses maîtres supposèrent qu'il allait enfin renoncer, mais il sauta par-dessus le cours d'eau sans ralentir l'allure.

Ils marchèrent jusqu'à ce que le feuillage, de plus en plus dense au-dessus de leurs têtes, ne laisse plus qu'à peine passer la lumière. Devant eux, un collecteur d'eau de pluie. À côté se trouvaient un amas de guenilles détrempées et une tente à moitié effondrée, battue par le vent, qui s'ouvrait et se refermait tel un poumon malade.

Bert s'assit près d'un grand tas de feuilles, que le vent avait soulevées puis abandonnées là.

— Je crois que Bert devient un peu sénile, lança Val.

— Qu'est-ce que ça veut dire, Val ? demanda Rosa.

— Idiot. Parce qu'il est vieux. Comme ta mère.

Val lui tira la queue pour le forcer à se relever, mais Bert enfouit son museau dans les broussailles et se mit à fouiller dans la boue.

— Bert, on y va, ordonna-t-elle. C'est l'heure de rentrer.

— Oui, Bert, renchérit Rosa en lançant un bâton vers lui. Arrête d'être sénile. C'est l'heure de rentrer à la maison.

Soudain, Val poussa un grand cri, recula d'un pas, buta contre un bouquet de champignons vénéneux et tomba sur les fesses. Bobby s'élança pour lui venir en aide.

— Non, Bobby, ne t'approche pas !

Le tas de feuilles, à côté de Bert, commençait à bouger. La terre qu'il recouvrait se souleva. Bobby vit alors poindre ce qui gisait en dessous : une main humaine crottée, aux ongles en deuil, aussi noirs qu'une pelisse de sconse.

— Fuyez ! cria Val.

Mais Bobby s'aperçut que l'un de ses pieds était profondément enfoncé dans la glaise, comme pour prendre racine. Il était cloué au sol.

La main se dressa telle une arme, repoussant la terre. Le visage crasseux d'un homme apparut. Il avait de longs cheveux blonds, gras et hirsutes. Ses dents étaient couvertes de boue et sa barbe, pleine de nœuds, évoquait un vieux cordage répugnant.

— N'ayez pas peur, dit-il d'une voix grave et rocailleuse.

L'homme se redressa lentement. Ils virent alors quelle était sa cachette : un trou dans le sol, guère plus grand qu'un cercueil, et bordé de panneaux de bois pour éviter qu'il ne s'effondre. Le couvercle était fait du même matériau. À l'intérieur se trouvait un sac contenant les affaires de l'homme : un broc pour l'eau, des bâches, de la ficelle, des couteaux, et une trousse de premiers secours dans une boîte vert olive.

— Je ne fais ça qu'en hiver, précisa-t-il. J'ai moins froid que sous la tente, et il y a moins de risques de tomber sur…

— Des ours ? suggéra Rosa.

— Euh, oui. Des ours.

Val posa un doigt sur ses lèvres, intimant à Rosa l'ordre de se taire. Bobby ramassa le plus gros bâton qu'il trouva et s'interposa entre l'homme et Val.

— Qui êtes-vous ? demanda-t-il.

— Je m'appelle Joe.

Bert, ce traître, se mit à frotter sa tête contre la jambe de l'homme, qui se pencha pour le caresser. De toute évidence, ils se connaissaient bien.

— Que faites-vous dans la forêt ?

— Je vis ici, en fait. Provisoirement, je veux dire. Je suis en route pour l'Écosse. Mais je fais une petite pause. De l'eau fraîche, un abri : c'est vraiment pas mal, dans le coin.

— Comment puis-je être sûr que vous n'êtes pas un homme des cavernes ? demanda Bobby, qui avait encore l'histoire de Stig en tête.

— Et moi, comment puis-je être sûr que tu n'es pas un homme des cavernes ?

Il rit comme si Bobby allait se joindre à lui. Il oubliait que c'était d'abord la blague de Bobby – même si celui-ci avait posé la question le plus sérieusement du monde.

— Parce que j'ai mon propre bibliobus.

— Bobby ! s'exclama Val dans son dos.

Elle posa les mains sur son torse et l'attira contre elle.

— Je crois que nous devrions laisser le monsieur camper tranquille.

Il était rare qu'elle s'adresse à Bobby comme à un petit garçon.

— Je ne voulais pas effrayer vos gosses, assura Joe.

— Je suis son ami, corrigea Bobby.

— Ça ne change rien au problème.

— Ne vous en faites pas, dit Val. On était venus faire une petite balade. C'est plutôt nous qui regrettons de vous avoir dérangé.

— Vous ne me dérangez pas.

L'homme souleva Bert, passa le bras autour du cou de l'animal, et lui gratouilla du doigt l'intérieur de l'oreille. Bert, parcouru d'un plaisir intense inconnu des humains, tira la langue et la laissa pendouiller mollement.

— Il est à vous, ce chien ?

— Il s'appelle Bert, dit Rosa.

— Salut, fillette, dit Joe. C'est joli, Bert, pour un chien. Toi aussi, tu t'appelles Bert ?

Rosa lui offrit son gloussement le plus chaleureux, le plus tendre. Bobby faillit la saisir par la peau du cou.

— Je m'appelle Rosa. Rosa Reed, indiqua-t-elle en tirant son bloc-notes de sa poche et en inscrivant le nom de l'étranger à côté du sien.

— Et Bert, c'est ton chien ?

— Oui. Bert Reed. Et voici Val Reed, et voici mon meilleur ami Bobby Nusku.

L'homme, d'un mouvement lent, se dressa de toute sa hauteur. Il était presque deux fois plus grand qu'il n'en avait l'air quand il était assis dans son trou.

— Val, c'est ça ? dit-il.

— En effet, fit Val.

Le silence retomba, laissant place au murmure de la rivière.

Joe prit soudain conscience que sa haute stature pouvait intimider la femme et les deux enfants. Il s'affaissa légèrement, ventre plié en deux. Cela faisait un bon moment qu'il n'avait pas vu âme humaine – sans même parler de croiser le regard de quelqu'un. Il avait oublié à quel point il était grand. Il avait même oublié à quoi il ressemblait. Dans son souvenir, il avait les traits glabres et la boule à zéro du militaire. Il était habitué à se passer la langue sur des lèvres dépourvues de moustache, comme l'exigeait le règlement. Seuls le frottement de sa barbe contre sa poitrine et le mouvement de recul de ceux qui l'apercevaient lui rappelaient de manière brutale que la réalité était tout autre.

— Val, dit-il, je crois que votre chien a mangé mes chaussettes.

— Non. Vos chaussettes sont intactes. Mieux que ça, même. Je les ai lavées.

À la joie qui inonda le visage de Joe, il était facile de deviner qu'il n'avait pas porté de chaussettes propres depuis un bon moment. Bobby vit là une raison supplémentaire de se méfier de lui.

Mais Bobby n'avait jamais rencontré d'homme à qui il pouvait faire entièrement confiance.

— C'est gentil de votre part ! s'exclama Joe. Si j'avais su que Bert était un chien blanchisseur, je lui aurais confié tout un sac de linge sale.

Val se mit à rire.

— Une fois de plus, désolée de vous avoir dérangé. Nous allons vous laisser tranquille.

Elle tendit les bras. Joe lui rendit Bert, qui manifesta son mécontentement par un grognement sourd et le balancement de sa patte arrière.

— Et les chaussettes ? s'enquit-il.

— J'enverrai Bert vous les rapporter.

— Qu'il les garde. J'en serais très honoré.

— Au revoir, dit Rosa.

— Au revoir.

Sans un mot, ils rebroussèrent chemin à travers bois et regagnèrent le bibliobus. Bert alla bouder dans la section Romans sentimentaux. Même un os en chocolat ne put le convaincre de rejoindre ses compagnons sur la moquette.

— Personne n'habite dans les bois, déclara Bobby.

— Nous, si, protesta Val.

— On vit dans le bibliobus. Ce n'est pas pareil.

— Ce monsieur voyage. Certaines personnes sont des gens du voyage. C'est à ça qu'ils consacrent leur vie.

— Qui, par exemple ?

— Alice, dans *Alice au pays des merveilles*. C'est une voyageuse. Et Gulliver, dans *Les Voyages de Gulliver*. Chaque livre contient une certaine vision de l'existence, tu te souviens ? Nous en avons déjà parlé.

Bobby soupira.

— On devrait partir, dit-il.

— Je ne crois pas que ce soit possible pour le moment. Des tas de gens vont se lancer à notre recherche. Ils nous poursuivront sans relâche. Ton père. L'école. La police.

— On pourrait aller chez Sunny. C'est un cyborg. Il nous protégera.

— C'est trop loin, répliqua-t-elle.

— Non, assura Bobby. Je ne trouve pas. Pas tant que nous resterons ensemble.

10

LE CHIEN DU CHASSEUR

On entendait tinter quelque chose dans le lointain. Ce bruit, semblable au vrombissement des insectes, était assez ténu pour que Bobby, plongé dans sa lecture, s'imagine tout d'abord qu'il s'agissait là d'un effet du texte sur son cerveau. Parfois, quand les personnages qu'il chérissait étaient saisis d'effroi, il sentait battre leur cœur. Quand ils plaisantaient, c'était par sa bouche que leur rire s'échappait. Ils battaient l'air avec ses mains, marchaient avec ses jambes et voyaient avec ses yeux. Bobby ne vivait pas leur histoire avec eux, mais à leur place, leur sort devenant le sien. Ce jour-là, il était le Gulliver de Jonathan Swift, captif des habitants de Lilliput. Leurs flèches et leurs lances minuscules lui perçaient le ventre. Bobby pressa sa paume sur la plaie, leva une main ensanglantée, et tous deux – Gulliver et lui – supplièrent qu'on leur rende la liberté.

On aurait cru une cloche. Pas une énorme cloche comme celles qui équipent les bâtiments publics, mais une cloche menue, délicate et fragile – lilliputienne. Arraché à ses pensées, Bobby reposa le livre sur le rayonnage et inspecta la bibliothèque. Il était seul. Val dormait dans la cabine. Dehors, Rosa tentait de convaincre Bert de se coucher les pattes en l'air en échange d'un gâteau sec. Le chien avait visiblement décidé qu'il mangerait ce biscuit, de toute façon.

Le son retentit à nouveau, légèrement plus fort cette fois, et de manière prolongée, comme si le battant flottait plus librement dans la panse de la cloche. Bobby leva la tête vers la cime des arbres, puis reporta son attention sur les herbes hautes.

Il saisit soudain ce qui approchait. Ou plutôt, qui : c'était sa mère.

Gee portait parfois un pendentif en forme de cloche. Bobby s'en souvenait, à présent. Niché au creux de sa poitrine, il émettait un bruit de grelot à chacun de ses mouvements. On le distinguait clairement sur la photo qui les montrait tous deux debout près de la voiture : Bobby jouait avec cette clochette, si précieuse entre ses mains, dont la teinte vieil or se reflétait sur la peau de sa mère.

Il se hâta de regagner la bibliothèque et fouilla dans ses archives. Il glissa dans sa ceinture le bocal contenant les cheveux de sa mère, et enfila le plus possible de bagues lui ayant appartenu. Il avait les poignets trop fins pour porter ses bracelets. Il les passa à ses pieds et les fit remonter d'un geste sec sur ses chevilles. Il emplit ses poches de fines bandes de tissu prélevées sur les robes de Gee, et fourra les clichés la représentant au fond de ses manches. Enfin, il s'aspergea du parfum maternel, si abondamment qu'il baigna ensuite dans une brume suave et poisseuse.

Quittant la clairière, Bobby franchit l'enceinte formée par les arbres et rejoignit la route, à l'orée du bois. Le son de la cloche se fit beaucoup plus distinct. Sa mère n'était plus très loin. Le vent, cependant, l'empêchait de savoir de quel côté venait le bruit. Il grimpa à l'arbre le plus proche de la route pour scruter les environs. À mi-chemin de la cime, alors que la fragile écorce du vieux tronc s'émiettait sous ses doigts, il pénétra dans une nuée dense de mouches noires qui vinrent se cogner contre ses oreilles et ses narines. Bobby retint son souffle et poursuivit son escalade. Une fois sorti de la nuée, il se fraya un chemin vers une grosse branche latérale et fixa l'horizon à travers ses jumelles. Au loin, contrastant avec le vert de la terre au repos et le jaune onduleux du colza, il repéra une silhouette vêtue d'un manteau rouge vif.

Laineux et doux : il s'en souvenait, maintenant. Elle le portait sur la photo. Deux rangées verticales de boutons couleur cuivre, et de grandes poches dans lesquelles il avait l'habitude de plonger les mains. C'était le manteau préféré de sa mère : elle l'accrochait toujours avec soin sur un cintre pour éviter qu'il ne se froisse.

La poitrine gonflée par l'émotion, il dut se cramponner à la branche, de crainte que les battements frénétiques de son cœur ne le propulsent vers le ciel. Il voulut crier son nom, mais l'air lui manqua. Inspirant profondément, il affina du mieux qu'il put la mise au point de ses jumelles. La silhouette se précisa.

Bobby sentit son cœur se contracter.

Un homme en coupe-vent rouge appelait son chien, dont le collier était pourvu d'une clochette.

La fièvre qui parcourait l'échine de Bobby céda la place à un douloureux picotement. L'homme et le chien se dirigeaient vers la clairière. Il fallait prévenir Val ! Ne s'était-il pas promis de la protéger ?

Bobby se laissa glisser le long du tronc, jusqu'au nuage de mouches. Il oublia de fermer la bouche : les insectes, gros comme des raisins secs, se mirent à folâtrer sur sa langue. Parvenu à mi-chemin, au beau milieu de la nuée, il lâcha prise et atterrit sur le ventre. Le bocal passé dans sa ceinture se brisa sous l'impact. Des bouts de verre lui entaillèrent l'abdomen. Les cheveux de sa mère, poisseux de sang, se collèrent à sa peau et s'accumulèrent dans le creux de son caleçon. Tant pis. Il devait agir vite, au mépris de la douleur.

Se mordant la langue, Bobby regagna la clairière et tambourina à la porte de la cabine. Val jeta un regard par la vitre, l'œil englué de sommeil. Des roses de sang s'épanouissaient sur la chemise de Bobby : il les dissimula de son mieux en serrant sa veste contre lui. Les plaies devinrent brûlantes, mais il demeura imperturbable. C'est ainsi qu'agirait un homme, songea-t-il.

— Il y a un type là-bas, annonça-t-il. Il vient par ici.

Saisie de panique, Val entraîna Rosa et Bert à l'arrière du bibliobus en leur demandant de faire le moins de bruit possible. Rosa enfouit sa tête sous un oreiller et tendit à Bert le reste du biscuit, pour le récompenser de son obéissance – portant le chien à croire que le gâteau sec lui était effectivement destiné depuis le début.

Bobby suivit Val jusqu'à la lisière de la forêt. Ils s'allongèrent sur le sol, camouflés derrière un talus couvert de fleurs jaunes. Il était temps : l'homme était si près d'eux qu'ils pouvaient distinguer la peau de son bras décolorée par le soleil, et parsemée de taches lie-de-vin. Le chien, un setter irlandais au pelage fauve, s'était frayé un chemin au milieu des fleurs. Il s'assit sur le talus, la truffe frémissante. Il avait flairé le sang qui s'écoulait des blessures de Bobby.

— Ouste ! chuchota Val. Va-t'en !

— Ici, Lola ! ordonna l'homme d'une voix claire et chaude.

Il se trouvait à moins de trois mètres. Eût-il daigné lever les yeux pendant plus d'une seconde qu'il aurait remarqué Val et Bobby, couchés dans l'herbe tels des amoureux coupables. La chienne grogna d'un air railleur, participant en quelque sorte à la plaisanterie.

— Que ferons-nous s'il vient par ici ? demanda Bobby.

— Je n'en sais strictement rien, répondit Val.

— Ne t'inquiète pas. Je te protégerai.

Elle lui agrippa la main.

L'homme contemplait la lueur bleutée de son téléphone. Trop loin du village pour capter quoi que ce soit. Même s'il se doutait que personne n'avait cherché à le joindre, une force le poussait à rebrousser chemin pour voir les barres de réseau s'afficher sur l'écran de son portable – à la manière d'un cachalot contraint de refaire surface de temps à autre pour respirer.

— Allez, viens, répéta-t-il.

La chienne grogna et battit en retraite.

Bobby et Val patientèrent jusqu'à ce que le son de la clochette ait disparu dans le lointain. Vaincu par la douleur, Bobby poussa un gémissement et roula sur le dos. Quand Val vit sa chemise ensanglantée, elle se couvrit la bouche des mains et grimaça comme si elle venait de croquer dans une pomme pourrie.

— Qu'est-ce qui s'est passé ? demanda-t-elle.

— Je me suis coupé, dit-il. Je ne l'ai pas fait exprès.

Val déboutonna la chemise de Bobby. Le verre mêlé de gravier miroitait dans les plaies, et son torse était couvert de volutes de cheveux rouge sombre. Val sauta sur ses pieds, rongée par la culpabilité. Elle ne se sentait pas plus apte à protéger Bobby que Bruce Nusku ne l'avait été. C'était écrit sur la peau de l'enfant, en lettres de sang. Elle ignorait que compatir à la souffrance d'autrui, et surtout ne pas vouloir l'infliger, est ce qui caractérise les honnêtes gens.

Bobby tenta de se relever, mais ses jambes ne le soutenaient plus. Le voyant tituber, Val le porta jusqu'au bibliobus. Il s'allongea sur les marches tandis qu'elle fouillait frénétiquement les tiroirs du bureau. Rosa fondit en larmes à la vue du sang.

— Ne t'inquiète pas, dit Bobby.

Il avait déjà tant saigné qu'il commençait à ne plus distinguer les couleurs.

— Je ne trouve rien, dit Val, absolument rien pour te soigner.

Elle versa de l'eau sur l'abdomen de Bobby. Aussitôt nettoyées, les plaies se gorgèrent de sang, tels une centaine de petits croissants écarlates. Elle utilisa une serviette en guise de compresse, mais celle-ci se teignit de rouge sans mettre fin au saignement.

— Il faut d'abord désinfecter tout ça, dit-elle. Allons chercher du secours.

— Non, protesta Bobby. Je vais très bien.

Val se pencha sur une coupure courant au-dessus de son nombril pour en extraire un cheveu. Il était tout crasseux au bout.

— La plaie va s'infecter, et je devrai t'emmener à l'hôpital.

— Hors de question !

— Les médecins et les infirmières découvriront qui tu es. Ils te renverront chez ton père.

Et alors ? songea Bobby. Plutôt souffrir une vie entière que de laisser Val parler à Joe en son absence.

— Reste ici, je t'en prie. Ça va aller, assura-t-il.

Elle fila avant qu'il puisse réitérer sa demande.

Haletante, les poumons se dilatant et se contractant dans sa poitrine tels des ressorts rouillés, Val s'effondra devant le bibliobus. Joe – en parfaite incarnation du géant de Brobdingnag inventé par Swift – la suivait avec la trousse à pharmacie. Elle semblait minuscule entre ses bras colossaux. Il s'agenouilla devant Bobby, qui jeta un coup d'œil sur ses mains couvertes de boue et vit là une occasion d'affirmer quelque peu son autorité.

— Vous feriez mieux de vous laver les mains d'abord, déclara-t-il, en dépit de la douleur qui lui lacérait les entrailles.

Il ferma les yeux et imagina des Lilliputiens plantant plus profondément encore leurs lances dans sa peau, puis tendant les cordes enserrant son torse avant de taillader sa chair.

Rosa alla chercher une savonnette et une bouteille d'eau, et Joe se lava les mains. Une fois propres, elles parurent plus grandes encore.

— Détends-toi, dit-il à Bobby.

Il versa de l'antiseptique sur des boules de coton hydrophile, puis nettoya et pansa les plaies avec une délicatesse qui surprit Val et Bobby. Quand il eut terminé, le ventre de Bobby évoquait une mosaïque, mêlant pansements, bandages et sparadrap.

— Bon travail, conclut Val.

— J'ai été formé dans l'armée, expliqua-t-il. Les médecins militaires vous apprennent à sauver les gens que vous venez de blesser.

Bobby le remercia en veillant à marquer sa réticence.

— Puis-je vous préparer un petit casse-croûte pour vous remercier ? s'enquit Val.

— Pour sûr, acquiesça Joe. J'en serais ravi.

Val emmena Rosa dans le bibliobus. Bert sauta sur les genoux de Joe et s'endormit presque aussitôt.

— Alors, c'était pas une blague, cette histoire de bibliobus ? lança Joe.

— Eh non, dit Bobby, c'était pas une blague. Et c'est moi qui m'en occupe.

Joe se mit à rire.

— Ça ne m'étonne pas du tout.

Il sortit de sa poche un paquet de tabac et du papier à cigarettes. Par miracle, ils n'étaient absolument pas mouillés.

— Tu veux que je te montre un truc ?

Bobby accepta sans hésiter – et s'en trouva fort marri. Mais comme ils étaient seuls dans la clairière et qu'il était gravement blessé, il estima que son empressement ne portait pas à conséquence.

— Je suis capable de rouler une cigarette n'importe où. J'en ai roulé pendant la mousson. J'en ai roulé dans la tempête. J'en ai roulé dans l'obscurité du désert, en pleine nuit, et il faisait sacrément noir. Rien à voir avec les nuits d'ici, qui sont éclairées de partout. Dans le désert, l'obscurité est d'un noir épais qui ressemble au néant.

Bobby n'avait jamais entendu quelqu'un s'exprimer de cette façon, de manière aussi calme et poétique.

— C'est quoi, l'intérêt ?

— Quand tu es dans l'armée, personne ne te prête main-forte. Alors c'est bien pratique de savoir faire n'importe quoi, n'importe où, n'importe quand, et sans l'aide de personne.

— Je voulais dire : de fumer. Tes poumons se transforment en cancer. Ils deviennent noirs et tout croustillants, et tu meurs avant même d'être vieux. On a appris ça à l'école. Vous n'êtes pas allé à l'école ?

Joe avait grandi en famille d'accueil. Il avait donc côtoyé davantage d'enfants que la plupart des gens ; mais il s'aperçut avec inquiétude qu'il avait oublié à quel point ils pouvaient être merveilleusement francs.

— Je n'ai pas beaucoup fréquenté les bancs de l'école.

— Bon, dit Bobby, c'est quoi le truc ?

— Je te parie que je peux en rouler une les mains cachées dans le sol.

— Totalement cachées ? Sans même qu'on puisse les voir ?

— Oui, totalement cachées, sans même qu'on puisse les voir.

— Tope là.

— Qu'est-ce que tu paries ?

Joe était sale, avec des plaques de boue séchée dans les cheveux. Bobby, pourtant, ne voyait rien à lui offrir que des livres – dont il était à peu près sûr que Joe ne pourrait déchiffrer un mot. Et de toute façon, se dit-il, il était seul, avec Rosa et Val, à pouvoir bénéficier du bibliobus et de tout ce qu'il contenait.

Il haussa les épaules.

— Déjà, on vous nourrit. Et tout le reste, on en a besoin. Je n'ai rien à parier.

— Et si tu m'offrais un brin de toilette dans le bibliobus ?

— Ça ne me paraît pas une bonne idée. Les livres sont propres, la moquette aussi. Vous mettriez la pagaille. Certaines personnes salissent tout. C'est pour ça qu'il y a toujours quelque chose à nettoyer.

— Vraiment ? Je ne bougerai pas d'ici, alors. Va juste me chercher un peu plus d'eau et de savon. Et peut-être un miroir, que je puisse me raser. Je n'irai pas jusqu'à te demander une serviette, rassure-toi !

Joe sentit Bobby se détendre.

— Tope là ?

— D'accord.

Ils se serrèrent la main – celle de Bobby disparaissant complètement dans celle de Joe. Puis ce dernier lécha la mince bande de gomme du papier à cigarettes, le posa au creux de sa paume et y ajouta une bonne pincée de tabac. Les doigts repliés, il ferma les mains sur le précieux butin, en veillant à les rendre hermétiquement closes. Il se laissa alors tomber sur les genoux, et fourra ses mains sous le tas de terre qu'il avait préalablement formé en grattant le sol.

— Vous n'avez pas l'air très malin, comme ça, déclara Bobby.

Les lèvres de Joe se tordaient de manière étrange sous l'effet de la concentration.

— Ça m'est égal.

— Il faudrait fixer une limite temporelle à ce pari.

— Inutile, assura Joe. J'ai fini.

Il ramena les mains vers son torse, laissant la terre ruisseler autour de lui, et les rouvrit lentement.

— Et voilà !

Hop, une cigarette. Un peu mal fichue, mais une cigarette quand même. D'un geste souple, Joe la planta au coin de ses lèvres, préleva une allumette dans la boîte et enflamma le papier garni de tabac, qui se mit à fumer. Bien sûr, cette cigarette regorgeait de saletés qui se déposaient sur ses amygdales, mais il se garda de tousser et la réduisit à un simple mégot en deux grandes bouffées qui firent siffler sa poitrine. Bobby fut impressionné. Quand Joe lui assena une grande claque sur l'épaule, il ne protesta pas, se contentant de laisser la vibration se répandre le long de sa colonne vertébrale. Val sortit du bibliobus, une boîte remplie de quartiers de pêche dans une main, une tasse de café noir dans l'autre.

— Joe, dit Rosa, quel est ton nom de famille ?

— Joe, répondit-il.

— Alors tu t'appelles Joe Joe ?

— Ouais, c'est ça. Joe Joe.

Rosa accepta sa réponse sans broncher et se mit à modeler les lettres de son nom sur son bloc-notes. Bobby ne fit guère d'efforts pour masquer sa défiance.

Propre comme un sou neuf, Joe prenait une teinte nouvelle. Sa peau était rose tendre comme celle d'un nourrisson ; quant à ses cheveux blonds et duveteux, on aurait dit le rembourrage dépassant des coutures défaites d'une tête d'ours en peluche. Val lui prêta un peignoir trop grand pour elle ; et il démarra le feu cinq fois plus vite qu'elle n'était parvenue à le faire les jours précédents. Bobby sortit des rayonnages une pile d'ouvrages qu'il feignit de vouloir lire à Rosa, et s'en servit pour bâtir une cloison entre Joe et eux – excepté ce traître de Bert.

— C'est votre bibliothèque, alors ?

— J'en suis la bibliothécaire, en tout cas, affirma Val.

— On vous laisse loger sur place ?

— Je me contente de conduire le bus à son prochain emplacement. Nous avons décidé d'en profiter pour faire du camping. Un peu comme vous, j'imagine.

Val n'aimait pas mentir, surtout à quelqu'un d'aussi gentil que Joe. Il avait belle allure, quand il s'en donnait la peine ; et même s'il avait manifestement passé la trentaine, il avait conservé dans l'œil une pointe d'espièglerie juvénile, affûtée dans les dortoirs de sa jeunesse. Val sentit sa peau rosir sur son cou et jusque sous son col de chemise, comme prisonnière des mains d'un étrangleur. C'était toujours ainsi quand elle était attirée par quelqu'un – même si ça faisait un bail que ce n'était pas arrivé. Elle se frotta le cou pour desserrer l'étau.

— Ça semble un peu bizarre, c'est tout.

— Ce bibliobus est condamné. Ils le sont tous. Vous avez dû lire ça dans les journaux, non ?

— Je ne lis pas beaucoup les journaux.

— Moi non plus, ces derniers temps.

Ils échangèrent un sourire.

— Pour résumer, ce bus rempli de bouquins serait resté en plan quelque part, point final. Or un livre n'est rien s'il n'est pas ouvert. Les histoires ne sont pas des histoires, si nul ne les raconte. Les personnages peuvent être bons ou mauvais mais, si les lecteurs ne font pas leur connaissance, ils ne sont ni l'un ni l'autre. Ce qui est bien pire.

Joe roula une autre cigarette.

— Je ne discuterai pas là-dessus. C'est vous la bibliothécaire, pas moi !

Rosa referma brusquement son livre.

— On fait du camping parce qu'on s'est enfuis de la maison, déclara-t-elle.

— Rosa !

— On prend tous la fuite de temps à autre, tempéra Joe. Il croisa le regard de Val. Quelle que soit son histoire, il en perçut l'essentiel : elle ne voulait pas qu'on la retrouve. Pas encore, du moins.

Il n'avait pas besoin d'en savoir plus. Les enfants n'étaient pas malheureux, il le voyait. Lui non plus n'avait aucune envie qu'on les retrouve. Il ne se contentait pas de partager leur désir. Il le comprenait parfaitement.

Les tatouages vert foncé qui émaillaient ses avant-bras puissants serpentaient, telles des renouées du Japon, jusqu'à ses épaules. Ancres, sorciers et serpents se lovaient autour de boucliers, d'épées, de volutes et de crânes aux yeux caves, dont jaillissaient des fleuves de mots. Bobby se rapprocha discrètement pour mieux voir, mais il sentit son pansement se décoller, et se figea.

— Et vous ? reprit Val. Que fuyez-vous ?

— Qui vous dit que je suis en fuite ?

Des volutes de fumée déferlèrent sur sa lèvre supérieure et s'engouffrèrent dans ses narines.

— Vous vivez dans les bois.

— Je séjourne dans les bois.

— Pourquoi ?

— Parce que je n'ai nulle part où aller. Je suis ce genre d'homme, j'imagine, dit-il en rapprochant ses jambes des flammes.

— Vous n'avez vraiment nulle part où aller ? demanda Bobby.

— Vraiment. Je me suis engagé dans l'armée le jour de mes dix-huit ans. J'ai démissionné des années plus tard. Maintenant, je ne suis plus qu'un voyageur.

— Pourquoi vous étiez-vous engagé ?

Joe réfléchit un moment.

— Pour éviter les ennuis, je suppose.

— En allant faire la guerre ?

Joe se mit à rire.

— Eh oui ! En allant faire la guerre.

— Il n'y a pas de raison que vous dormiez à la dure ce soir, décréta Val. Vous pourrez vous installer dans la cabine, si vous le souhaitez.

— Je ne veux pas vous déranger.

— Vous ne nous dérangez pas. Les enfants et moi dormons dans le camion, de toute façon.

— Je ne suis pas un enfant, protesta Bobby.

Rosa imita son geste de dénégation.

— Moi non plus, je ne suis pas une enfant.

— Désolée, dit Val. C'était une façon de parler.

Ensuite, Val et Joe discutèrent de choses et d'autres, en veillant à ne pas s'immiscer trop avant dans leurs vies respectives. Survint le crépuscule : fatigués par les événements de la journée, ils décidèrent de se coucher de bonne heure. Val montra à Joe comment abaisser les stores et verrouiller les portières. Profitant d'un moment où il regardait ailleurs, Bobby retira la clé de contact et la cacha sous les roues avant. Une fois Val et Rosa endormies, il veilla jusqu'au matin, avec les chouettes pour seule compagnie – les yeux passés en mode nuit et braqués sur la cabine, au cas où.

11

L'ENFANT

Doté d'un appétit gargantuesque et apparemment sans limites, Joe fit rapidement fondre les réserves du bibliobus. Après la première nuit, il demeura dans les parages et devint pour eux une figure familière – même si, aux yeux de Bobby, celle-ci se résumait à une bouche vorace engloutissant leurs victuailles. En échange, Joe révisa le moteur (il s'était occupé de l'entretien de véhicules blindés quand il était dans l'armée) et participa aux tâches quotidiennes, que Bobby fut ravi de lui déléguer, à l'insu de Val, persuadée qu'il faisait sa part du travail. Ses blessures au ventre le faisaient souffrir, et il devait s'occuper de ses archives : depuis qu'il avait cassé le bocal rempli de cheveux, elles étaient sens dessus dessous.

Il avait entrepris de dresser la carte de la zone bordant le bibliobus. Il y avait trente-sept grandes enjambées d'un bout à l'autre de la clairière. Deux itinéraires à travers bois étaient praticables à la nuit tombée : l'un par le ruisseau, l'autre par les broussailles. De jour, Bobby compta en moyenne trois passages de voitures par heure sur la route jouxtant la rivière (et un, tout au plus, la nuit). Sous le bibliobus, quatre cavités dans la carrosserie, au-dessus des roues, constitueraient si nécessaire des cachettes tout à fait convenables, même si Joe était bien trop grand pour s'y glisser. Bobby, consignant ce dernier point, l'envisagea comme une petite victoire.

— Viens ! lui lança Joe un matin, quelques jours plus tard.

Bobby, adossé aux rayonnages de livres sur le développement personnel – auxquels il n'avait pas touché –, tressaillit et lâcha le volume usé qu'il tenait à la main.

— Quoi ?

Il était plongé dans *Des souris et des hommes* de John Steinbeck, qu'il avait trouvé coincé derrière deux intimidants ouvrages reliés de la section Grands classiques. Il trouvait le texte complexe, trop complexe pour son jeune âge, mais, charmé par cette langue désuète, il s'était laissé entraîner dans des phrases virevoltant les unes autour des autres, et avait fini hypnotisé par l'amitié qui liait George Milton et Lennie Small. Ils étaient si différents ! George était petit, inculte, mais tout aussi futé que les enseignants qu'avait pu côtoyer Bobby ; Lennie, quant à lui, Lennie le lourdaud, était fort comme un roc – et deux fois plus bête. Pourtant, en dépit de leurs différences, ou peut-être à cause d'elles, leur amitié ne cessait de croître. Grâce à George, Lennie restait calme. Grâce à Lennie, George se sentait en sécurité. Ils avaient fini par ne plus pouvoir se passer l'un de l'autre, sur bien des points, et de magnifique manière. Leur relation réchauffait le cœur de Bobby, comme s'ils étaient bien vivants, à discourir près de son oreille.

— On n'a plus rien à manger, annonça Joe. Je vais t'apprendre à fourrager.

— À trouver des graines et des baies, tu veux dire ?

Joe fit non de la tête.

— Beaucoup mieux que ça.

— Quoi, alors ?

— Viens. On part à l'aventure.

Voyant là un bon prétexte pour tenir Joe à distance de Val et du bibliobus pendant un petit moment, Bobby acquiesça. Val approuva également, mais leur fit jurer de ne pas trop s'éloigner. Agacé d'être ainsi materné devant Joe, Bobby roula ostensiblement les yeux, puis il enfila ses bottes en caoutchouc et son imperméable. Ils partirent du même pas en promettant de rapporter de quoi manger.

— Et où trouverez-vous de quoi manger ? demanda Val.

Aucune réponse. De toute façon, estima-t-elle, moins elle en saurait, moins elle s'inquiéterait.

Les champs étaient bordés de fossés creusés par les tracteurs. Les deux compagnons s'enfoncèrent vite dans la terre meuble et collante. Pris au piège, Bobby dut appeler Joe à l'aide. Ce dernier souleva Bobby par les aisselles, le hissa sur son épaule comme un vulgaire sac de farine et libéra ensuite ses bottes de la boue qui les retenait prisonnières.

— C'était vraiment stupide, comme idée, grommela Bobby, pointant du doigt les nuages détrempés par une noirceur d'encre.

— Au contraire. S'il se met à pleuvoir, il y aura moins de monde dans les parages, assura Joe. Et nous laisserons moins d'empreintes sur le sol. Fais-moi confiance. Si l'armée m'a appris une chose, c'est à passer inaperçu. Les marginaux comme toi et moi devraient toujours se réjouir de l'arrivée de la pluie.

— Je ne suis pas un marginal.

— Comme tu voudras.

Joe sortit de sa veste un assortiment de coupe-boulons et entreprit de cisailler une clôture de barbelés. Bobby, nerveux, faisait les cent pas dans son dos, serrant les poings pour masquer le tremblement de ses doigts. Ils pénétrèrent dans l'arrière-cour d'une ferme et se cachèrent derrière des citernes de récupération d'eau de pluie quand les rideaux de l'habitation s'entrouvrirent. Gorgées d'eau, les bouses de vache emplissaient l'air d'une odeur nauséabonde. Ils coururent se réfugier derrière les balles de foin qui barraient la porte des écuries, puis, baissant la tête, ils se dirigèrent vers le poulailler situé sous la fenêtre de la cuisine. Joe glissa la main à l'intérieur et ramassa six œufs blancs dans sa paume gigantesque. Il les fourra avec précaution dans les poches de Bobby.

— Ferme les yeux, ordonna-t-il ensuite.

Bobby hésitait à obtempérer. Quand il vit la main de Joe enserrer le cou d'un poulet, il n'hésita plus et ferma bien les paupières. Il perçut ce qu'il devina être le craquement d'un os minuscule, suivi d'un ultime caquètement (plus bavard qu'il ne l'aurait cru). Il s'arma de courage, persuadé que le sang allait lui éclabousser le visage. Rien ne se produisit.

— Tu peux regarder, maintenant.

Joe brandit le poulet, invitant Bobby à poser le doigt sur le ventre gonflé et duveteux de l'animal.

— Tu vois ? dit-il. Tout s'est bien passé.

Le corps était si chaud au toucher que Bobby fut jaloux de voir Joe l'escamoter sous sa veste. Il aurait voulu être capable, lui aussi, de tuer un poulet aussi proprement, avec le même calme, la même dextérité. En attendant, l'aventure que Joe lui avait promise lui rappelait les jours heureux avec Sunny Clay. Ravi, il en savourait chaque instant.

Ils empruntèrent un sentier de randonnée détrempé et parvinrent en lisière du village. Près d'une boulangerie, ils remarquèrent une petite pile de cartons contenant les invendus. Joe se cacha derrière une palissade et épia le boulanger, qui se détendait en fumant une cigarette. Dès qu'il fut rentré, Joe tendit la main et s'empara du carton juché au sommet de la pile. Ils rebroussèrent chemin à travers champs pour inspecter leur butin.

— Si on nous prend en flagrant délit, on aura de gros ennuis, déclara Bobby.

Il mordit dans un beignet, faisant jaillir la crème pâtissière sur les côtés.

— Tu n'as jamais lu *Robin des Bois* ? s'enquit Joe. Je suis sûr qu'on trouve ça, dans ton bibliobus.

— Si, je l'ai lu.

— Je suis convaincu que les Joyeux Compagnons volaient de temps à autre.

— Ils ne volaient pas des croissants aux amandes.

— La faim, ça ne se commande pas. Elle nous accablera bientôt, si nous n'agissons pas en hommes pour trouver une solution, qu'on soit joyeux ou non.

Le temps que Bobby mange son beignet, Joe en avait avalé cinq. Le temps s'éclaircit, et un arc-en-ciel se dessina en filigrane dans le ciel. Leurs vêtements, qui séchaient rapidement sous l'effet du soleil, ne tardèrent pas à devenir raides et malcommodes. Le tee-shirt de Bobby irritait la chair tendre de son ventre. Tout en marchant, Joe plumait le poulet et lançait des fléchettes empennées à l'horizon. Bobby préleva d'un geste sec une rose couleur saumon sur un buisson et la glissa dans sa poche, pour l'ajouter à ses archives.

— T'es fleuriste, maintenant ?

— C'est pour ma mère. Je la rangerai dans mes dossiers.

Joe avait observé Bobby lorsqu'il se plongeait dans ses archives. La nostalgie qui habitait le gamin ne lui était pas étrangère. De ses mains à la peau calleuse, insensibles aux épines, Joe arracha une autre poignée de roses et la mit dans son manteau, à côté du poulet.

— Autant en avoir beaucoup, non ?

Depuis le pré, ils pouvaient voir les jardinets en rang d'oignons à l'arrière du village. Une vieille dame accrochait sa lessive, tandis que son mari portait consciencieusement le panier à linge.

— Bingo, dit Joe. De quoi se déguiser.

— Se déguiser ?

— On est des voleurs, maintenant. En cavale.

Bobby songea à George et Lennie, traînant tels deux frères aux abords d'une plantation californienne, chacun surveillant les alentours pour protéger l'autre. Le couple âgé disparut : Bobby monta la garde tandis que Joe faisait main basse sur tous les articles suspendus au fil à linge, y compris les sous-vêtements, et rapportait dans les champs d'orge la lourde pile humide. Épaisse et usée, la veste était parfaitement à sa taille. Bobby mit la casquette du vieil homme et une chemise en coton élimée, tellement grande que ses mains atteignaient à peine les coudes. Joe plaqua contre son corps une robe à motifs bleu turquoise et la fit tournoyer dans un bruit de frou-frou, comme une partenaire de tango.

— Qu'en penses-tu ? demanda-t-il.

— Cette couleur ne te va pas.

— Pas pour moi, gros malin. Comme cadeau. Pour Val.

Bobby n'avait jamais songé que Joe puisse avoir des visées sur Val. Cette seule pensée le fit bouillir intérieurement.

— Elle déteste le bleu turquoise. Ça lui rappelle la mer des Antilles.

— Quel mal y a-t-il à se souvenir de la mer des Antilles ?

— Elle a failli s'y noyer, mentit Bobby.

Joe jeta la robe au sol. Bobby nota mentalement son emplacement exact – à vingt-huit pas de l'arbre, au pied du pylône électrique –, de manière à venir la récupérer à la nuit tombée.

Joe enfila un pantalon à fines rayures grises, se servit d'une ficelle en guise de ceinture, puis rabattit ses cheveux sur le côté en les lissant du plat de la main.

— Qu'en dis-tu ? demanda-t-il à Bobby. Suis-je bien déguisé ?

— Pas vraiment.

Joe fouilla dans ses poches.

— Dans ce cas, j'ai peut-être une meilleure idée.

Il brandit un couteau à cran d'arrêt à quelques centimètres du visage de Bobby – si près que celui-ci sentit les froids reflets du métal sur sa peau.

— Et si tu me coupais les cheveux ?

Joe tendit le couteau à Bobby et s'accroupit à côté de lui. Une artère palpitait dans son cou – tendre, facile à entailler. Les mains tremblantes, Bobby roula la crinière et lui donna la forme d'une queue-de-cheval.

— Grouille-toi, bougonna Joe. Je ne te demande pas une mise en plis ! Coupe-moi tout ça. On s'occupera des finitions une fois au campement.

Bobby taillada la colonne de cheveux d'une main ferme, mais la lame ripa entre ses doigts, et il coupa les mèches en dents de scie. La corde dorée de la chevelure lui resta entre les mains – comme tranchée par une épée, songea-t-il.

— Bien joué, dit Joe.

Son visage était plus net, et l'on voyait désormais pointer ses oreilles, ce qui le rendait immédiatement plus humain. Sans réfléchir, Bobby empocha les cheveux.

Ils entamèrent le long trajet du retour, à travers champs, puis en direction de la rocade, où des usines, des hangars et un entrepôt d'articles ménagers constituaient une petite zone d'activités à l'allure déprimante. Un amoncellement de rebuts – meubles abîmés, pots de peinture bosselés – jonchait la cour. Ils regagnèrent le bibliobus, décrétant leur moisson assez fructueuse pour la journée.

Joe dépouilla et vida le poulet, puis lança le foie et le cœur à Bert. Ils le firent cuire au-dessus du feu et le mangèrent au dîner, badigeonné de ce qui restait de sauce barbecue, suivi de beignets en guise de dessert. Leur souffle blanchissait dans l'air glacé. Ils s'emmitouflèrent du mieux possible dans les vêtements volés et se lurent des histoires à tour de rôle. Rosa se balançait dans la chaleur des flammes.

Bobby choisit *Des souris et des hommes* et en lut les dernières pages. Il regrettait que George ait tué Lennie, même si c'était pour la bonne cause : George s'y était résolu pour éviter que Lennie ne souffre davantage. Et moi ? se demanda-t-il. Serais-je capable de tuer Joe si c'était nécessaire ? Troublé, il tenta de se souvenir dans quelle poche Joe avait rangé son couteau.

— C'est à toi, Joe Joe, annonça Rosa.

Joe, tournant sa langue dans sa bouche, exhala une volute en forme de S.

— Les histoires, ce n'est pas mon truc, répliqua-t-il.

— Allez ! insista Val. Rosa va en choisir une pour toi.

Il fit non de la tête. Bobby ne put s'empêcher d'envier son autorité naturelle.

— Je t'ai dit que ce n'était pas pour moi.

— Dans ce cas, raconte-nous ce qu'il y a d'intéressant en Écosse.

— Pardon ?

— L'Écosse. C'est là-bas que tu allais quand on s'est rencontrés, n'est-ce pas ?

D'une chiquenaude, Joe envoya dans les braises le moignon de sa cigarette.

— Il y a une maison là-bas.

— Une maison ?

— *La* maison. Ou plutôt le manoir, pour être honnête.

Bobby émit un sifflement admiratif. Incapable de l'imiter, Rosa s'exclama « *Zuitsou !* ». Sa voix haut perchée fit déguerpir Bert, qui se mit à courir autour du campement.

— J'ai vu ce manoir quand j'étais petit, expliqua Joe. Et je ne l'ai jamais oublié. Juste à côté d'un barrage, et du lac à l'eau la plus pure du monde, je vous le garantis. Un sacré truc. Comme si l'eau s'était transformée en miroir.

— Qui habite ce manoir ? demanda Rosa.

Joe alluma une autre cigarette.

— C'est là que je veux en venir. Ça m'étonnerait qu'il soit encore habité. Le coin est complètement désert, à mon avis. C'est juste un bâtiment délabré au milieu de la campagne, dont il ne restera bientôt plus rien. Il a besoin de beaucoup d'amour. D'un camion-citerne entier de peinture, de dix mille clous, et de quelqu'un avec du temps devant lui – moi, par exemple. Je serais capable de le retaper comme il faut. Après ça, je serais tranquille dans mon coin. Personne d'autre ne s'intéresserait à cette vieille ruine perdue au fin fond de nulle part.

— Tu l'as visitée, si je comprends bien ? s'enquit Val.

— J'ai beaucoup bourlingué, quand j'étais jeune. Plusieurs maisons, plusieurs familles. Une fois, je suis allé marcher dans la montagne. Je suis tombé par hasard sur cette bâtisse qui se dressait dans le brouillard – un château, ou quelque chose dans ce goût-là. Je me suis toujours promis d'y retourner un jour.

Rosa sourit.

— Et vous savez ce que c'est, le plus beau ? Les gens qui vivaient là avaient leur propre zoo. Je vous jure. Par temps clair, quand le vent cessait de hurler dans les collines et de tout ravager sur son passage, on entendait le rugissement des lions, le cri des perroquets, et le…

— Grognement des ours ? suggéra Rosa.

— Exactement. Grrr. J'les entendais tous, de l'autre côté du mur. J'ai toujours voulu aller voir où vivaient ces animaux.

Val rougit. Cela faisait longtemps qu'elle n'avait pas vu un adulte s'adresser à Rosa de manière que l'enfant réagisse de manière appropriée – et encore moins un adulte qui lui parle comme à un semblable. Et voilà que Rosa se roulait aux pieds de cet homme des bois emmitouflé dans ses habits volés ! Alors peu lui importait de savoir s'il disait la vérité ou non à propos de ce manoir. Ras-le-bol de la vérité. Envisagé à la lueur vacillante d'un feu de camp, tout se vaut, non ?

Un tintement résonna dans le lointain, de plus en plus fort.

— Chut, fit Bobby.

Val et Rosa se turent. Elles ne tardèrent pas à percevoir, elles aussi, le bruit familier de la clochette, celle du collier de la chienne qui gravissait la colline.

La clochette s'approcha davantage cette fois-ci, déambulant de l'autre côté des gros chênes – puis, sans crier gare, l'animal déboula dans la clairière et se rua sur la carcasse du poulet.

— Lola !

Son maître était encore loin, mais il se rapprochait. Pis encore, il fouillait les lieux. Bert gronda. Val lui scella le museau de la main.

Joe se dirigea à petits pas vers Lola, les bras loin du corps, et, non sans hésitation, la poussa à rebrousser chemin en direction des arbres. Au dernier moment, flairant la défaite, elle échappa à son emprise, fondit sur le poulet, y planta ses crocs et se mit à l'attaquer avec fougue, faisant pleuvoir sur Joe de petits éclats d'os et de viande froide.

— Lola ! cria l'homme, encore plus près.

Paniqué, Joe voulut chasser la chienne à coups de pied, rata son coup, perdit l'équilibre et tomba sur le talus où Bobby et lui grimpaient pour pisser. Embarrassé, il gravit à nouveau la pente et chercha son couteau à cran d'arrêt dans sa poche. La fureur le submergea. Il pouvait d'un coup sec égorger la chienne, laisser la menace qu'elle incarnait se vider silencieusement de son sang.

Il était sur le point de la tuer, et ce geste les trahirait tous. Seul Bobby avait l'esprit assez clair pour s'en rendre compte.

— Lola ! répéta l'homme, qui se trouvait juste derrière l'enceinte des arbres, assez près pour percevoir le moindre bruit.

La chienne trottina vers Joe et se faufila entre ses jambes. Joe se pencha et lui attrapa la queue.

Bobby, rassemblant toutes ses forces, se jeta sur lui.

Joe vacilla et bascula sur l'animal, manquant l'écraser, puis atterrit sur le dos, au beau milieu des herbes. Bobby luttait de toutes ses forces pour lui arracher le couteau des mains. Pris dans la poigne de Joe, le bras de Bobby n'était plus qu'une branche fine et cassante : Joe lâcha prise, de peur de le briser. Bobby se redressa, le couteau dans la main, en exhibant la lame. Lola lâcha le poulet, dont l'épine dorsale se fracassa au sol. Bobby leva la lame au-dessus de sa tête. Il songea à George et Lennie. Il songea à la bonne cause.

Il abattit le couteau sur les pieds de Joe, taillada ses lacets, lui arracha ses bottes d'une secousse et lui ôta rapidement ses chaussettes. D'une seule main, plus prestement encore que Joe ne roulait ses cigarettes, il roula les chaussettes en boule et les agita devant les yeux de Lola. Celle-ci lécha avec ravissement le jus salé de son museau noir, tandis que Bobby, d'un air exalté, lançait les chaussettes haut dans le ciel. Elles volèrent jusqu'à la cime des arbres bordant la clairière et disparurent hors de leur vue – suivies de près par Lola.

— Ah, tu es là ! dit l'homme.

La cloche tinta : il attachait la laisse à son collier.

— Bon Dieu, où as-tu trouvé ces cochonneries ?

La chienne éternua.

— Allez, on rentre.

Le tintement de la cloche disparut dans le lointain. Ne restaient que leurs souffles à l'unisson.

Bobby courut vers Val et Rosa, qui le prirent dans leurs bras. Joe jeta ses lacets déchiquetés dans la forêt. Quand il traversa la clairière pour participer à l'accolade, ses pieds nus glissèrent hors de ses bottes.

Bobby se sentait enfin un homme – ou du moins un homme en devenir. Je suis fait de la même pâte, songea-t-il avec fierté.

Ils entrèrent ensemble dans le bibliobus.

— Joe ? dit Val. Je crois qu'il est temps de te raconter qui nous sommes.

12

LE CHASSEUR

Les arbres se découpaient contre le ciel tels des collages de papier noir. Les yeux des lapins, bondissant de tous côtés, reflétaient la lumière de la lune. À l'intérieur du bibliobus, Bobby et Joe étaient allongés côte à côte sur la moquette, les archives déployées devant eux. Bobby ne les avait jamais montrées à personne. Il frémissait d'orgueil de les voir aussi joliment disposées devant lui.

— Et ça, ce sont des bouts de tissu que j'ai découpés dans ses vêtements, pour que ma mère se souvienne des robes qu'elle possède et qu'elle puisse racheter les mêmes. Si elle fait toujours la même taille.

Les cheveux de Gee Nusku – du moins, ceux qu'il était parvenu à extraire des aiguilles de pin – étaient conservés dans un atlas, à côté des roses séchées, aux pétales aplatis et friables. Dans une enveloppe se trouvaient les mèches figées par le sang que Bobby avait récupérées dans les blessures superficielles de son abdomen. Joe ne s'aperçut pas que ses propres boucles blondes étaient jointes à ce mélange. Il saisit la photographie de la mère de Bobby et frotta du pouce le renflement qui soulevait sa robe d'été. Une idée lui traversa soudain l'esprit, avec une clarté stupéfiante.

— Une famille ! s'écria-t-il.

Appuyée contre un fauteuil poire, dans la section Récits de voyage, Val était en train de lire *Le Lion, la Sorcière blanche et l'Armoire magique* à Rosa.

— Pardon ?

— Les flics cherchent une femme et deux enfants dans un bibliobus volé, n'est-ce pas ?

— Sans oublier le chien ! dit Rosa.

— Exact : sans oublier le chien. Mais ils ne cherchent pas une famille. Alors, on n'a qu'à en devenir une ! Le seul déguisement dont nous aurons besoin, c'est nous-mêmes.

Joe, comme tout soldat, avait appris l'art du camouflage à l'armée. À ses yeux, cette discipline essentielle au combat était transposable à la vie de tous les jours.

— Tu t'imagines qu'on peut sortir d'ici comme ça, tout simplement ? lança Val.

— Bien sûr.

— Alors tu es complètement fou. Ou complètement idiot.

Val fit courir un doigt sur sa clavicule, comme pour faire chanter un verre de vin.

— Il n'y a qu'un seul moyen de le savoir, insista Joe. Et il faudra me faire confiance.

— Te faire confiance ? dit-elle, comme déconcertée par cette proposition – alors qu'elle avait déjà totalement foi en lui.

À l'aide des crayons à maquillage de Rosa et d'un livre intitulé *Apprendre la peinture sur visage*, Val métamorphosa Bobby en lion et Rosa en sorcière. C'était la fillette qui avait eu cette idée, inspirée par l'œuvre de C. S. Lewis. Sentant couver une crise de colère, tout le monde avait obtempéré.

— Parfait, dit Joe. Allons faire un essai.

Ils marchèrent jusqu'au village, Val, Joe et Rosa bras dessus, bras dessous, Bobby semant derrière eux des lambeaux de papier. La nuit était fraîche, et les cheminées crachant du noir la rendaient plus obscure encore. Le pub du village était un bâtiment laid et trapu, en pierre grise et humide. La porte principale, trop basse, semblait faite pour une époque où les gens étaient de plus petite taille. Quand ils pénétrèrent à l'intérieur, ils découvrirent un vaste espace féerique, nimbé de la lueur des bougies, avec des tables nichées dans des alcôves, et une odeur de pelage mouillé qui rappela à Rosa *Le Monde de Narnia*. Trois hommes étaient campés devant le bar : elle examina leurs pieds, en quête de sabots de faune.

Val, Rosa et Bobby choisirent la table la plus proche de la cheminée. Bobby se demanda avec inquiétude si la peinture de son visage n'allait pas fondre sous l'effet de la chaleur. Des chaînes en or serpentaient sur le buste du serveur, tapies dans les poils de son torse. Joe commanda deux limonades et une bouteille de vin rouge, réglant la note avec l'argent que Val lui avait confié.

— De retour de la fête foraine ? demanda le serveur.

Joe haussa les épaules. Le serveur pointa le doigt vers Rosa et Bobby.

— La fête foraine du village d'à côté, reprit l'homme. Aslan le lion et la…

— Ah oui. La sorcière, compléta Joe.

— Z'avez gagné des trucs ?

— Quelques livres, rien de plus.

Val en sortit deux de son sac et les posa ouverts sur la table.

Rosa et Bobby inventèrent des mots pour accompagner les mélodies jouées par le juke-box. Val et Joe se mirent mutuellement au défi de retrouver les bonnes paroles. Bobby s'attendait à voir surgir la menace particulière qu'il associait à l'odeur du raisin. Mais rien ne se produisit. Val et Joe ne se transformèrent pas en monstres. Pour un peu, on aurait dit deux pièces d'un même puzzle.

C'était la normalité à laquelle Val avait tant aspiré. Elle se demanda si elle avait inconsciemment fait en sorte que cette soirée vienne ponctuer leur aventure. Elle avait accepté qu'ils se déguisent, qu'ils se maquillent. C'était elle qui avait donné son feu vert pour cette visite au pub, même si elle en connaissait les risques. Pourquoi se mettre en danger ? Était-ce là ce qu'elle cherchait depuis le début – une sortie en famille ?

Joe, lui aussi, avait ardemment désiré cette banalité heureuse. Il roula nonchalamment une cigarette trop dodue, qui forma une bosse. Cela faisait longtemps qu'il n'avait pas bu d'alcool, et il fut surpris de constater avec quelle rapidité il était parvenu à s'enivrer. Envahi par une molle hébétude, il refusa de boire un autre verre.

— Comme tu voudras ! dit Val, qui vida le sien avant de s'en servir un autre.

Ses longs bras étaient si souples, si doux, que Bobby eut envie de les nouer autour de son corps.

— J'ai une idée, déclara Joe.

— Évidemment que tu as une idée ! C'est notre deuxième bouteille de vin. Te voilà philosophe. Finissons la bouteille, et tu seras Aristote.

— Une bouteille d'Aristote, dit Rosa.

— Exactement, Rosa. Toute une fichue bouteille de ce délicieux Aristote.

Rosa éclata de rire et se renversa en arrière. Sa chaise se décolla du sol et Joe dut la rattraper avant qu'elle ne tombe.

— Non, je ne plaisante pas, reprit-il. Vous devriez venir en Écosse avec moi. Dans ce manoir. C'est assez grand pour nous quatre, et personne ne vous retrouvera, là-bas.

Bobby aspira bruyamment les dernières gouttes de sa limonade.

— Rouler jusqu'en Écosse ?

— Oui. Pourquoi pas ?

— Tu crois vraiment qu'on pourrait parcourir les centaines de kilomètres qui nous séparent de l'Écosse sans nous faire repérer ? demanda Val.

— À l'instant même, nous sommes assis dans un pub, au milieu d'autres gens. Je me contente de souligner que ce n'est pas plus rocambolesque que ce que nous vivons en ce moment.

— À l'instant même, nous ne sommes pas assis dans un camion avec le mot « Bibliobus » peint en grosses lettres sur les côtés, alors qu'un tas de gens sont justement à la recherche d'un grand bibliobus.

— Ça, pour le coup, c'est tout à fait pertinent, répliqua Joe.

Il décida finalement de reprendre un verre.

Val ne pouvait s'empêcher de trouver l'idée de Joe enthousiasmante – quoique irréalisable. En revanche, Bobby, qui faisait rouler un glaçon dans sa bouche, ne se laisserait pas convaincre si facilement. Il n'avait pas très envie de semer des bouts de papier jusqu'en Écosse ; et encore moins de tourner le dos au sud de l'Angleterre, où Sunny Clay l'attendait pour le protéger.

Un cliquetis d'ongles mal taillés se fit entendre sur le sol froid en pierre. Levant les yeux, Joe découvrit Lola, tenue en laisse par un homme qui était manifestement son maître. La truffe à ras de la poussière, la chienne flaira une piste à travers la pièce, qui la mena aux pieds de Joe.

— Lola ! protesta l'homme en tirant sur la laisse.

Elle demeura immobile, même quand Joe la repoussa du pied. Son maître s'approcha de leur table.

— Je suis désolé, dit-il.

Son nez, rouge et difforme, surplombait des dents brunies par le whisky et le menton contusionné d'un gros buveur, habitué à s'assoupir sur la table.

— Inutile de vous excuser, répondit Joe.

À nouveau, l'homme tira sur la laisse, mais Lola refusa de bouger.

— Elle n'est pas comme ça, d'habitude.

— Ne vous en faites pas. Elle peut rester ici, si ça lui chante.

Lola frotta son flanc contre le mollet de Joe, et l'homme gagna le comptoir en titubant. Il jeta un coup d'œil à Lola par-dessus son épaule, comme s'il s'agissait là d'une bête inconnue, et non de sa chienne.

Val, Joe et les enfants s'attardèrent, appréhendant le vent qui s'égosillait à l'extérieur. Hormis eux et le serveur, qui dormait dans un fauteuil près des tonnelets de bière, ne restait plus dans le pub que le maître de Lola. Celui-ci tenta par deux fois, mais en vain, d'insérer sa main dans l'un de ses gants, puis il réveilla la chienne, dont les pattes battaient la mesure au rythme échevelé de son rêve. Ils quittèrent les lieux au même moment, et se retrouvèrent sur le seuil, dans le froid.

— Une fois de plus, dit l'homme, désolé pour tout à l'heure.

— Pardon ? fit Joe, la mémoire imbibée d'alcool.

— Pour ma chienne. On dirait qu'elle fait une fixation sur vous.

— Ce n'est vraiment pas grave. Elle a probablement senti sur moi l'odeur de mon chien. Vous savez comme ça les rend fous…

— Ouais, je sais, acquiesça l'inconnu. Vous êtes nouveaux dans le village ?

Val passa un bras sous celui de Joe et tenta de l'entraîner à sa suite ; mais il était trop grand et trop massif pour être convaincu d'aussi subtile manière.

— Oh, non. Nous sommes de passage. Venus respirer le bon air de la campagne.

Le vieil homme sourit d'un air approbateur, et ils se mirent à gravir la colline. Val constata avec soulagement que le vent lui donnait l'illusion d'avoir retrouvé sa sobriété.

— Sans voiture ?

— Pardon ?

— Sans voiture ?

Le vieil homme hurlait pour couvrir les rafales.

— C'est une sacrée trotte de remonter cette route, à cette heure de la nuit. À pied, je veux dire.

— Ça ne nous dérange pas, assura Val.

— Le prochain village est à vingt kilomètres. Je ne me lancerais pas là-dedans, à votre place, encore moins dans le noir, avec des enfants collés aux basques et l'orage qui vient.

Lola, les oreilles plaquées en arrière, gémit et s'approcha tout doucement de Joe, comme on s'approcherait d'un lieu sacré. Val se mit à marcher vers le bibliobus, en poussant devant elle Bobby et Rosa – elle gloussant, lui rugissant, tous deux jouant encore pleinement leur personnage.

— Je vous dépose ?

— Ce n'est pas nécessaire, dit Joe.

— Très bien. Si vous êtes sûrs de vous. Mais si c'est à cause de…

L'homme porta à sa bouche un verre imaginaire.

— … que vous vous inquiétez, c'est pas la peine : j'ai bu un ou deux whiskys, c'est tout, et je connais ces chemins comme ma poche.

Il eut un hoquet.

— Merci. C'est très gentil. Mais marcher un peu nous fera du bien. Bonne nuit.

Joe repoussa Lola d'un geste ferme. Elle s'éclipsa, le cœur labouré par son amour non partagé.

Il avait presque rattrapé Val quand il entendit l'homme hurler :

— Attendez ! Où vous avez trouvé ce manteau ?

Joe décida de ne pas se retourner.

Après un quart d'heure de marche, ils aperçurent le bibliobus, tapi dans l'ombre irrégulière des branches saillant au-dessus de la clairière. Val et Joe étant trop inquiets pour prodiguer à Bert les câlins que celui-ci avait espérés, Rosa et Bobby se mirent à le poursuivre entre les rayonnages.

— Bientôt, ce type reviendra dans le coin avec sa chienne et il te reconnaîtra, c'est sûr, déclara Joe à Val, en passant la main sur le poil dru de sa barbe de trois jours. Vous devez partir. Même s'il faut renoncer au bibliobus.

— On ne peut pas renoncer au bibliobus.

— Dans ce cas, ils vous arrêteront tous les trois !

— Et toi ?

— Je retournerai dans la forêt, j'imagine. Ne t'en fais pas pour moi.

Une pointe de mélancolie vint se ficher dans la poitrine de Val.

— Tout seul ?

— Ne t'en fais pas, je te dis. Je m'en sortirai.

Elle déglutit.

— Non. Partons tous ensemble. En Écosse. Tu l'as dit toi-même : ils ne sont pas à la recherche d'une famille.

C'était une très mauvaise idée, Bobby en était convaincu. Mais il reconnut l'expression qui inonda le visage de Joe : celui-ci se délectait de l'affection que Val venait de lui prouver.

Le pincement de jalousie qui s'ensuivit perdura jusqu'à ce qu'elle pose la tête de Bobby contre son flanc, où, dans l'infinie douceur qui émanait d'elle, la jalousie n'avait pas de place. Il songea à Sunny, qu'il se languissait de revoir. Il se demanda si les cyborgs, eux aussi, étaient capables de se languir.

Rosa consigna leurs quatre noms, sans ponctuation, l'un après l'autre. *Rosa Reed Val Reed Bobby Nusku Joe Joe Bert.* Bobby eut une idée, lui aussi.

Il saisit Rosa par la main. Ils s'élancèrent vers le fond du bibliobus, se prenant les pieds dans les coussins empilés par terre. Puis ils le trouvèrent – si souvent feuilleté que ses pages voletaient en tous sens. Ils revinrent en courant vers Val et Joe en le brandissant au-dessus de leurs têtes : un livre pour enfants qu'ils adoraient lire ensemble, *La Grosse Éclaboussure orange*[1], de Daniel Manus Pinkwater.

1. *The Big Orange Splot*, de Daniel Manus Pinkwater. Cet ouvrage illustré pour la jeunesse, paru à New York en 1977 et devenu un classique, n'est pas traduit en français. *(N.d.T.)*

Rosa ouvrit le livre en commençant par la fin, son passage préféré, quand M. Plumbean a convaincu ses voisins que leurs maisons peuvent avoir n'importe quelle apparence, n'importe quelle couleur ; que ce qu'il y a de plus précieux dans une maison, comme dans une famille, c'est ce qui se trouve à l'intérieur. Ils déchiffrèrent les phrases en chœur : Cette rue est la nôtre, et nous sommes la rue. Cette rue est l'endroit où nous aimons être, et elle a l'aspect de nos rêves.

— On va peindre notre maison, conclut Bobby.

— Avec quoi ? Les crayons à maquillage de Rosa ? répliqua Joe.

— Non. On va partir à l'aventure. Je vais t'apprendre à fourrager.

Joe et Bobby passèrent à travers champs. Bobby décompta deux mille trois cent cinquante-trois pas sur terrain plat pour accomplir le kilomètre et demi menant à la zone d'activités. Des oiseaux de nuit tournoyaient dans les airs, cherchant des souris sur la nappe noire du sol. Bobby vit la brosse blanche d'un blaireau passer en virevoltant devant lui, le pelage pris dans les épines et frémissant au vent. Cloques et cratères de boue leur brûlaient les cuisses, mais ils cheminèrent sans se plaindre du froid.

De l'autre côté de la rocade se dressaient trois entrepôts, frangés de projecteurs à la lumière papillotante. Ils patientèrent jusqu'à ce que la voie soit libre, puis franchirent la route en direction d'une clôture en fil barbelé, que Joe découpa sans difficulté à l'aide de son coupe-boulons. Ils coururent jusqu'à l'arrière de l'entrepôt de bricolage – un bâtiment monolithique, fait d'un matériau que ni Joe ni Bobby n'étaient capables d'identifier avec certitude ; puis ils se cachèrent derrière un amoncellement de palettes, tandis qu'un long chariot élévateur traversait la cour.

— Reste derrière moi, ordonna Joe.

L'aire de chargement était ouverte, attendant ses livraisons de la nuit. Ils passèrent à quatre pattes devant le bureau du gardien – dont les ronflements couvraient les détails les plus subtils de la pièce radiophonique qui l'avait plongé dans le sommeil.

Ils pénétrèrent dans le gigantesque entrepôt. Le vent fouettait la façade en tôle, déversant ses hululements macabres le long du toit. Des tubes de néon quadrillaient les ailes du hangar, arrachant à la pénombre les magasiniers qui réapprovisionnaient le stock à gestes lents. Ce n'était ni le jour ni la nuit, mais cette minute trouble et comme suspendue dans laquelle leurs teintes se mêlent.

Ils longèrent le mur du fond – trente-neuf pas en crabe –, jusqu'à l'angle de la pièce, plongé dans le noir.

— Je ne vois plus rien, souffla Joe.

— Alors, mieux vaut que tu restes derrière moi, répliqua Bobby.

Passant en mode nuit, il guida Joe à l'autre bout de l'entrepôt, jusqu'à une porte donnant sur une zone isolée de la cour, jonchée de chapelets de verre brisé et de cartons défoncés. Au beau milieu se dressait un grand compacteur de déchets noir, laissé à l'abandon. Dans le fond, une pile de pots de peinture – cabossés, invendables –, trois fois plus haute que Bobby. Ils remplirent deux chariots de toutes les teintes de blanc disponibles : magnolia, isabelle, ivoire, coquillage, et la préférée de Bobby, lait cosmique, deux mots qui, à sa plus grande joie, semblaient se chamailler sur sa langue – mais le couvercle se défit et il renversa le pot sur ses chaussures.

Ils poussèrent les chariots à travers l'entrepôt, s'arrêtant pour empoigner quelques rouleaux à peinture. Une fois sortis des lieux, ils passèrent devant le garde assoupi, franchirent la clôture et traversèrent la route. Dans la boue, les traces blanches laissées par les semelles de Bobby s'estompèrent et se fondirent dans le brun.

Contraints de traîner leur cargaison à travers champs, ils mirent deux fois plus de temps que les vingt minutes habituelles à accomplir le trajet du retour ; mais il leur restait encore un peu de marge avant l'aurore. Val s'éveilla à leur approche, et mit de l'eau à chauffer sur le feu pour nettoyer les mains de Bobby, couvertes de peinture. La fumée s'éleva dans l'air frais, comme après une bataille.

Val ferrailla avec l'idée qu'elle était désormais complice du vol de dix-huit litres de peinture. Quelle version d'elle-même était-ce donc là ? Une version ivre et comme ensorcelée ; une version que Joe avait fait renaître. Elle s'assit avant de s'effondrer. Comme toujours, l'excitation lui faisait tourner la tête.

Bien qu'épuisés, tous quatre se mirent sans tarder à repeindre le bibliobus, mêlant au hasard les nuances de blanc pour chasser toute trace de vert. Bobby monta sur les épaules de Joe et, grâce à leurs efforts combinés, ils en vinrent à bout en un temps record. Bientôt le mot « Bibliobus » qui ornait fièrement le flanc du véhicule disparut complètement. Rosa leva les bras dans un geste de victoire.

— Cette rue est la nôtre, et nous sommes la rue ! s'exclama-t-elle. Notre rue est l'endroit où nous aimons être, et elle a l'aspect de nos rêves.

Alignés tous les quatre, désormais unis comme les doigts de la main, ils admirèrent leur ouvrage.

— Un bon déguisement, ce n'est pas seulement savoir se camoufler, mais aussi effacer ses traces, décréta Joe.

Il partit dans les bois en compagnie de Bert, pour éliminer tout indice de son ancien campement : il piétina les volutes de boue chahutée, remplit le trou qu'il avait creusé et plongea sa tente au fond du déversoir, où personne ne la retrouverait.

Val répandit de la terre fraîche sur leur feu de camp et jeta les pots de peinture vides au milieu des broussailles. Bobby escalada l'arbre à mouches et écouta le murmure approbateur des feuilles de la canopée – le son le plus proche, selon lui, de celui de la paix. Il n'avait jamais prié avant. Mais là-haut, à la lisière du ciel, perché au-dessus des branches, là où son souhait le plus cher ne pouvait connaître d'accroc, il demanda à voix haute à sa mère de le retrouver, où qu'il soit.

Quand Gee fut partie, quand la sonnette cessa de carillonner et que les voisins se lassèrent de leur apporter à manger – pendant la courte période qui précéda l'arrivée de Cindy –, Bobby se demanda longuement comment parler à son père. Il était beaucoup plus simple pour tous deux de ne pas prononcer un mot – une décision adoptée d'un commun accord, et dans un silence approprié.

Le père de Bobby faisait chauffer de la soupe, beaucoup de soupe, au point que les murs de la cuisine exsudaient de la vapeur de tomate d'une teinte rosâtre. Un jour, il carbonisa le revêtement du plan de travail de la cuisine avec le fond brûlant d'une casserole.

Ce fut ainsi que Bobby commença ses archives : il conserva un petit morceau du stratifié calciné, pour montrer à sa mère à quel point les repas de son père étaient moins bons que les siens. Ils épongeaient leur soupe à l'aide d'épaisses tranches de pain tartinées de beurre salé. Son père consommait généralement les trois quarts d'une miche. Ensuite, son ventre se gonflait : un gros rocher rond, marbré et poilu, enfoui dans les coussins du divan. Bobby se couchait sur lui, bougeant au rythme de sa respiration, et écoutait les flots d'acide qui gargouillaient à l'intérieur. Il appréciait la douceur avec laquelle son père lui caressait les cheveux de ses neuf doigts. Si Bobby restait parfaitement immobile et silencieux, son père passait le bras autour de ses épaules, et là il pouvait en humer la peau, aussi flasque sur son cou qu'une crème renversée.

Cette tendresse mettait Bruce mal à l'aise. Elle ne dura pas.

En l'absence de soupe, ils mangeaient des sandwichs. Bruce ne savait pas les préparer. Lacéré par la lame du couteau, le pain de mie se transformait en charpie – mais conservait la moitié de sa croûte. La couche supérieure, blanche et moelleuse, portait la marque des doigts de Bruce. Ses sandwichs étaient garnis de carrés flasques de fromage industriel et de viande en boîte sentant le chlore de piscine. Bobby avait mal au ventre une bonne partie de la nuit.

Tous deux avaient du mal à dormir. Bobby retapait deux fois ses oreillers, laissait pendre l'un de ses pieds hors du lit, et se fabriqua même un bandeau avec une vieille paire de chaussettes – mais rien de tout cela ne semblait fonctionner. Une nuit, il grignota un petit bout de somnifère, déniché au milieu des affaires de sa mère ; mais il eut si peur de ne pas se réveiller quand elle reviendrait qu'il courut à la salle de bains pour se faire vomir. Il pria aussi, cette nuit-là.

— Descends, Bobby ! ordonna Val en scrutant la cime des arbres. Nous devons partir.

Le jour se levait. La stridulation des insectes se faisait plus lente, mais les découpures sombres de la forêt contre le ciel semblaient toujours aussi animées.

Le bibliobus était rangé et prêt à partir. Val avait mis la clé dans le contact.

— Prêts ?

— Prêts ! assura Rosa.

Ils avaient trop tardé. Bert pencha la tête et bava contre la vitre. Il l'avait entendu comme les autres : le tintement de clochette du collier de Lola, une fois de plus.

Quand l'homme avait recouvré ses esprits, il se trouvait sur le tapis devant la cheminée. La langue mouillée de Lola épousait l'intérieur de son oreille. Sa gueule de bois était costaude, pachydermique, et serait bien difficile à renverser – c'était assurément la plus robuste de ces deux dernières semaines. Recourant à son remède d'urgence habituel (réservé aux cas les plus graves), l'homme se prépara un bol de porridge saupoudré de sucre, auquel il ajouta le condiment au citron vert le plus acide qui puisse exister. Puis, suivant la coutume, il sirota une tasse de thé à la camomille brûlant, écouta les informations à la radio, et tenta de reconstituer ce qui avait bien pu se passer la veille au soir. Il se souvenait avoir bu tout l'après-midi, en commençant par de la bière artisanale dans son garage, avant d'enchaîner avec du rhum au dîner. Il se souvenait s'être rendu au pub, où, comme d'habitude, il avait été ouvertement snobé par les gens du coin, que son ivrognerie avait déjà agacés par le passé.

Et c'était tout. En somme, la soirée avait été semblable aux autres.

Quelle que soit l'allure choisie par ses gueules de bois – elles se faisaient parfois oublier, prenant la forme d'un mal de tête insignifiant, pour mieux s'épanouir en une migraine qui lui lacérait le cerveau à l'heure du déjeuner –, il ne manquait jamais de promener la chienne. Lola était sa seule véritable amie, et le moins qu'il puisse faire était de récompenser son absolue loyauté par une balade jusqu'au sommet de la colline. Qu'il fasse encore nuit rendait cette perspective plus attrayante encore : une fois le soleil levé, quand la gueule de bois serait à son apogée, il serait vraiment détestable que la nausée, certes inévitable, se manifeste au grand jour. L'homme était toujours ivre, et donc faussement convaincu de sa splendeur.

Il vérifia son téléphone : aucun appel ni message. Ce fut en enfilant ses bottes au cuir fatigué qu'il repéra leur présence dans un coin. Des chaussettes vertes, roulées en boule comme une grenade à main, et luisantes de bave. Il se souvint alors d'une conversation avec un homme de grande taille, dont les pieds avaient obnubilé Lola. L'homme avait une femme et deux enfants. Leurs visages peints représentaient des animaux – mais là, tout de suite, il ne se rappelait plus lesquels. Ils gravissaient la colline pour se rendre au village voisin. Par un temps pareil. Et à cette heure-là de la nuit. Il leur avait proposé de les y emmener en voiture. Une chance qu'ils aient refusé ! se dit-il. La dernière fois qu'il avait quitté le pub bourré à ce point, il avait dû abandonner sa camionnette dans un fossé, les quatre roues en l'air. Mais l'homme, au cou massif comme un tronc de hêtre, portait un manteau qui ne lui était pas étranger. Il ne l'avait jamais vu ; mais il en avait entendu parler, par hasard, au magasin. Une veste à poils longs d'un mauve éteint, au revers déchiré, avec des épaulettes élimées. Dérobée, selon un vieil homme du village, sur une corde à linge.

— Joe, attends… murmura Val.

Il avait déjà ouvert la portière. Il s'extirpa de la cabine et disparut. Rosa, Bobby et Val demeurèrent assis sans rien dire pendant dix minutes. Le vent se leva, et les branches s'agitèrent tels des poings furibonds.

Joe ne revenait pas. Dans les bois, la clochette tintait toujours.

— Est-ce que j'allume les phares ? demanda Val.

— Non, dit Bobby, songeant au couteau qui se trouvait dans la poche de Joe. Je vais le chercher.

— Tu ne sors pas d'ici ! répliqua-t-elle.

Trop tard. Bobby était déjà dehors, les mollets léchés par les orties.

Guidé par le son de la clochette, il découvrit que Lola se trouvait à cinquante-trois pas chassés des herbes folles bordant la clairière. En sept longs sauts, il accéda à la berge ; un huitième lui permit d'esquiver le ruisseau, après quoi la piste se perdait dans les fourrés. De la boue gluante se colla à ses semelles, mais il passa outre. La clochette se remit à tinter : Bobby jugea que la chienne devait être derrière la zone la plus densément boisée des environs. Une course au trot de trente secondes, près du chemin empierré, un petit saut au pied d'un vieux chêne, et vingt grandes enjambées à travers un tapis de feuilles mortes, sur un sol spongieux qui étouffait le bruit de ses pas. C'est alors que Bobby vit Joe.

Le vieil homme était accroupi devant lui, les yeux bandés par sa chemise. Les chaussettes de Joe, roulées en boule – que l'homme avait emportées, pour que Lola puisse remonter la piste –, étaient enfoncées dans sa bouche. Lola galopait en rond dans la clairière, affolée par les gémissements de son maître.

Joe avait beau avoir conscience de ce qu'il était en train d'accomplir, il était incapable d'y renoncer. Il connaissait bien cette impression de lucidité engourdie. Il l'avait déjà éprouvée des centaines de fois au cours de son existence, depuis qu'il était enfant – le noir faucon de la rage, qui fondait sur lui et l'emportait dans ses serres acérées. Planant au-dessus de son propre corps, il contemplait, désarmé, la silhouette méconnaissable qui ligotait les poignets du vieil homme. La cause en était toujours la même : il avait peur. Là, maintenant, il avait peur de perdre Val, Rosa et Bobby. Une famille composée à la va-vite, certes ; mais il n'en avait jamais vu une qui ait autant l'air d'une famille. Le seul obstacle qui les séparait, en cet instant, était cet homme parcouru de frissons, dont l'effroi avait dissipé toute trace de gueule de bois.

Il fallait agir.

Joe cala la lampe de poche entre ses dents et fouilla sa veste, en quête du couteau. Le faisceau, balayant les environs, se posa sur Bobby au milieu des arbres.

— Qu'est-ce que tu fabriques ? s'écria Bobby.

L'homme tressaillit et se mit à le supplier à travers son bâillon. Joe prit soudain conscience de l'heure, du lieu, de la présence de l'homme sanglotant à ses pieds et de l'enfant qui l'observait, tout aussi effrayé que lui. Il fut incapable de répondre. Il n'en savait rien.

Bobby défit le collier de Lola et jeta la clochette dans les broussailles, puis il s'agenouilla près de l'homme et lui parla à l'oreille, tout en dénouant ses liens.

— Désolé, dit-il. Rentrez chez vous.

L'homme se releva en s'aidant de ses mains. Lola le suivit jusqu'à la route, puis ils descendirent la colline. L'homme, qui n'avait pas été si sobre depuis bien longtemps, se remémora les derniers mots du gamin : « Dites-leur qu'on est partis à l'aventure. »

Bon sang, songea l'homme, j'ai vraiment besoin d'un verre.

Il savait que personne ne le croirait.

— Tu vas tout raconter à Val ? demanda Joe.

Bobby garda le silence. Joe baissa la tête et ferma les yeux. Il n'eut pas besoin de regarder le chemin. Bobby s'en chargeait pour lui.

13

LE ZOO

Le bibliobus sillonnait lentement les routes de campagne qui divisaient le pays en fines lamelles vertes. Joe était au volant, attentif à ne pas éblouir les véhicules venant en sens inverse. Il n'avait quasiment pas ouvert la bouche depuis l'incident dans la forêt.

— On dirait que tu as fait ça toute ta vie ! lança Val à propos de sa manière de conduire.

— J'ai l'habitude de manœuvrer un tank, répliqua-t-il.

Elle posa une main sur sa cuisse. Et sentit sa bouche s'assécher au contact de ses muscles fermes. Joe se détendit, ravi de sa bonne fortune. Puis une crampe dans le bas du dos lui rappela qu'elle ne durerait sans doute pas éternellement.

Appuyée sur Bobby, Rosa écoutait la lecture du jour : *L'Île au trésor*, de Robert Louis Stevenson. Elle poussait un cri rauque à chaque apparition de Flint, le perroquet, toujours perché sur l'épaule de Long John Silver, le cuisinier à la jambe de bois. Quand Bobby parvint au passage où Long John révèle sa face cachée, assassinant sans vergogne un membre de l'équipage pour s'enfuir avec le magot, Rosa, horrifiée, lâcha un hurlement.

— Il n'y a que les méchants qui ont des perroquets ? demanda-t-elle.

Bobby s'accorda un instant de réflexion. Le bec tranchant. L'œil perçant. Les griffes recourbées, prêtes à vous écharper.

— Probablement, répondit-il.

— Pourquoi ils ne s'échappent pas, alors ? Ils pourraient s'envoler loin de leurs maîtres !

— Je ne sais pas, dit Bobby. Je ne sais pas.

Ils entonnèrent ensemble la « vieille chanson de marin » que l'auteur avait inventée pour ses lecteurs.

Hisse et ho, marins d'eau douce !
Vite, fendons les flots
Avant que Jack Sparrow
N'ait vent du trésor et ne nous le souffle !

Puis Bobby reprit sa lecture, penché sur le roman, jusqu'à ce qu'ils atteignent le ruban éclairé d'une autoroute, où les voitures se mirent à filer autour d'eux comme des poissons dans le sillage d'un requin.

En fin de matinée, Joe se dirigea vers une station-service. Il se gara sur l'une des places réservées aux poids lourds, puis coupa le contact. Le silence emplit l'habitacle avec une brutalité confondante.

Des hommes au visage las allaient et venaient autour du bibliobus. Malgré le nombre de reportages et d'articles que les journalistes consacraient à la disparition de Bobby depuis plusieurs jours, en dépit de toutes les fois où ces camionneurs avaient entendu le nom de ce gamin à la radio avant de changer de station pour connaître l'état du trafic, malgré les discussions qu'ils avaient eues avec leurs collègues (« Comment un vingt tonnes peut-il s'évanouir dans la nature ? » ; « Comment se fait-il que les flics ne l'aient pas encore retrouvé ? Quels tocards, ceux-là ! » ; et « Je vous parie qu'elle a abandonné le bus sur un bas-côté. Le pauvre gamin qu'elle a kidnappé est probablement mort depuis longtemps. Ils feraient mieux de lâcher l'affaire »), aucun d'eux ne remarqua que le véhicule le plus recherché d'Angleterre stationnait maintenant près du leur. Ni qu'à l'arrière de ce véhicule se cachait le tristement célèbre Joseph Sebastian Wiles, le bras coincé sous la tête de Rosa, qui insistait pour dormir près de lui. Joe ne s'en plaignait pas. À vrai dire, il adorait que la petite transforme son bras en oreiller. Il ne tentait même pas de remuer les doigts quand son biceps s'ankylosait sous le poids de sa tête.

Ils se remirent en route. Bientôt, les mots « matin », « après-midi », « soir » et « nuit » ne désignèrent plus que la clarté du ciel à tel ou tel moment du voyage. Ils dormaient quand ils le pouvaient et roulaient quand ils ne pouvaient pas dormir, sans jamais s'arrêter assez longtemps pour être reconnus ; ils allaient et venaient à travers le pays, évitant les villes, favorisant les campagnes, s'engageant sur toutes les routes secondaires que le bibliobus pouvait emprunter (voire sur celles qui n'étaient manifestement pas assez larges pour lui). Joe conseilla à Val de découper sa carte bancaire en deux ; après quoi, ils dépensèrent avec parcimonie ce qui leur restait d'argent liquide. Ils se séparaient en paires improbables, mère et fils, père et fille, pour aller se ravitailler dans de minuscules supérettes. Ils s'arrêtaient le long des routes pour acheter des fruits et des légumes fraîchement cueillis, et dans des fermes pour remplir des bouteilles en plastique de lait frais nettement moins cher qu'en ville. Les jours de beau temps, ils se garaient, puis s'enfonçaient à travers champs pour manger et se reposer – il fallait alors arracher une à une les graines accrochées sur le dos de Bert.

Ils jouaient aux cartes et construisaient des cabanes qu'ils abandonnaient avant de les avoir terminées. Joe s'assurait de la bonne marche du camion, Val préparait les repas, Rosa rangeait les livres et Bobby allait puiser de l'eau fraîche dans les rivières à l'aide d'un vieux seau en fer-blanc. Ils se déplaçaient la nuit.

Chaque journée offrait son lot de paysages : sommets enneigés couronnés de nuages dans les montagnes du Nord ; vallées vertes, luxuriantes et nappées de brume à l'ouest ; lacs silencieux et grandes prairies courbées sous le vent.

Bobby lisait avec voracité. Après les grands classiques que Val lui avait recommandés, il découvrit d'autres romans, guidé par la sensation qu'il éprouvait (ou non) lorsqu'il s'emparait du livre et lisait le résumé imprimé au dos de la jaquette : s'il était pris d'une sorte de démangeaison pareille à celle d'une piqûre qui vous importune tant que vous ne l'avez pas grattée, c'est que l'ouvrage était fait pour lui.

Rosa l'écoutait. Tandis que Bobby prêtait sa voix aux différents personnages, elle découvrait qu'une centaine d'amis vivaient au sein du meilleur ami qu'elle ait jamais eu.

L'Écosse n'était plus très loin. À quelques kilomètres de la frontière, ils se garèrent derrière un crématorium désaffecté, enfilèrent leurs déguisements et marchèrent jusqu'à la fête foraine installée en lisière d'un parc national. Val et Bobby se précipitèrent vers les auto-tamponneuses, où Bobby s'écrasa le nez dans sa barbe à papa dès le premier choc. Il en sortit indemne, mais son front resta poisseux jusqu'à la fin de la soirée. Vainqueur d'une compétition consistant à faire danser sa pomme d'Adam, Joe gagna deux ballons gonflés à l'hélium qu'il offrit à Rosa. Ils rentrèrent chez eux – car ils étaient chez eux dans le bibliobus – en longeant un sentier de randonnée envahi de moutons. Oscillant au bout d'une ficelle, les ballons se disputaient la meilleure place dans le bleu du ciel.

Ils laissaient toujours un livre derrière eux en partant. Tantôt, ils l'enterraient ou le cachaient sous un rocher ; tantôt, ils le plaçaient dans un lieu exposé aux regards pour que l'ouvrage trouve facilement preneur – au milieu d'un château fort dressé au sommet d'une colline, par exemple. Rosa en posa un au fond d'une gorge, à l'entrée d'une caverne. Un jour de marché, Bobby offrit un livre d'ornithologie illustré à une fillette en larmes ; ailleurs, il tendit un exemplaire des *Frères Karamazov* (c'était une idée de Val, lui ne l'avait pas lu) à un gamin qui boudait parce que son père refusait de lui acheter un pistolet laser en plastique dans un magasin de jouets.

— C'est l'histoire d'un parricide, précisa Val. Elle donnera peut-être des idées au petit dans quelques années !

— Un parricide ? répéta Bobby. Qu'est-ce que c'est ? On aurait dit le nom d'un cocktail.

— Un problème dont tu n'auras jamais à te soucier, répondit-elle.

S'ils avaient besoin de vêtements, ils se rendaient dans des friperies ou des magasins gérés par des œuvres de charité. Lors d'une incursion dans un village apprécié des touristes (où l'air sentait le compost), Bobby choisit pour Rosa une cape en velours pourpre qui semblait avoir été taillée dans un rideau, tandis qu'elle le gratifiait d'un chapeau orné de bouchons de liège. Il aurait été parfaitement à sa place dans un dessin animé, sur la tête d'un kangourou.

— Quelle charmante petite famille ! s'extasia la dame qui tenait la caisse de la boutique.

Son fond de teint, trop clair et mal appliqué, évoquait l'écume des vagues se brisant sur le sable.

— Nous sommes partis à l'aventure, déclara Bobby.

— Partis à l'aventure, répéta Rosa.

— Je l'aurais parié ! s'exclama la dame.

Elle plissa les yeux. Cette fillette lui rappelait quelqu'un… mais qui ? Le souvenir refusait de se cristalliser dans son esprit. Elle se tourna vers Val.

— Vous vous en sortez à merveille ! dit-elle. Pourtant, je suis sûre que ce n'est pas toujours facile.

Val sourit poliment. Combien de fois avait-elle entendu cette phrase ? À croire que sa fille était une machine, pas une enfant ! Et elle, un mécano plutôt qu'une mère. C'était terriblement blessant. Ils sortirent avant que la dame puisse rassembler les pièces du puzzle. Ses interrogations quant à l'identité exacte de Rosa finirent au cimetière des pensées inachevées.

— C'est la clé d'un camouflage réussi, déclara Joe en faisant apparaître le marchepied escamotable à l'entrée du bibliobus. Les gens ne trouvent que ce qu'ils cherchent. Si nous avons l'air de former une famille, si nous nous comportons comme des parents avec leurs enfants, alors nous devenons une famille, nous *sommes* une famille.

C'est ce qu'ils faisaient, du matin au soir. Val et Joe se tenaient par la main. Enchantée de leur tandem, Rosa n'y décelait rien de particulier – et surtout pas les signes d'un amour naissant. Elle n'avait jamais vu, ni même entendu parler, de personnes tombant amoureuses. L'amour, pour elle, était un sentiment constant. Il ne variait pas au gré de son humeur ; il ne croissait pas, ne s'étiolait pas non plus. Dans son univers, on ne tombait pas amoureux, on ne cessait pas d'aimer. Pour elle, l'amour était partout : au creux de l'aisselle de sa mère, dans une pomme de terre au four nappée de fromage fondu, quand Bert montait la garde devant son assiette sans rien lui chiper. L'amour, c'était ce qu'elle ressentait pour Bobby Nusku. Ce sentiment ne se développait pas ; il était ici et maintenant, sans passé ni futur. Campé dans un éternel présent.

Pour Val, les choses étaient très différentes. Un sentiment étouffé depuis des années se réveillait, affleurait à la surface de son âme comme une flaque de pétrole dans le désert californien. Bobby l'avait remarqué. Val était ravissante lorsqu'elle changeait de sous-vêtements derrière la section Biologie du bibliobus, éclairée par une petite lampe de bureau. Un grand sourire illuminait son visage. Elle ressemblait à un problème qui a trouvé sa solution. Bobby décida de ne pas lui raconter ce qui s'était passé dans les bois, le jour où Joe avait ligoté le chasseur. Il voulait qu'elle soit heureuse. Cela seul comptait à ses yeux. Il garderait l'œil sur Joe, malgré tout. Et protégerait Val si nécessaire.

Ils roulèrent pendant plusieurs jours. Joe scrutait la campagne en quête d'un détail susceptible de raviver sa mémoire – un chemin, un pan de colline ou de lande resté inchangé depuis son départ, quelque vingt ans plus tôt. Sur la côte, les champs s'effondraient vers le rivage que lapaient solennellement de longues étendues d'eau. Ils cessèrent bientôt de croiser d'autres véhicules, ou même de voir briller des maisons dans l'obscurité. Celles qu'ils apercevaient étaient si loin qu'ils les prenaient pour des étoiles.

« On approche, j'en suis sûr ! » s'écriait Joe chaque fois qu'un virage un peu serré ou un pont particulièrement bossu lui redonnait confiance.

Il fouillait chaque recoin, inspectait chaque sentier. Parfois, il s'arrêtait sur le bas-côté, descendait du bus et se postait sur la route, les doigts repliés autour de son œil droit pour former une longue-vue. Puis il secouait la tête, et ils repartaient.

« On n'est plus très loin, je vous assure. »

Ils atteignirent la côte nord à la fin d'une longue journée, démarrée avant l'apparition des premières lueurs orangées. L'air était gorgé d'humidité. L'eau semblait suinter de partout, comme dans un concombre. La mer était proche, mais de quel côté exactement ? Ils n'auraient su le dire. Lors d'une récente crise de nerfs, Rosa avait jeté l'atlas du haut d'un pont. L'ouvrage avait vite disparu, emporté par le courant.

— Oh, non ! gémit Val en tapotant le tableau de bord.

Le petit voyant en forme de pompe à essence venait de s'allumer. Ils se garèrent.

— Qu'est-ce qu'on fait, maintenant ? demanda Bobby.

Les flancs du bus étaient constellés de boue ; la cape de Rosa commençait à s'effranger. Val fit tourner quatre pièces de monnaie dans sa paume, mais ne répondit rien. Ils sortirent de la cabine. Bert regarda d'un œil morne un lapin sauter dans un tronc creux, puis il lécha l'écorce mouillée, iodée par la proximité de la mer.

— Nous n'avons rien à faire, déclara soudain Joe. Nous sommes arrivés.

Il pointa le doigt vers une digue visible à travers les arbres, long mur gris craquant sous la pression de l'eau, puis il les invita à lever les yeux vers la colline noyée dans le brouillard.

— Un château ! s'écria Rosa, d'une voix si stridente que Bert se réfugia dans le camion.

— Presque, acquiesça Joe en claquant des doigts.

Bobby avait jeté tant de rubans de papier par la fenêtre qu'il ne restait plus une seule page sous la couverture du manuel de physique ouvert sur ses genoux. Par chance, le voyage venait de s'achever.

Ils attendirent au bord de la route tandis que Val reculait, puis engageait le bibliobus sur un étroit sentier qui serpentait entre les pins. Joe piqua des feuilles et des branches dans la grille d'entrée pour la dissimuler aux regards, bien que nul ne semblât l'avoir poussée depuis longtemps : il n'y avait aucune trace de pas sur le sentier. Bert enfonça sa gueule dans la terre meuble et découvrit des os d'oiseau. Il eut le bon sens de les laisser en paix. Même lui savait que les gens, ou les chiens, ne sont pas partout les bienvenus.

Joe souleva Rosa dans ses bras pour l'aider à grimper sur la digue, qu'ils longèrent ensuite main dans la main. D'un côté, le lac ; de l'autre, le vide. La ligne qui séparait ces deux issues leur parut désagréablement étroite.

Parvenus à l'entrée du bâtiment qui dominait la campagne environnante, ils se figèrent, les yeux écarquillés. Les murs de brique s'effondraient, le jardin était en friche et le toit prenait l'eau, mais le lieu répondait en tout point à la description que Joe en avait faite. Ils escaladèrent le mur d'enceinte et atterrirent sur une longue allée de gravier qui menait à l'immense porte d'entrée en chêne massif. Même sans les colonnes gothiques, vaguement menaçantes, qui l'encadraient, cette porte aurait imposé le silence aux visiteurs. Bobby leva les yeux : les colonnes disparaissaient dans la brume. Il n'avait jamais vu pareille demeure. Ses recoins secrets dissimulaient-ils quelque vieux grimoire empli de formules magiques ? Et s'ils étaient tout bonnement arrivés à Poudlard, le collège de Harry Potter ? Il réfléchit. C'était fort probable, en effet.

Un grand heurtoir de cuivre, en forme de chauve-souris, était accroché au centre du panneau de chêne. Rosa l'abattit à trois reprises, puis courut se cacher derrière sa mère.

Joe entrouvrit la porte.

— Il y a quelqu'un ? lança-t-il.

Seul l'écho lui répondit.

Le hall était si vaste que le mur du fond disparaissait dans l'obscurité. Aux murs, les portraits ternis d'hommes décédés depuis longtemps s'étaient lassés de n'être jamais regardés : la peinture s'écaillait et tombait par plaques entières. De longues tiges de lierre se glissaient dans l'encadrement craquelé des fenêtres ; le carrelage crasseux était jonché de feuilles mortes apportées par le vent. La frontière entre l'extérieur et l'intérieur était difficile à cerner. Rosa et Bobby hurlèrent à pleins poumons : un écho de plus en plus faible restitua aussitôt leurs cris. Les pendules indiquaient une heure qui ne s'écoulait jamais.

Rosa ouvrit un placard et grimpa à l'intérieur.

— On peut vivre ici, Val, déclara-t-elle.

Ils parcoururent des pièces encombrées de meubles poussiéreux, serrés les uns contre les autres pour ne pas se perdre. Des couloirs labyrinthiques s'enroulaient autour d'escaliers à spirale ; à chaque extrémité du bâtiment, la terre reprenait possession des lieux. Même les intempéries se glissaient dans le manoir : lourds de condensation, de longs nuages s'effilochaient entre les poutres, libérant des gouttes d'eau froide que Bobby laissait tomber au fond de sa gorge.

Ils traversèrent une immense bibliothèque, remplie de vieux livres aux reliures vertes ornées d'un filet d'or, comme sur les boîtes de chocolats. Impossible d'atteindre le sommet des étagères : elles étaient si hautes que même Joe dut renoncer. Il régnait dans la pièce une odeur très différente de celle du bibliobus – et pour cause : mangés par la poussière et gonflés d'humidité, les livres s'émiettaient à peine ouverts, exhalant un parfum vanillé qui donna à Bert une furieuse envie de crème glacée.

Il y avait bien trop de pièces pour que chacune puisse répondre à une seule fonction. D'ailleurs, certaines étaient en double : Bobby traversa le grand salon, crasseux et délabré, avec ses méridiennes incurvées et sa table de billard recouverte de feutre vert, avant de découvrir que la pièce suivante était quasiment identique. Les animaux empaillés s'assemblaient dans les coins – ici, un cerf avec sa propre forêt de bois, là, un groupe de renards aux aguets. Bobby frôla le peigne acéré de leurs dents, puis leurs langues, rouges comme un cachet de cire. Elles lui parurent étrangement moites. Au-dessus d'eux, un aigle déployait ses ailes.

Ils entrèrent dans la pièce suivante : une cuisine, flanquée d'un garde-manger plus grand que la plus grande des pièces que Val ait jamais habitées. Les placards contenaient suffisamment de boîtes de conserve pour tenir un an, voire plus, mais l'odeur de moisi précipita les poumons de Bobby contre sa cage thoracique. Joe passa le doigt sur la table, puis souffla sur l'épaisse couche de poussière qui couronnait le bout de son index.

Lorsqu'ils regagnèrent le hall une heure plus tard, ils n'avaient visité que l'aile est du manoir. Joe démembra une vieille table et se servit des planches pour bloquer la porte d'entrée. Il alluma un feu avec ce qui restait tandis que Val déposait des sacs de terre (découverts dans une serre en construction) devant les fenêtres pour contrer les courants d'air.

Bobby partit explorer le sous-sol avec Rosa. Il passa en mode nuit et la guida le long des couloirs enténébrés. Dévorées par l'humidité, envahies de toiles d'araignée, des piles de cartons moisis s'affaissaient dans les coins. Les salles étaient remplies d'objets divers, mis au rebut depuis des années : moteurs, chaînes, batteries et courroies ; plus loin, une moto intégralement démontée, ses pièces étalées avec soin sur une housse de protection, puis abandonnées ; plus loin encore, d'autres pièces détachées, visiblement collectées par un amateur de mécanique, mais pas assez aimées pour fonctionner.

Poursuivant la visite, ils entrèrent dans une salle toujours en sous-sol, mais plus petite, plus froide que les autres, et peinte en rose du sol au plafond. Le plus grand mur avait été décoré au pochoir : on y voyait une fillette emportée par deux gros ballons, la tête dans le ciel, mais le pied encore au sol, où un petit chien cherchait à la retenir, ses dents plantées dans sa socquette blanche. Un berceau se dressait au centre de la pièce. Les toiles d'araignée tendues d'un bord à l'autre du couffin ployaient sous la poussière et les petits débris qu'elles avaient pris au piège. Il y avait aussi un cheval à bascule, dont le poitrail creusé par les mites avait servi de nid à un oiseau, avant d'être pris d'assaut par une colonie d'insectes.

Rosa trouva un album de photos dans une commode de belle facture que personne n'avait eu l'occasion d'apprécier. Ils le feuilletèrent, découvrant l'histoire d'un groupe d'inconnus, au centre duquel ils virent plusieurs fois le même homme entouré d'animaux exotiques, mais cette histoire n'avait ni début, ni milieu, ni fin. L'album se résumait à une série d'instantanés tirés d'une narration dont ils ignoraient tout.

Joe apparut dans l'embrasure de la porte.

— Vous ne devriez pas rester là, dit-il.

— Pourquoi ? s'enquit Bobby.

— C'est trop sinistre. Ce sont les souvenirs et l'histoire de quelqu'un d'autre. Pas les vôtres.

Il sortit une grande clé argentée de sa poche.

— Regardez ce que j'ai trouvé ! Ça vous dirait de chercher à quelle porte elle correspond ?

Le parc était immense. Près du manoir, l'herbe avait depuis longtemps poussé au-delà des limites de ce qui avait été autrefois un ravissant terrain de croquet. Une fontaine hors d'usage se dressait au milieu d'une pelouse, maculée de fientes de pigeon. Hissant Rosa sur son dos (ce qui plut à Val), Joe coupa à travers le tapis d'herbes folles pour gagner le mur d'enceinte. Val saisit Bobby par la main et lui emboîta le pas. Le mur se dressait en contrebas, tout au fond du parc. Couvert de plantes grimpantes et d'une hauteur vertigineuse, il semblait délimiter le périmètre d'un quartier de haute sécurité. Val leva les yeux. Le ciel écossais prenait des teintes métalliques à l'approche du soir.

— C'est forcément par ici, marmonna Joe en repoussant la vigne vierge pour tâter la surface rugueuse du mur.

— Qu'est-ce que tu cherches ? demanda Rosa.

Il sourit.

— Une porte.

— Comme dans *Le Jardin secret* ? s'exclama-t-elle.

Bobby lui avait lu ce roman de Frances Burnett dans le bibliobus, quelques jours auparavant, alors qu'ils approchaient de la frontière écossaise. Bien qu'elle n'ait pas réussi à le confier à Bobby, Rosa s'était imaginée sous les traits de l'héroïne du livre, la jeune Mary Lennox. Délaissée par un père fortuné mais profondément égoïste, Mary trouve l'apaisement dans un grand jardin découvert par hasard, en jouant à la corde à sauter. Fascinée, Rosa s'était pour la première fois aventurée en dehors d'elle-même. Ce nouveau territoire, tout entier contenu dans son imagination, était devenu son propre jardin secret.

Joe quêta du regard l'assentiment de Val. Elle hocha la tête.

— Oui, acquiesça-t-il. Comme dans *Le Jardin secret*.

Bobby, qui comptait ses pas, en dénombra quatre cent quatre-vingt-trois avant de s'arrêter net : Val avait trouvé ce qu'ils cherchaient.

— Là ! dit-elle, le doigt pointé vers une portion de mur.

À demi dissimulée sous les feuilles, elle n'était pas rouge brique, comme le reste, mais vert foncé. Val écarta la vigne vierge, révélant un large portail en bois dévoré par la mousse. Joe sortit son couteau pour couper les branches qui en masquaient le cadre, puis inséra la grande clé argentée dans la serrure. Elle grinça, mais tourna sans difficulté. Joe poussa le battant. Bert s'engouffra dans l'embrasure avec une vélocité perdue depuis des années, et disparut derrière une des nombreuses cages du zoo. Car c'en était bien un. Un immense zoo délaissé. Val ouvrit des yeux ronds.

— Je ne te croyais pas, avoua-t-elle à Joe.

— Je ne t'en veux pas.

Stupéfaite, Val se laissa choir sur un banc décrépit. Ils étaient environnés de grandes cages en fer forgé, toutes munies d'une pancarte indiquant la nature de l'animal qui avait vécu derrière leurs barreaux : lions, léopards, chimpanzés... Autrefois, ils se comptaient par centaines. Les cages étaient vides, à présent. Les portes rouillées se balançaient sous la brise. Un profond sentiment d'abandon régnait sur les lieux. L'absence des animaux avait quelque chose d'incongru et d'obsédant.

Rosa imita le cri de ceux qu'elle connaissait : un grognement devant l'enclos du tigre, un souffle rauque devant celui du phoque. Bobby shoota dans un gros caillou échoué en travers de l'allée principale. Comme ce devait être beau autrefois ! songea-t-il, imaginant les cages remplies de bêtes dont il avait lu la description dans le bibliobus. Quel spectacle ! Il se vit longeant la cage des reptiles où des iguanes se prélassaient sous des lampes chauffantes, puis le marigot de l'alligator, qui n'émergeait des eaux saumâtres que pour croquer un agneau vivant. Plus loin, l'aquarium, que des dauphins avaient peut-être partagé avec un récif de corail tropical, offrait maintenant ses parois béantes aux intempéries ; le fond était tapissé de verre brisé et de carapaces vides – de loin, on aurait dit des cartouches de fusil. Les clapiers n'abritaient plus que de la sciure de bois ; la canalisation destinée à recueillir les eaux de pluie débordait de boue et de détritus.

Bert n'avait pas reparu. Bobby partit à sa recherche. Il jeta un coup d'œil dans un bassin privé de pingouins, puis s'approcha d'une énorme cage qui avait autrefois servi de terrain de jeux à un grizzli. Il y trouva une touffe de poils noirs qu'il garda pour ses archives. De véritables poils d'ours – sa mère serait forcément impressionnée. Elle avait longtemps porté un manteau en fourrure synthétique, que Bruce avait brûlé dans un seau au fond du jardin.

Bert était assis, les yeux rivés sur l'animal le plus extraordinaire qu'il lui avait été donné de sentir depuis qu'il était sorti du bibliobus quelques heures plus tôt. Quelle joie de l'avoir maintenant sous les yeux en chair et en os ! Il ne souhaitait pas le manger : le tenir dans sa bouchc lui suffirait amplement. Cette seule idée le faisait saliver : sa langue pendait comme un toboggan gonflable à la porte d'un avion. Il n'avait jamais rien humé de tel. La nourriture pour chiens, tout en saveurs artificielles, s'efforçait souvent de recréer ce type d'odeurs, mais aucun scientifique n'avait réussi à leurrer un flair aussi infaillible que celui de Bert. Pour l'heure, il n'avait qu'une envie : passer de l'autre côté du grillage. C'était, chez lui, un désir d'une rare intensité – rappelons que Bert était assez âgé pour savoir que peu de choses valent vraiment l'effort requis pour les obtenir. Mais cette chose-là, il en était certain, valait tous les efforts du monde.

— Te voilà, Bert ! déclara Bobby en entrant dans la volière désaffectée.

C'est alors qu'il aperçut l'oiseau : un splendide ara jaune et bleu. Il avait fière allure avec son bec incurvé et ses pattes zygodactyles aux griffes acérées. Lorsqu'il déploya ses ailes, Bobby ne put retenir un cri de stupeur.

— Visiteurs ! glapit l'ara.

Il tenait ce mot de sa mère, qui le lui avait appris avant de mourir de psittacose, une maladie des perroquets qui avait emporté tous les résidents de la cage, sauf lui.

— Venez ! cria Bobby à ses compagnons de voyage. Venez vite !

Joe, Val et Rosa accoururent. Aucun d'eux ne put expliquer d'où venait l'oiseau ni ce qu'il faisait là, mais ils le contemplèrent tous avec une même fascination. Son plumage vif et coloré était magnifique. Un vrai coup de poing, songea Joe en s'approchant du grillage. Il tenta de cisailler le vieux cadenas rouillé à l'aide de son coupe-boulons. En vain. Le métal était trop épais.

— Mince alors ! grommela-t-il.

— Est-ce qu'on peut le garder ? demanda Rosa. Est-ce qu'on peut garder Captain ?

Elle venait de lire le nom de l'ara sur une petite plaque en bronze fixée au mur.

— Je ne sais pas, répondit Joe.

Il avait blêmi. Bobby supposa qu'il avait peur des volatiles. Au collège, une des filles de sa classe prétendait avoir la phobie des oiseaux depuis qu'un pigeon s'était approché de son visage quand elle était bébé.

Val remarqua que les plumes de Captain étaient abîmées sur son ventre, comme s'il s'était gratté avec son bec. Au fond de la cage, un trou avait été percé dans le mur afin de permettre à l'ara de s'échapper. S'il était enfermé, c'était de son plein gré.

— J'ai l'impression que nous n'avons pas le choix, dit-elle. Il faut le garder.

Ravis, Rosa et Bobby tombèrent dans les bras l'un de l'autre.

— Visiteurs ! Visiteurs ! cria l'ara en hochant la tête avec frénésie.

Joe achevait de barricader les portes. Bobby entendait résonner les coups de marteau d'un bout à l'autre du manoir. Il grimpa à l'échelle qui menait au grenier.

De là, il se glissa sur les toits par une brèche ouverte sous la charpente. Même là-haut, il discernait encore le martèlement du métal sur le bois. Il jeta un regard autour de lui. Contrairement à ce qu'il s'était imaginé, sa peur du vide n'avait pas disparu le jour où il avait escaladé l'échafaudage avec Sunny – bien au contraire. Ce soir, sous le ciel qui virait au pourpre, il tremblait d'appréhension. Le pirc, songeait-il, serait d'être frappé par la foudre ou de mourir de frayeur au premier coup de tonnerre.

Il s'exhorta au courage en se récitant les conseils que lui avait donnés Sunny. Puis il fit six petits pas le long de la gouttière sans regarder le vide qui s'ouvrait à ses pieds (au bas mot, deux fois et demie la hauteur d'un autobus à impériale, estima-t-il). Sous le baiser du crépuscule, les ardoises s'étaient couvertes d'humidité. Par mesure de prudence, il enroula une corde autour de sa taille et attacha l'autre extrémité à la base d'une cheminée. Il pouvait voir à des kilomètres à la ronde, bien au-delà du parc et du zoo : il aperçut les montagnes d'un côté, la ligne bleu sombre de l'océan de l'autre. Aucune lumière dans la campagne, rien que des étoiles dans le ciel ; aucune voix, hormis celle de Captain qui parlait toujours à Bert, assis près de lui.

Un vent glacé transperçait les oreilles de Bobby, lui rappelant à quel point ces petites choses bêtement vissées de chaque côté du crâne peuvent être douloureuses sous un tel climat. Ça en vaudra la peine, se promit-il. Il enfila sur une cordelette les échantillons de tissu découpés dans les robes de sa mère, ajouta les sachets remplis de cheveux et noua le tout. Puis il décora le toit avec soin, comme s'il s'était agi d'un sapin de Noël. L'étrange drapeau claquait au vent, battait bruyamment contre les ardoises. Il admira la majesté du paysage déployé sous ses yeux et comprit que, cette fois, toute prière serait inutile. La nature à elle seule était une prière, des hectares et des hectares de beauté lui prouvant que quelqu'un l'écoutait.

Joe découvrit un stock de pistolets à air comprimé dans une armoire et partit chasser dans le parc. Apprenti sniper, il avait passé de longues semaines en Irak et s'en souvenait comme d'une période excessivement ennuyeuse. Il fallait attendre, attendre, et attendre encore avant de voir enfin surgir une cible dans son viseur. Était-ce l'ennui qui avait déclenché la folie du lieutenant ? Peut-être, songea-t-il. Mais au fond de lui, il connaissait déjà les responsables : la mort, le danger et le deuil qui les assaillaient du matin au soir et les tiraient du sommeil dès qu'ils fermaient l'œil. Il aperçut deux jeunes grouses, qu'il abattit sans difficulté. Il éprouva un vif plaisir à tirer des coups de feu. Sa colère et la libération de cette colère formaient décidément un drôle de couple. N'était-ce pas la raison qui l'avait poussé à revenir dans ce coin perdu d'Écosse ? Il ramassa les carcasses des coqs de bruyère et se dirigea vers le manoir.

Le repas du soir, composé de grouse rôtie, de fruits en conserve et de riz au lait, le tout dégusté devant un bon feu de cheminée, se révéla bien supérieur à ce qu'ils mangeaient depuis des semaines. Joe aperçut un gramophone sous un tas de disques poussiéreux et le brancha sur une batterie découverte au sous-sol. Lorsqu'il posa le bras en cuivre de l'appareil sur l'une des galettes en vinylite noire, un morceau de swing, voilé par les années, s'éleva dans la pièce. La joie qu'il distillait autour de lui semblait avoir été gravée dans les rainures du disque en même temps que la musique. C'est ainsi que Bobby le comprit, du moins. Bientôt, ils se mirent à danser. La robe de Rosa se gonfla autour d'elle tandis que Joe la faisait virevolter, avant de l'accueillir dans ses bras, alanguie et essoufflée. Puis il prit Val par la main. Ils valsèrent d'un bout à l'autre du salon sous les yeux de Bobby, de Rosa et de Bert, affalés sur un vieux canapé encore joufflu. Si la terre s'était ouverte en cet instant, happant le reste du monde vers son cœur en fusion, ils auraient accueilli le cataclysme avec indifférence. Aucun d'eux n'avait jamais éprouvé un tel sentiment d'harmonie, ni assisté à une chorégraphie aussi bien réglée – celle d'une famille idéale.

Bobby entendit son ventre gargouiller de satisfaction. Il ferma les yeux. Si les fins heureuses n'existent pas, songea-t-il, alors faites que l'histoire se termine maintenant.

Joe exhuma une bouteille de whisky d'un placard. Le flacon graisseux était couvert d'empreintes digitales qu'il examina avec attention. Puis il se servit une bonne rasade d'alcool et porta le verre à ses lèvres. Son estomac se contracta douloureusement et un rejet acide emplit sa bouche. Révulsé, il fut incapable de décider si son malaise résultait du whisky ou de la question que soulevaient les empreintes digitales : appartenaient-elles à la personne qui avait si brillamment assuré la survie du perroquet ?

Un deuxième verre, puis un troisième lui permirent de museler l'inquisiteur qui résidait entre les murs épais de son crâne.

Bobby se retira dans la chambre qu'il s'était choisie : immense et isolée au fond du couloir.

Rosa partit se coucher au-dessus du salon où ils avaient dansé. Ravissante, la chambre baignait dans la douce chaleur du feu allumé à l'étage inférieur. Une maison de poupées artisanale occupait un coin de la pièce. Chaque fenêtre de la petite bâtisse ouvrait sur une scène de la vie quotidienne jouée par des figurines en bois, qui mangeaient, lisaient ou discutaient. Joe était convaincu que Rosa la chérirait comme un trésor – ce que n'avait de toute évidence pas fait son ancien propriétaire.

Quant à Val, elle s'endormit sur le canapé en cuir. Joe la souleva dans ses bras et la transporta dans la plus grande chambre, la tête nichée au creux de son cou comme une enfant épuisée. Ornée de moulures dorées et meublée d'un lit à baldaquin drapé de mousseline mauve, la pièce offrait un spectacle en parfaite harmonie avec l'opulence fanée du manoir. Lorsqu'il déposa Val sur les draps poussiéreux, le matelas grinça, brutalement ramené à la vie.

— Où vas-tu ? demanda-t-elle.

Joe referma la main sur la poignée de la porte.

— Me coucher, répondit-il.

Elle roula sur le côté, libérant un espace juste assez grand pour l'accueillir. Il fit tourner la poignée dorée sous ses doigts pour enclencher le verrou.

14

LE GARDIEN DU ZOO

— Visiteurs ! Visiteurs !

Bobby entrouvrit les yeux. Un éclair jaune virevoltait au plafond. Un instant plus tard, une plume frôlait sa joue. Il se redressa. Captain battait des ailes au-dessus de lui, remuant suffisamment d'air pour soulever les draps. Bobby enfouit sa tête sous un oreiller : l'ara avait les pattes si griffues qu'il risquait de lui arracher le nez. Il l'entendit vociférer une dernière fois, puis le silence se réinstalla. Privés d'air, les draps retombèrent, enveloppant Bobby comme un manteau de neige. Il écarta prudemment l'oreiller et entrouvrit de nouveau les yeux. Le perroquet venait de se percher sur un bras tendu, passé dans la manche d'un vieil imperméable noir. Bobby s'assit précipitamment, la gorge nouée.

— Ne t'en fais pas, grommela l'homme à l'imperméable. Nous ne te ferons aucun mal. Pas vrai, Captain ?

La tête inclinée sur le côté, l'ara approuva d'un clappement de langue. L'homme était grand et très âgé. Un visage taillé à la serpe, des yeux enfoncés dans leurs orbites et une longue barbe broussailleuse : autrefois noire, celle-ci évoquait à présent le lit argenté d'un torrent sous l'eau claire, et couvrait en partie son torse.

Bobby devina que l'homme avait été musclé dans sa jeunesse ; désormais creuse et flétrie, sa poitrine se soulevait puis s'abaissait au rythme de ses propos. Il avait les dents jaunes et la peau dorée comme un caramel, signe d'une vie passée en plein air. D'ailleurs, il semblait faire partie du paysage, au même titre que les racines ou la souche d'un arbre. Les profonds sillons qui encadraient ses sourcils étaient noirs de terre. Il paraissait étrangement immobile, alors qu'il se déplaçait à pas lents d'un bout à l'autre de la pièce. Séduit par l'extrême solitude, il en avait acquis les qualités premières : le calme, la permanence. À force de l'observer, Bobby se sentit très calme, lui aussi – ce dont il fut le premier surpris.

— Je m'appelle Baron, dit le vieil homme. Et toi ?

— Harry. Harry Potter.

— Entendu.

Baron s'autorisa à laisser glisser son pistolet à air comprimé au fond de sa poche. Puis, les bras ballants, il contourna le lit en traînant un peu la jambe, comme l'aurait fait un pirate, son fidèle perroquet perché sur l'épaule.

Baron n'avait pas mis les pieds dans l'aile est depuis des mois. Il préférait de loin rester dans sa chambre de l'aile ouest, plus facile à chauffer et dotée de tout le nécessaire : des couvertures ; un lit ; une cheminée où il pouvait faire griller du pain et bouillir de l'eau. Lorsqu'il cédait à l'introspection (ce qui lui arrivait plus souvent à l'approche de l'hiver, quand le froid ravivait ses douleurs aux genoux), Baron envisageait sérieusement de ne plus jamais retourner dans l'autre partie du manoir. Il s'était résigné à cette idée, si déprimante soit-elle (précisons qu'il avait passé sa vie entière dans cette gigantesque propriété de famille). Et merde ! songeait-il en prêtant, comme tout véritable Écossais, un caractère irrévocable et un peu diabolique à cette expression toute simple. Qu'est-ce que la mort, au juste ? Certainement pas une fin. La mort n'est qu'une virgule, au mieux un point. Pitié pour le pauvre imbécile qui sera encore vivant quand viendra le point final !

Pour l'heure, Baron était encore là, dans son manoir. À son réveil, lorsqu'il avait voulu nourrir Captain d'une poignée de noisettes étalées sur sa paume, il avait trouvé l'oiseau dans un état d'extrême agitation.

« Visiteurs ! criait-il. Visiteurs ! »

Baron était sorti de la volière et s'était avancé jusqu'au centre du zoo, entre les cages qui séparaient autrefois les pumas des jaguars. Là, il avait levé les yeux vers le toit de la demeure, éclairé par les premiers rayons du soleil. Il n'avait pu discerner les différentes parties du drapeau qui claquait au vent (les sachets remplis de cheveux, les morceaux de tissu et autres rebuts extraits des archives de Bobby), mais il était certain d'une chose : ce truc, quel qu'il soit, n'avait rien à faire sur son toit. Cette certitude avait suffi à le convaincre d'aller chercher son pistolet à air comprimé. Captain ne se trompait pas : ils avaient effectivement de la visite.

— Baron ? répéta Bobby. Quel drôle de nom !

— Ah ! Aucune importance. Pourrais-tu m'expliquer ce que tu fais dans cette maison ?

— Je vais y habiter, je crois.

— Ah oui ? Première nouvelle !

Amusé, mais peu enclin à le laisser paraître, Baron tendit sa main ouverte à Captain pour le laisser choisir une graine.

— Et où vivais-tu, avant de venir t'installer ici ?

Bobby se sentit brusquement tout petit. Était-ce le gigantisme des lieux ou la haute stature de cet homme (de taille à rivaliser avec Hagrid, ni plus ni moins) qui l'impressionnait ? Un peu des deux, sans doute.

— Je suis un sorcier contraint de vivre dans le monde des personnes ordinaires. Vous, par exemple. Mais j'ai été admis dans un collège très particulier où j'apprendrai à faire bon usage de mes pouvoirs magiques. Et à jouer au quidditch.

— Au quoi ?

— Au quidditch. C'est un sport. Il faut enfourcher un balai pour tenter d'attraper un vif d'or.

— Un vif d'or ?

— Je suis venu m'entraîner ici parce qu'il y a beaucoup d'espace. Je risque moins de me cogner contre un arbre.

— Vraiment ?

— Oui.

— C'est une sacrée aventure, dis-moi !

— En effet.

— Surtout pour un petit garçon tout seul.

Bobby se mordit les lèvres. Quel dommage qu'il n'ait pas réellement de pouvoirs magiques !

Baron avait perdu l'habitude de converser, et plus encore de converser avec d'aussi jeunes interlocuteurs. Il assena une grande claque sur l'épaule de Bobby, histoire de le rassurer, au cas où il ne serait pas seul. Ce qui était plus que probable, à vrai dire. Ils se trouvaient à plusieurs dizaines de kilomètres de toute civilisation. Il était totalement impensable que ce gamin soit arrivé par ses propres moyens – à moins d'avoir enfourché un balai magique, comme il le prétendait. Baron s'était coupé du monde depuis très longtemps, mais il peinait à croire que les sportifs aient franchi des limites techniques aussi stupéfiantes en son absence.

Bobby ne fut pas complètement rassuré par la claque, même s'il perçut la gentillesse des intentions sous le geste exubérant (et néanmoins douloureux). Sa plus grande crainte, à présent, concernait Joe : comment réagirait-il face à l'intrus ? Il l'imaginait déjà se jetant sur Baron pour le ficeler de la tête aux pieds. Il devait le calmer, il le savait. C'était son boulot, tout comme George calmait Lennie. Et il le ferait. Ne serait-ce que pour protéger Val.

Ils longèrent le couloir jusqu'à la chambre située à l'autre extrémité du premier étage. Baron avait, assez sagement d'ailleurs, accepté de laisser Bobby réveiller Joe et Val. Pour ce faire, il lui avait confié la clé qui ouvrait la porte de leur chambre. Ils dormaient l'un contre l'autre, leurs corps nus incurvés en forme de S. Celui de Joe, que Bobby aperçut sous les draps, était bien plus poilu et plus grand que le sien, encore tout en creux et en angles, tel un puzzle d'os et de côtes.

— Joe ? murmura-t-il en lui pinçant le bras.

— Hmm ? fit Joe à demi endormi. Qu'est-ce que tu veux ?

— Je veux que tu restes calme.

— Que je reste calme ? Et pourquoi donc ?

Les yeux grands ouverts, il avait déjà repris ses esprits, comme il avait appris à le faire dans l'armée. Certaines habitudes militaires s'étaient profondément enracinées dans sa psyché, et sa manière de se réveiller en faisait partie.

— La police nous a retrouvés ? demanda-t-il.

— Non.

Val laissa échapper un grognement, visiblement peu encline à émerger du sommeil le plus profond qui lui ait été donné depuis des années.

— Que se passe-t-il, alors ?

— Il y a un homme ici, avec une grande barbe. C'est son perroquet qui…

— À vrai dire, intervint Baron en s'avançant dans la pièce, Captain toujours perché sur son épaule, c'est un ara, pas un perroquet.

Joe se leva d'un bond, dévoilant son pénis recroquevillé dans les ténèbres moussues qui ornaient son entrejambe.

— Je vous en prie, dit Baron. Je ne voulais pas vous effrayer. Que diriez-vous d'un bon petit déjeuner ?

Bobby, Joe, Val et Rosa avaient pris place autour de la grande table qui trônait dans la cuisine de l'aile ouest. C'était apparemment la seule pièce du manoir encore reliée au courant électrique. Poussées contre les murs, des piles de journaux absorbaient l'eau qui coulait continûment du plafond par temps de pluie. Un vieux fauteuil se dressait dans un coin, à demi enterré sous un tas de couvertures qui empestaient le feu de bois. Baron faisait manifestement un usage constant de la cheminée, tant pour se chauffer que pour cuisiner : il venait de calciner des tranches de pain (pétri le matin même par ses soins) sur un gril posé dans l'âtre noir de suie. Captain tournoyait au-dessus de leurs têtes sans paraître incommodé par la fumée, qui, estima Val, aurait pourtant pu l'asphyxier depuis longtemps.

Baron dévissa le couvercle d'un pot de confiture.

— Fraise ou framboise ? Elles sont faites maison. J'ai bien peur qu'il ne faille vous en contenter.

Bobby étala un mélange des deux sur sa tartine dans l'espoir d'atténuer le goût de brûlé. Val offrit une jolie fable à leur hôte – comme quoi, partis faire du camping, ils étaient tombés en panne d'essence, avaient laissé la voiture sur le bas-côté, s'étaient perdus, avaient aperçu le manoir et l'avaient cru vide.

— Ce qu'il est en grande partie, me semble-t-il, conclut-elle en souriant.

— Eh bien… je suppose que vous avez raison, admit Baron.

— Vous vivez ici depuis longtemps ?

— J'y ai passé toute ma vie.

— Avec Captain pour seul compagnon ?

— Oui, depuis le décès de ma femme. Il y avait aussi les animaux, bien sûr. Ils ont disparu les uns après les autres – morts ou vendus. Captain est le dernier volatile qui me reste. Le seul dont je n'ai jamais pu me résoudre à me séparer quand mes finances étaient à sec.

— Pas d'enfants ?

— Non.

— Avez-vous la télévision ? demanda Joe.

Il venait de s'apercevoir qu'il avait planté la pointe de sa fourchette dans la pulpe de son pouce – si fort que le sang affluait sous sa peau.

— Moi ? Non. Jamais eu. C'est une perte de temps. Pourquoi m'encombrer d'un truc pareil ? Ici, je ne capterais pas, de toute façon.

— Un poste de radio ?

— Non, pas de radio. Dans cette partie du monde, je n'entendrais que de la friture et la météo marine ! Et j'ai jamais aimé les parties de pêche.

— Le téléphone, alors ?

— Le câble ne vient pas jusqu'ici. Pas d'antenne satellite non plus. Je n'aurais personne à appeler, de toute façon.

— Comment faites-vous pour rester en contact avec le monde extérieur ? insista Joe.

— Dans quel but le ferais-je ? répliqua Baron du tac au tac.

L'ara plongea en piqué vers la table. Bert le regarda manger les croûtes de pain que Rosa avait mises de côté pour lui.

— Pourriez-vous m'indiquer les toilettes ? demanda Joe en crispant la main sur son ventre.

Baron désigna le fond de la pièce, où une ampoule tremblotante éclairait deux portes par intermittence. Joe se dirigea vers celle de gauche.

— Non, c'est l'autre porte, précisa Baron. Celle de droite. À moins que vous ne souhaitiez pisser dans un placard à balais. Si vous le faites, vous trouverez un seau et une serpillière contre le mur. Je vous saurai gré de vous en servir.

Dans la salle de bains, Joe ouvrit le robinet pour remplir le lavabo d'eau glacée. Il ôta sa chemise et s'observa dans le miroir en pied dressé près de la baignoire encrassée. Il inclina la tête à gauche, puis à droite. Effectivement. Vu sous cet angle, et sous cette lumière, il ne pouvait le nier : il ressemblait un peu à son père. Mais un peu seulement, autour des yeux et de la bouche. Oui, ils avaient la même bouche incurvée, en forme de boomerang. C'était trop ténu, manifestement, pour que Baron l'ait remarqué. Faut-il que les cals se soient durcis autour de son cœur, songea Joe, pour que cet homme en vienne non seulement à nier l'existence de son enfant, mais aussi à ne pas reconnaître son propre fils lorsqu'il s'asseyait à sa table !

Plongeant la tête dans l'eau, il se força à y rester jusqu'à ce que son cerveau semble se figer de froid. Quel âge pouvait avoir Baron ? se demanda-t-il. Quatre-vingt-dix ans, voire plus. Et toujours seul ici, endurant le froid comme un rocher sur une partie inaccessible du rivage. En tout cas, puisqu'il n'avait pas la télévision, il ne pouvait pas avoir entendu parler de Val, de Bobby et de Rosa, ni du bibliobus volé. Donc, pour le moment, ils ne risquaient rien. Leur bien-être était sa priorité absolue. Il tenait aussi à assurer la continuité de leur fuite. Il ne pouvait supporter l'idée d'être capturé et séparé d'eux.

Si Baron n'avait pas eu vent de la disparition de Bobby, et n'avait donc pas non plus appris l'évasion de Joe, il n'avait aucune raison de s'attendre à recevoir la visite de son fils. Vingt-deux ans s'étaient écoulés depuis son départ. Pourtant, dès son arrivée au manoir, il lui avait semblé qu'il venait tout juste de regarder le labyrinthe se consumer dans le parc. Ce jour-là, il avait compris qu'il ressentirait la chaleur des flammes sur son visage pendant une grande partie de sa vie. Il ne s'était pas trompé : il la sentait encore ramper jusqu'à ses joues. Il s'aspergea de nouveau la figure d'eau glacée.

Il dut aussi admettre qu'il n'avait pas vraiment souhaité trouver le manoir vide. Au fond, et il en était le premier surpris, il n'espérait pas revenir après la mort de son père, mais le découvrir bien vivant, au contraire. Ridé et chenu mais encore debout, pour pouvoir le tuer de ses propres mains – avec ces satanées paluches qu'ils paraissaient partager.

Bert observait Captain, qui sautillait sur le buffet. Ses tics le fascinaient.

— Chien ! glapit l'ara. Chien !

Rosa était aux anges. Pour elle, ce genre de conversation n'arrivait que dans les livres – celui de Rudyard Kipling, en particulier. Maintenant que de vrais animaux se parlaient sous ses yeux, elle trouvait le phénomène plus drôle encore que dans *Le Livre de la jungle*.

— C'est incroyable, ce que cet oiseau peut stocker dans sa petite cervelle ! déclara Baron.

Val termina sa tartine.

— Pourriez-vous nous aider à nous procurer de l'essence ? Nous nous mettrons en route dès que possible, annonça-t-elle. Nous ne voudrions pas abuser de votre hospitalité... D'ailleurs, nous vous devons déjà des excuses pour avoir fait intrusion chez vous !

— Allons donc ! protesta Baron. Vous resterez ici aussi longtemps que vous le désirez, vous m'entendez ? Le manoir est vide. Vous n'allez tout de même pas camper en plein vent alors que vous pourriez avoir un toit au-dessus de vos têtes ! Je suis sûr que Bert est d'accord avec moi – pas vrai, Bert ?

— Mais, monsieur Baron...

— Pas de « monsieur », je vous en prie. Baron suffira.

— Entendu. Vous êtes très aimable, mais nous ne voulons pas vous déranger.

— Je vous en prie, madame. Plus rien ne me dérange, à mon âge.

Il se frotta le torse. Ses douleurs augmentaient de jour en jour. À ce rythme, il ne passerait pas l'hiver. Il tiendrait peut-être jusqu'à Hogmanay, puis s'éteindrait aux premiers jours de janvier.

Joe sortit de la salle de bains. Des perles d'eau scintillaient sur son front. Il se sentait plus détendu – pas assez, cependant, pour oublier la migraine qui pulsait à ses tempes, tel un papillon sur le point de jaillir de sa chrysalide. Il resta sur le pas de la porte, à demi mangé par les ombres que projetait un animal empaillé nimbé de la clarté d'une bougie.

— Joe ? dit Val. Baron vient de nous inviter à rester quelques jours de plus.

— Ah oui ? fit-il. Ne vous sentez pas obligé de…

— Qui vous parle d'obligation ? l'interrompit Baron. J'insiste ! Bien. Je sais que vous vous êtes déjà promenés dans le parc, mais que diriez-vous de le visiter en compagnie de l'ex-gardien du zoo le plus au nord du pays ?

Captain se promenait avec aisance sur les épaules de son maître, apparemment accoutumé aux moindres mouvements de son corps. Baron les emmena à l'extrémité ouest du domaine. Des nuages couleur de cendre grondaient au loin. La pâle lueur du jour se fit lugubre, étouffant l'éclat mauve des chardons. Ils arrivèrent devant un immense labyrinthe : autrefois impressionnant, l'assemblage complexe de haies de buis était désormais impénétrable. S'ils s'étaient approchés, Val, Bobby et Rosa auraient remarqué que les branches les plus basses portaient encore les stigmates de l'incendie.

Un grand lac s'étendait non loin de là. Perpendiculaire au labyrinthe, il contournait le zoo avant de s'enfuir, froissé comme une feuille de papier d'aluminium sous le gris maussade du ciel. Entre deux rafales de vent, ils discernaient le caquètement des canards et, s'ils tendaient vraiment l'oreille, le souffle court de Baron.

Rosa se tenait à côté de lui, les yeux fixés sur ses mains, si grandes qu'on aurait dit des truelles. Elle s'empara de son index droit. Baron tressaillit, mais ne la repoussa pas.

— Regardez, dit-il en désignant un oiseau de proie dont le regard perçant avait perturbé Captain. Un faucon. Il niche dans la falaise qui surplombe la mer. Il y a une dizaine d'années, quand j'étais encore fringant, j'aurais escaladé la paroi pour aller lui chiper ses œufs. Avec beaucoup de sel et de poivre, ils sont plutôt savoureux.

Ils traversèrent le jardin, foulant des allées autrefois impeccables, désormais si négligées qu'on ne distinguait même plus leur tracé. Baron les fit entrer dans le zoo par la petite porte qu'il utilisait d'ordinaire. Bobby leva les yeux vers lui. Sa barbe, ses sourcils, les poils qui jaillissaient de ses narines et de ses oreilles : son visage s'était érodé aussi sûrement que le paysage environnant.

— En fait, je ne m'appelle pas vraiment Harry Potter, avoua-t-il. C'est le nom d'un personnage de roman. Moi, je suis un gamin comme les autres.

— Ah oui ? fit Baron, déconcerté.

Val et Joe fermaient la marche, à bonne distance de Rosa, qui n'avait pas lâché le doigt calleux du vieil homme.

— C'est un coup de chance, non ? chuchota Val.

— Quoi donc ?

— Que Baron vive ici. Il est certainement aussi cinglé que son perroquet, mais avec lui, au moins, je crois que nous serons en sécurité !

Joe grommela, ce que Val prit à tort pour un assentiment.

— C'était le plus grand zoo privé d'Europe, affirma Baron en faisant courir un bâton sur les barreaux de la cage de l'orang-outang. J'avais principalement des primates et des grands félins. Quelques mammifères marins, des insectes. Et des oiseaux, bien sûr !

Il gratta doucement l'arrière du crâne de Captain, couvert de splendides plumes jaune d'or.

— Le zoo était ouvert au public, j'imagine ? lança Val.

— Ah, non ! Quand je dis « privé », ça veut dire « privé ». Rien que pour mes yeux.

— Pourquoi ? demanda Bobby.

— Certaines personnes collectionnent les timbres. D'autres, les œuvres d'art. Moi, je collectionne les animaux. Ou plutôt, je les collectionnais.

Il s'arrêta sous une plaque poussiéreuse qu'il essuya d'un revers de manche.

— Ici, j'avais un gorille. Des plaines occidentales, précisa-t-il. Quand il se frappait la poitrine, on aurait dit qu'un monstre dévalait la montagne. Ça faisait un de ces raffuts ! Et là, trois macaques. Vifs comme l'éclair, toujours à réclamer leur pitance : des hurlements au petit déjeuner, des hurlements au dîner…

— Et là ? s'enquit Bobby, penché sur la barrière qui encerclait un bassin équipé en son milieu d'un grand socle carrelé.

— Des otaries. Quelles créatures extraordinaires ! Vous leur lancez une balle et du poisson frais, et elles sont heureuses toute la sainte journée. Il ne leur faut rien de plus. C'est mieux que les enfants, vous ne croyez pas, Valerie ?

Val sourit poliment, mais ne dit plus un mot jusqu'à la fin de la visite.

— Il n'a pas voulu m'expliquer pourquoi il s'appelle Baron, confia Bobby à Joe lorsqu'ils regagnèrent l'aile est en fin de matinée.

Val et Rosa aidaient le vieil homme à gravir la colline qui menait à l'entrée de l'aile ouest. Il était terriblement essoufflé après leur longue marche.

— Ce n'est pas un prénom comme le tien ou le mien, répondit Joe. C'est un titre de noblesse. Héréditaire, bien sûr. Il y a des rois, des ducs, des barons… Eh bien, son père à lui était un baron, et le père de son père avant lui, et le père de son grand-père aussi. Ces hommes se sont transmis ce titre de père en fils pendant des siècles jusqu'à la naissance du baron actuel – celui que nous connaissons. Qui a manifestement décidé de garder ce titre pour lui seul.

— Décidé ? répéta Bobby, surpris.

— Oui, décidé.

Joe fut pris d'une quinte de toux.

— Personne n'est obligé de ressembler à son père, n'est-ce pas ? reprit Bobby en s'arrêtant sur le seuil.

— Non. Personne.

15
LA FAMILLE

Val suggéra de préparer un festin pour remercier le baron de son hospitalité. Il protesta. Elle insista.

— D'accord, puisque vous y tenez, concéda-t-il. J'apporterai mon reste de whisky, et Captain se chargera de ses graines.

Son rire emplit le grand salon.

En dépit de ses efforts, et malgré la courtoisie dont les visiteurs faisaient preuve à son égard, Baron n'eut pas un instant de répit ce jour-là. Les enfants ne le lâchèrent pas. Le gamin lui rebattit les oreilles de ses billevesées à propos de sa mère et d'un cyborg qu'il prétendait avoir construit, mais pas encore vu ; la fillette le suivit avec la fascination que les plus jeunes réservent à ce qu'ils jugent vénérable. La patience n'était pas la qualité première de Baron, loin de là. Il vivait seul depuis si longtemps qu'il avait perdu l'habitude de la pratiquer : elle s'était affaiblie, comme un muscle dont on ne se sert pas. En présence de ses visiteurs, il faisait de son mieux pour sourire et hocher la tête tel un homme réellement heureux d'avoir enfin de la compagnie. En réalité, il rongeait son frein dans l'attente de pouvoir regagner ses quartiers, où il aurait enfin la paix.

Bobby grimpa sur le toit pour s'assurer que ses archives n'avaient pas été emportées par le vent au cours de la nuit. Hormis un sachet déchiré – il s'était coincé sous une ardoise –, l'ensemble était intact.

En début d'après-midi, il aida Joe à siphonner le contenu d'un réservoir d'essence que Baron avait installé derrière l'étable, près d'un générateur assoupi. Ils vidèrent le tout dans une brouette qu'ils poussèrent jusqu'à l'entrée du sentier en longeant la digue, au-dessus de la retenue d'eau. Déjà sales, les bottes de Joe étaient constellées d'essence lorsqu'ils atteignirent le bibliobus.

Au crépuscule, Joe partit de nouveau chasser dans le parc. Le bruissement des roseaux près du lac se révéla attrayant, presque cathartique. Il s'assit pour allumer une cigarette. Le léger chuintement, propre au tabac qui s'enflamme, lui rappela le jour où il avait regardé le labyrinthe partir en fumée. Même atmosphère. Même lumière. Même période de l'année.

Val et Bobby s'étaient installés sur les marches qui descendaient en pente douce vers un ruisseau, lui-même entraîné vers une cascade en contrebas. Il posa la tête sur son ventre, laissant la chaleur de ses cuisses envelopper sa nuque.

— Vous pourriez m'adopter, Joe et toi, suggéra-t-il. Comme ça, on ne serait plus obligés de se cacher. On pourrait dire à tout le monde qui nous sommes.

— Je ne suis pas certaine qu'on m'autorise à t'adopter, Bobby. N'oublie pas que, d'après la police, je t'ai kidnappé. Sans parler du bus volé !

— Vous êtes ma famille, pourtant !

Val porta son poignet à ses lèvres et y déposa un baiser. Son ventre se noua, saisi d'un bref élancement. Douleur de savoir que c'était là qu'il aurait dû venir au monde. Son enfant. Cet enfant-là. Une histoire qui avait commencé au mauvais endroit.

— Tu crois qu'ils vont nous arrêter ?

— Non. Ils n'arrêtent que les méchants.

Mentait-elle ? Pas sûr. Rosa apparut et les enlaça tous deux. Un puzzle constitué de plusieurs personnes. Une famille.

Ce fut effectivement un festin – si on le comparait avec les autres repas de leur périple. Et c'en fut vraiment un pour Baron, qui se nourrissait de soupes de légumes maison et de conserves trop salées depuis plus de vingt ans. Autrefois, lorsqu'il se faisait encore livrer, il donnait tout aux animaux – il y en avait tant ! Puis l'argent était venu à manquer, l'obligeant à vendre la plupart de ses bêtes ; les autres avaient péri, et il s'était retrouvé seul, dépensant avec parcimonie le maigre pécule restant. À présent, il n'y avait plus rien. Baron espérait seulement que Captain mourrait en premier. Lorsqu'il l'imaginait, seul dans le manoir désert, condamné à errer sous les poutres du grand salon, son cœur se serrait, brusquement lourd de chagrin. Depuis la mort de sa femme, il n'éprouvait de tristesse que pour les volatiles et les félins. Les humains le laissaient de marbre.

Le coq de bruyère, agrémenté de légumes fraîchement ramassés dans le potager – quelques pommes de terre, des carottes, un poireau égaré –, et d'un vieux cube de bouillon que Val découvrit dans le garde-manger, composa un excellent ragoût. Baron fit cuire un autre pain, que chacun mit à profit pour saucer son assiette. Bert se glissa sous le banc, prêt à engloutir les restes que Rosa laissait tomber à son intention. Captain opta pour sa place habituelle, sur les épaules de son maître. De temps à autre, l'oiseau se grattait le flanc contre la peau rugueuse de son oreille, sans que le vieil homme y trouve à redire.

— Vous ne voyez jamais personne ? demanda Bobby.

— Si. De temps en temps, marmonna Baron.

Il s'était resservi et se sentait plus concerné par le contenu de son assiette que par les questions du gamin.

— Quand ?

— Deux fois par an. Au printemps, puis à la fin de l'automne, avant les premières neiges. Je descends au village en voiture. Faut compter une trentaine de kilomètres si les routes sont dégagées. Je m'approvisionne à l'épicerie. La caissière a l'habitude : elle sait que je ne suis pas causant.

— Et votre femme ? Que lui est-il arrivé ?

— Bobby, intervint Val, Baron n'est pas obligé de te répondre. C'est une question très personnelle.

— Il n'y a pas de mal, assura leur hôte. Sa curiosité est compréhensible. Ma femme est morte. C'est tout. Les gens meurent. Mais rien ne finit vraiment. Le tout est de faire avec.

Il baissa les yeux sur son assiette. Bobby avait déjà vu cette expression, plaquée sur le visage de son père. La proximité de la mort avait altéré leur capacité à percevoir la vie qui continuait autour d'eux.

Quand il était devenu évident que son épouse était condamnée, et que le seul combat qui leur restait à mener était de sauver leur enfant à naître, Baron avait prié pour que ce soit une fille. Le splendide visage de sa femme, qu'il aimait d'un amour si farouche, continuerait à vivre sous une nouvelle forme, réplique de la première. Voilà ce qu'il espérait, ce qu'il désirait de toutes ses forces ! Mais l'enfant fut un garçon, et le visage aimé s'évanouit à jamais. Baron ne fit jamais le deuil de ce désir. Il le pleura plus amèrement que le corps de sa femme. Bientôt, aucun être humain ne lui parut digne d'attirer son regard. Soucieux de reproduire l'émerveillement que lui procurait autrefois le visage de son épouse, il dépensa des fortunes pour s'entourer d'animaux rares et exotiques, seuls capables, selon lui, de rivaliser avec la beauté naturelle de la défunte.

Son fils, qui grandissait vite et se déplaçait d'un pas lourd et sans grâce (alors que sa mère en avait tant !), ne fut jamais à ses yeux qu'une note de bas de page, un obstacle gênant, indigne du titre nobiliaire que la loi et la tradition l'obligeaient à lui léguer. Il laissait l'enfant seul chaque fois que possible, et ne l'autorisait pas à entrer dans le zoo où il passait, lui, le plus clair de son temps. Le gamin venait d'avoir huit ans et se montrait de plus en plus instable et coléreux, quand un drame impliquant une boîte d'allumettes offrit soudain à Baron le prétexte qu'il cherchait pour se débarrasser de lui.

— J'ai commencé à recueillir des animaux après sa mort. Mon premier achat fut un léopard des neiges. Vous vous rendez compte ? Faire venir un fichu léopard jusqu'ici, tout au nord de l'Écosse ! Ce sont des créatures extraordinaires, eux aussi. L'espèce est menacée, il n'en reste pas beaucoup. Des yeux vert pâle, un corps moucheté de taches en forme de rosette. Et une allure !

Si calmes, si tranquilles, que vous croyez pouvoir les approcher sans risque. Méfiance ! En les observant bien, vous percevez la froideur, la violence qui dansent dans leur regard glacé. Leur splendeur, leur calme : tout ça n'est qu'un leurre destiné à vous attirer pour mieux vous croquer. N'est-ce pas admirable ? Moi, je leur tire mon chapeau !

Rosa grogna entre ses dents. Baron sourit, se resservit un triple whisky, puis inclina la bouteille vers Joe.

— Je vous offre un verre ?

— Non, merci.

— Allons ! Vous ne pouvez pas refuser le breuvage local alors que vous avez fait tout ce chemin pour venir camper sur les terres écossaises !

Joe plaqua sa main sur son verre.

— Merci, non, je vous assure.

Baron remarqua la fossette qui creusait le menton de Joe. Il avait la même.

— Parlez-nous encore des animaux, suggéra Bobby.

Levant les yeux, le vieil homme fixa les poutres d'un air mélancolique.

— Après le léopard des neiges, j'ai acheté d'autres grands félins. Des lions, des tigresses, un puma ou deux. Puis je suis passé aux singes. Et aux oiseaux. Avec l'entretien, il y en avait pour plusieurs millions de livres. Ma fortune n'a pas tardé à y passer. Et la baraque aussi : elle tombait en ruine. Je n'ai jamais été doué avec l'argent. Alors j'ai commencé à revendre les animaux. L'un après l'autre. À chaque fois, j'avais l'impression de me séparer d'une partie de moi-même. Le zoo est vide, maintenant. Mes finances sont à sec. Il ne reste plus que Captain et moi. Le manoir ? Pas question de le vendre. Je ne m'y résoudrai pas. Il est dans la famille depuis toujours. Je mourrai ici. Peu m'importe ce qui se passera ensuite ! Le monde continuera de tourner, voilà tout.

Bobby songea à Willy Wonka, le personnage de Roald Dahl : à l'issue de la visite, Wonka léguait à Charlie Bucket sa magnifique chocolaterie, parce que seul Charlie s'en était montré digne. Bobby avait lu le roman à Rosa dans le bibliobus. L'un contre l'autre, leur souffle à l'unisson – elle inspirait quand il expirait.

— Quel dommage que vous n'ayez pas d'enfants ! déplora Val. Vous auriez pu leur transmettre le manoir, au moins.

Baron passa les doigts dans sa barbe, ses ongles se prenant dans les nœuds. Brusquement libérées, des miettes de pain tombèrent sur la table.

— C'est sûr, acquiesça-t-il. Mais la vie est ainsi faite. On n'y peut rien.

Joe se leva d'un bond. Les veines qui irriguaient son cou enflaient à vue d'œil. On aurait dit qu'il abritait une poignée de bonbons effervescents sous sa peau.

— Il faut que j'aille pisser, déclara-t-il abruptement.

— C'est au fond. La porte de droite, répliqua Baron en vidant son verre si vite que les glaçons n'eurent pas le temps de se dissoudre.

Il se resservit aussitôt et but à grands traits, faisant descendre le liquide ambré et vaguement graisseux dans sa gorge. Déjà maussade, son expression devint plus sinistre à chaque gorgée. Ses yeux s'enfoncèrent dans leurs orbites, comme happés par un trou noir. Sa mauvaise humeur se répercuta d'un mur à l'autre, et l'atmosphère se teinta d'une profonde tristesse, que Bobby perçut d'abord dans ses orteils. Puis il la sentit monter dans ses jambes, se propager à son ventre et à ses bras avant d'envahir l'intérieur de sa tête.

Joe revint, le visage ruisselant d'eau.

— Finalement, je crois que je vais prendre un whisky, annonça-t-il.

— À la bonne heure ! rétorqua Baron en s'en servant un autre.

Rosa et Val ouvrirent des boîtes de riz au lait, qu'elles firent chauffer dans une casserole au-dessus des braises, après y avoir ajouté du sucre roux. Captain survolait la scène, traversant le nuage de vapeur dans un sens, puis dans l'autre. Ils mangèrent rapidement, dès que ce fut bouillant. Val vit trembler les doigts de Joe autour de sa cuillère, qui tintait contre le bord du bol en fer-blanc.

— Tout va bien ? murmura-t-elle.

— Regardez-le ! répliqua Baron d'une voix forte. Il est en pleine forme !

Son accent écossais forcissait, lui aussi, à mesure que la soirée avançait. Joe posa sa cuillère sur la table, bout tourné vers leur hôte.

— J'imagine que vous n'avez pas mis les pieds dans certaines parties du manoir depuis des années, dit-il.

— Tout juste. Je ne suis même pas sûr de me souvenir de l'emplacement des différentes chambres.

— J'ai remarqué que le toit s'était effondré dans certaines pièces. Au sous-sol, on bute sur des racines. Il y a une chambre d'enfant, aussi, dans ce coin-là.

— Ah oui ? On ne s'en est jamais servi. C'est si grand, vous savez ! Grand et décati. Toutes les choses ont une fin, n'est-ce pas ? Que serait l'histoire sans les ruines de l'histoire ?

Les jointures de Joe blanchirent sous sa peau, comme un chien méchant retroussant ses babines pour révéler ses crocs.

— Vous pourriez le retaper. Il n'est pas trop tard.

— À quoi bon ? Je serai bientôt six pieds sous terre. Je ne peux guère emporter le manoir avec moi, pas vrai ?

— C'est si grand, ici ! Je trouve dommage que vous ne le partagiez pas.

— Je vous l'ai dit : je l'ai partagé avec ma femme.

— Et ensuite ? Puisque vous n'avez pas eu d'enfants…

Baron l'interrompit en laissant bruyamment tomber sa cuillère dans son bol. Le silence se fit.

— Que cherchez-vous à insinuer ? s'écria le vieil homme. Vous me jugez égoïste, c'est ça ? Égoïste et cupide ?

— Eh bien, je…

— La cupidité ! Drôle de mot, vous ne trouvez pas ? Ce qui est cupide pour vous ne l'est pas forcément pour moi. Qui vous dit que je ne suis pas dans mon bon droit ? La cupidité est le moteur du monde, c'est ce qui le fait avancer. On veut toujours plus d'argent, plus de terres, plus de biens que son voisin !

Baron se leva, oscillant à dix centimètres de sa chaise, pour se pencher vers Joe.

— Alors, d'après vous, qu'est-ce que la cupidité ?

Joe se raidit. Enfant, il avait peur de son père. Cette crainte lui revenait en mémoire. Bien qu'il essayât de s'en cacher, elle le sciait en deux. Sa carrure, son âge, sa force physique ne comptaient pour rien. Il redevenait un petit garçon effrayé dans l'ombre de son père.

— Je ne sais pas, dit-il d'une petite voix.

Val ne l'avait jamais vu dans un tel état.

— Je vous en prie, messieurs, intervint-elle, troublée par la tournure que prenait la conversation. Il me semble que vous avez beaucoup bu tous les deux, non ?

Baron ignora sa remarque. Val sentit sa peau se hérisser, traversée par la peur qui s'était emparée de Joe.

— Je vais vous répondre, reprit leur hôte. La cupidité est un désir intense et égoïste pour quelque chose qui ne vous appartient pas.

Il était si près de Joe que leurs visages se frôlaient. Pour la première fois, Bobby remarqua à quel point ils se ressemblaient.

— Ce manoir est à moi. Tout ce qui est ici, le parc, le zoo, la viande et les légumes que nous avons mangés, est à moi. Puisque ce sont mes possessions, vous ne pouvez pas me reprocher d'être cupide, n'est-ce pas ? La cupidité ne concerne que celui qui convoite le bien d'un autre. Ce manoir, par exemple.

Il toussa dans son poing fermé, avant d'ajouter :

— Alors, dis-moi, Joseph, qui est cupide ici ? Toi ou moi ?

Joe leva les yeux. Ceux de son père brillaient de rage.

— Tu m'as reconnu ?

Val et Bobby se figèrent, interdits. Baron ne se donna pas la peine de leur expliquer la situation. Il semblait même avoir oublié leur présence.

— À l'instant où je t'ai vu, assura-t-il.

— Tu n'as rien dit, pourtant.

— Bien sûr que non. Je pensais que tu en profiterais pour me présenter tes excuses.

— Mes excuses ?

— Pour ton accès de colère. Aurais-tu oublié ?

Si Joe avait intensément et égoïstement désiré quelque chose au cours de son enfance, c'était l'affection de son père. À force de piétiner devant la porte du zoo sans pouvoir y entrer, à force d'entendre les cris d'animaux dont il ne pouvait qu'imaginer la splendeur, il lui avait semblé que craquer une allumette l'aiderait peut-être à parvenir à ses fins. Il avait mis le feu à la paroi extérieure du labyrinthe. Le vent s'était chargé du reste, embrasant cent cinquante mètres de haies. L'incendie s'était arrêté de lui-même, lorsqu'il n'y avait plus rien eu à brûler.

— Je n'ai aucune raison de te présenter mes excuses, affirma-t-il.

Val posa une main sur son bras, mais Joe entreprit de desserrer ses doigts pour s'en libérer.

— Dans ce cas, répliqua Baron, tu souhaites peut-être que je m'excuse de t'avoir chassé de la maison ?

— Non, je…

— Tu m'en veux d'avoir confié un petit garçon coléreux, ingérable, imprévisible et dangereux à des gens qui pouvaient l'aider, veiller sur lui et sur sa sécurité ?

— Tu ne voulais pas de moi. Tu ne voulais pas que j'hérite du manoir. Tu ne voulais même pas que je porte ton nom.

— J'étais déjà un homme mûr, Joseph. Qu'aurais-je dû faire ? Tu m'en veux encore, n'est-ce pas ? Tu aimerais que je te demande pardon ?

Joe se redressa de toute sa hauteur.

— Je ne veux pas d'excuses.

— Alors, c'est bien ce que je pensais : de la cupidité pure et simple ! Tu es venu me réclamer le manoir et les terres. Tu es venu parce que tu veux t'approprier ce que tu désires intensément : mon titre de baron !

Il abattit son poing sur la table, éparpillant les miettes qui s'étaient massées là comme une assemblée de fidèles dans l'attente d'un sermon.

— Calmez-vous, je vous en prie, implora Val. Vous faites peur aux enfants.

— Pas de ça, femme, rétorqua Baron. Restez assise !

Il éructait, des bulles de salive plein la moustache. Bobby sentit ses cheveux se dresser sur sa nuque comme une couche de givre. Sa chemise était trempée de sueur.

— Ne lui parlez pas sur ce ton, fit-il.

— Dis donc, toi ! répliqua Baron en se laissant retomber sur sa chaise. Harry, ou Bobby si tu préfères, écoute-moi bien : il n'est pas né, le gamin qui me dictera ma conduite !

Joe promena son regard sur la table. Des cuillères. Des bols. Un couteau. Il se vit le plonger dans l'abdomen du vieil homme, faisant jaillir ses intestins. Méduses rouges frémissant sur le plancher, aussitôt englouties par Bert. Ses poings se mirent à trembler et les muscles de ses jambes se raidirent tandis qu'il se préparait à se jeter à la gorge de son père.

C'est alors que Bobby apparut dans son champ de vision. L'enfant secouait lentement la tête, paupières closes. Puis il les ouvrit, révélant des iris marron foncé qui avaient le pouvoir de calmer Joe comme rien ni personne n'y était parvenu avant eux.

— En tout cas, Joseph, reprit Baron en glissant une main mal assurée sous sa cape pour tirer son pistolet de sa poche, permets-moi de te dire que tu n'auras pas ce que tu convoites. Ces biens appartiennent à une famille dont tu n'as jamais fait partie.

Face à ce visage flétri par le chagrin, Joe fut saisi de compassion – un instant seulement.

— Tu n'as jamais été mon fils, Joseph ! assena le vieil homme. Tes liens avec cette famille se sont rompus avec la mort de ta mère.

Bobby poussa un cri perçant et s'élança hors de la pièce.

Un deux trois quatre cinq six sept. Un deux trois quatre cinq six sept. Un deux trois quatre cinq six sept. Le choc, le froissement de la tôle, le fracas de sa tête contre le pare-brise et le bruit de son corps lorsqu'il atterrit sur la voiture arrêtée devant eux – tout cela, il l'entendit très bien.

Bobby s'assit. Il passa ses mains le long de ses bras, sur ses jambes, dans ses cheveux : rien. Pas de coupures. Même pas une égratignure. Il attendit, sonné, qu'un flot de sang lui emplisse la bouche ou dépose au moins sa saveur métallique sur ses lèvres. Rien ne vint. Tout était calme. Il n'y a pas plus paisible que l'enfer.

Des morceaux de verre jonchaient la route ; plus loin, une plaque de tôle froissée s'était refermée sur un bout de caoutchouc brûlé. Un enjoliveur dansait sur le bitume. Bobby planait un peu, enivré par les émanations d'essence. La voiture où il se trouvait quelques secondes plus tôt s'était renversée en travers de la chaussée. Des pointes métalliques perçaient le nuage de fumée.

Bruce Nusku se faufila sous la portière tordue par le choc. Son nez s'était fendu, écrasé par l'airbag. Où était-il, exactement ? Il n'en était pas très sûr. Il toussa, une fois, deux fois, trois fois, puis se dirigea en chancelant vers le mur de béton qui longeait le bord de la route. Il s'assit dans la brèche qu'il avait ouverte en le percutant. Un petit ruisseau de sang zigzaguait à ses pieds.

Bobby fut saisi de compassion à la vue de son père, drapé dans ses vêtements rouges. Il avait envie de le serrer dans ses bras et de s'excuser pour ce qu'ils n'avaient pas encore fait, sa mère et lui.

Pourquoi attendre ? Il s'excusa. Là, sur la route.

— Je suis désolé, papa.

— Tu es désolé ? répéta Bruce. De quoi ?

Un flot de sang brûlant affluait vers la base de sa langue.

— Maman et moi, on avait décidé de s'enfuir en arrivant à la plage. On t'aurait demandé d'aller acheter des glaces et on serait partis très loin. Tu ne nous aurais jamais revus.

Bruce se frotta la tête, puis cracha une dent, qui atterrit de l'autre côté de la ligne blanche.

— C'est pas grave, dit-il. C'est pas grave.

Bobby contourna la voiture pour s'approcher de la portière passager.

— Maman ? Je lui ai tout raconté. J'avais juré craché, croix de bois, croix de fer, mais je lui ai tout raconté quand même.

Il tira sur la poignée. Sa mère glissa vers lui, retenue à son siège par la ceinture de sécurité. Elle était morte, comme le bébé qu'elle portait. Mais elle paraissait encore vivante, plus sereine qu'il ne l'avait jamais vue. Il l'embrassa sur les lèvres. Elles étaient douces comme une cerise tout juste cueillie.

La nuit était tombée. Une nuit que les nuages privaient d'étoiles. Le parc baignait dans l'obscurité, mais Bobby n'eut aucun mal à se repérer. Il courut en chaussettes à travers les herbes folles, enjambant les orties et les gros cailloux comme un athlète saute les haies. Quinze secondes pour atteindre la fontaine dressée au centre du jardin. De là, on entendait la cascade chahuter en contrebas. Puis vingt-quatre marches, grimpées deux à deux, pour parvenir au perron de l'aile est et à son entrée monumentale. Dans le hall, sept grands pas le long du mur, avec un arrêt à mi-chemin pour contourner la vieille horloge de parquet qui ne sonnait plus depuis des lustres. Il fallait ensuite traverser le grand salon, laisser de côté la rampe qui menait à l'office, puis s'engager dans la cage d'escalier en spirale. Six minutes et quarante-trois secondes plus tard, Bobby émergea dans le grenier. De là, il se glissa sur le toit par la brèche ouverte dans le plafond et se précipita vers ses archives, retenues à une grosse souche de cheminée par une longue corde détrempée.

Val, Joe et Rosa fouillaient désespérément le parc pour retrouver Bobby. Ils passèrent le zoo au peigne fin. Truffe au sol, Bert se dirigea vers une des cages, certain d'avoir discerné l'odeur de l'enfant. Il se figea devant les barreaux, déconcerté : les effluves persistants du lion l'avaient induit en erreur. Rosa s'assura que Bobby n'était pas dans le vivarium. Val inspecta le petit bâtiment dévolu aux insectes. Joe entra dans chaque cage, soulevant les balles de foin moisies dans l'espoir de trouver le garçon dans l'une des alcôves qui abritaient autrefois des ours et des singes la nuit. En vain. L'enfant demeurait introuvable.

Joe se dirigeait vers l'entrée du labyrinthe quand Rosa se mit à crier.

— Bobby Nusku ! Bobby Nusku !

L'intéressé se tourna vers le parc. Ses yeux ronds comme ceux d'un hibou étaient passés en mode nocturne. Il voyait aussi clairement qu'en plein jour. Il se campa sur le toit, mains sur les hanches, jambes écartées. Vingt-cinq mètres le séparaient du sol.

— Non ! clama Val. Attends-moi.

Il vit bouger ses lèvres et eut envie de les embrasser. Pour savoir si elles étaient différentes de celles de sa mère. Val s'élança vers la porte tandis que Joe se postait au pied du manoir afin de rattraper Bobby, au cas où.

Quelques minutes plus tard, Val se hissait sur le toit, à bout de souffle.

— Bobby, dit-elle, ne reste pas si près du bord.

— Elle est morte, répliqua-t-il.

Il leva son poing fermé sur la cordelette nouée autour des sachets de cheveux, et la fit tournoyer au-dessus de sa tête comme une hélice. Elle fendit l'air, imitant le chuintement des pales. Bobby desserra les doigts. La cordelette et tout ce qu'elle retenait (les cheveux, les bouts de tissu, les listes de chiffres) survolèrent le jardin avant de s'abîmer, avec un crash retentissant, dans les profondeurs du labyrinthe. Bobby ne flancha pas. La lune fit scintiller ses larmes, qui sillonnaient ses joues comme des traces de vers luisants.

Aucune histoire ne finit jamais vraiment. Du mal peut sortir un bien et inversement, mais rien ne s'arrête. Comme dans la vie.

Val se tenait derrière lui. Bobby se laissa tomber dans ses bras. Son petit garçon.

Vingt-cinq mètres plus bas, Joe poussa un grand soupir de soulagement. Rosa lui tenait la main.

— Je t'aime, dit-elle.

Il comprit soudain à quel point il était différent de son père. L'homme qu'il était devenu n'avait rien de commun avec Baron. Le moule avait été cassé. Pour la première fois de sa vie, Joe sentit une pointe d'orgueil lui entailler la gorge. Baron avait vu juste. Ils n'appartenaient pas à la même famille.

Joe décida de ne pas attenter à sa vie. Il existait des châtiments pires que la mort. Être laissé seul dans ce vaste manoir, privé du seul amour qui lui restait, le tuerait à petit feu.

Il vit comme un éclair au-dessus de lui, à la périphérie de son champ de vision. Intrigué, il leva les yeux vers le toit. La silhouette sombre de Bobby avait disparu, mais quelque chose – ou quelqu'un ? – venait de bouger, agité par le vent. En bon sniper, il patienta, le regard fixé sur les tuiles et les cheminées. Il finit par repérer ce qu'il cherchait.

— Regarde, dit-il à Rosa en pointant le doigt vers la gouttière. Il y a un truc là-haut… Tu le vois ?

Rosa suivit la ligne de son bras tendu.

— Oui, acquiesça-t-elle. Je le vois.

— Qu'est-ce que c'est, d'après toi ? Ce stupide perroquet ?

— Moi, je sais ce que c'est.

— Alors, dis-le-moi.

— C'est un fil.

À peine avait-elle prononcé ces mots que l'objet en question émit un scintillement : c'était un fil de cuivre qui partait du toit et se dirigeait vers l'autre côté du manoir, là où Baron ne les avait pas emmenés lorsqu'il leur avait fait visiter le domaine. Là-bas, près de la ligne d'horizon, un pylône brillait sous la lune, dressé vers le ciel telle une lance métallique. Puis un autre, et encore un autre, qui tous transportaient la voix de son père vers le sud, là où la civilisation attendait depuis plus de vingt ans des nouvelles de Baron, ex-gardien du zoo situé le plus au nord du pays.

Il avait le téléphone.

16

L'OISEAU

Le temps que Joe et Rosa regagnent la cuisine de l'aile ouest, Baron n'y était plus.

— Nous devons partir, déclara Joe. Le plus vite possible.

Rosa ne fit aucun commentaire, mais elle entreprit de rassembler ses affaires, signe qu'elle avait compris. Quand Val et Bobby les rejoignirent, ils s'étreignirent tous quatre, pressant leurs têtes l'une contre l'autre. Joe dut s'agenouiller et plier le cou pour se mettre à la hauteur de Bobby.

— Tout va bien ? demanda-t-il.

Bobby acquiesça.

— Vraiment ? insista Joe en se redressant.

Il semblait plus grand, comme si une nouvelle partie de son corps venait de s'ajouter aux autres.

— Écoutez-moi, reprit-il. Nous devons partir d'ici le plus vite possible. Rassemblez tout ce qui vous appartient. Laissez le reste. Nous n'en aurons pas besoin.

— Baron est ton père ? s'enquit Val.

— J'aurais dû te le dire plus tôt.

Elle posa sa joue contre le torse de Joe, là où tambourinait son cœur.

— Ce n'est pas tout. J'ai autre chose à te raconter, avoua-t-il.

Il s'interrompit. Bert venait de grogner sourdement. Le chien s'élança vers la porte de gauche, au fond de la pièce, et se mit à gratter le rai de lumière qui filtrait sous le battant. Une voix familière s'éleva aussitôt de ce qui était, d'après Baron, un placard à balais.

— Visiteurs !

Le placard était verrouillé, mais Joe tira sur la porte avec une telle force que les huisseries cédèrent, emportant avec elles les vis qui retenaient le battant. Il s'ouvrit à la volée, dévoilant une chambre deux fois plus grande que la cuisine où Baron prétendait passer ses nuits.

— Visiteurs !

Ils levèrent les yeux. Captain déchiquetait une poutre à coups de griffes, envoyant valser les copeaux à travers la pièce. Le sol disparaissait presque entièrement sous des colonnes de vieux journaux aux pages jaunies et humides. Poussées les unes contre les autres, elles formaient une masse compacte que traversait une venelle permettant de circuler d'un meuble à l'autre. Des pièces de monnaie et des liasses de billets de banque étaient éparpillées un peu partout. Un énorme téléviseur, réglé sur une chaîne d'information, se dressait contre le mur du fond, près d'un vieux transistor grésillant et couvert de poussière.

— Entrez ! s'écria Baron.

Assis dans un grand fauteuil en cuir installé au centre de la chambre, il se carra contre le dossier, la main posée sur le combiné du téléphone qui oscillait sur sa cuisse.

— J'espère que le petit s'est calmé. Ce n'est bon pour personne de se mettre dans des états pareils.

Val se prépara à voir une photo d'elle-même apparaître sur l'écran du poste de télévision, sur lequel passait l'enregistrement d'une émission consacrée à leur disparition. Armé d'une télécommande, Baron faisait avancer et reculer la bande à vive allure. Elle s'était souvent interrogée sur la manière dont on la décrivait dans le monde réel, bien différent de celui qu'elle avait recréé avec Rosa et Bobby. Une voleuse d'enfant ? Une femme cruelle et perverse ? Un monstre, sans aucun doute. Quelle image les journalistes diffusaient-ils ? Dix ans plus tôt, quand elle avait dû renouveler ses papiers d'identité, le flash du Photomaton n'avait pas fonctionné correctement. À demi éclairé, son visage s'était doublé d'une ombre démesurée projetée sur la paroi du fond. Le cliché obtenu produisait une impression sinistre, en parfait accord avec sa situation personnelle : le père de Rosa les avait quittées peu de temps auparavant, et Val s'était souvent demandé si le portrait, bien que raté, ne reflétait pas très exactement ce qu'elle était à l'époque : une femme poursuivie par les ténèbres.

Contrairement à ce qu'elle s'était imaginé, ce ne fut pas cette photographie qui apparut à l'écran, mais celle de Joe. Ou, plus exactement, celle de « Joseph Sebastian Wiles », comme l'indiquait le bandeau qui défilait sous son portrait. Un homme aux cheveux coupés ras, au menton et aux joues glabres. Baron figea l'image d'un geste brusque. Joe avait été photographié contre un mur, lui aussi, mais celui-ci était gradué pour indiquer sa taille. Un mètre quatre-vingt-quinze. Il lui paraissait encore plus grand, à présent. Penché vers elle, il ne cessait de murmurer : « Je voulais te le dire avant, Val. Je t'assure ! »

Elle enlaça Rosa et Bobby et les attira contre elle, soucieuse de se dresser entre eux et l'homme qui, sur l'écran de télévision, était vêtu d'un treillis militaire.

Baron relança la lecture de la cassette. Après le gros plan sur le visage de Joe (dépourvu du sourire et du regard pétillant de bonheur que Val chérissait) vinrent des images que Bobby reconnut, filmées depuis un hélicoptère qui tournoyait au-dessus d'une grange dans la campagne. Puis ce fut au tour du fermier d'occuper l'écran : perturbé par les caméras, l'homme se frottait le front en jetant des regards craintifs vers la haie de son jardin. Enfin, ils virent apparaître l'inspecteur Jimmy Samas, qui semblait bien trop jeune pour une mission de cette importance.

« Wiles, qui s'est évadé du centre de détention militaire… »

Val laissa échapper un cri de stupeur.

— Vous ne le saviez pas ? Mon Dieu ! Vous ne le saviez pas ! s'exclama Baron avec jubilation. Eh bien, Joseph, il semblerait que tu n'aies pas raconté toute l'histoire à ta bonne amie… Il faut dire qu'elle n'est pas innocente non plus – n'est-ce pas, Valerie ? Quel beau duo vous formez, tous les deux ! Et quel pactole pour votre capture !

« Enfant instable et difficile, Wiles a connu plusieurs familles d'accueil avant de passer son adolescence dans des centres de redressement pour mineurs… »

— Je crois que ton amie a le droit d'en savoir plus sur ton sale caractère, Joseph. Il semble que tu ne t'en sois jamais départi. Quel dommage ! Je les avais avertis, pourtant. Le jour où ils sont venus te chercher, je leur ai dit – je m'en souviens très bien – : « Petit problème deviendra grand ! »

Joe se pinça les tempes entre le pouce et l'index. Il s'était assis machinalement sur un jaguar empaillé, au corps lustré par les années.

— Qu'as-tu fait, exactement ? demanda Val.

Elle serra plus fort les enfants contre elle, mais Bobby bomba le torse et vint se camper devant Joe, prêt à la défendre.

— Il a réduit le cerveau d'un type en bouillie, répondit Baron.

— C'est faux ! protesta Joe.

— Bien au contraire, dit le vieil homme. Il n'y a rien de plus vrai. Et ce n'était pas n'importe quel type, en plus ! Il s'agissait de son lieutenant, rien de moins.

— Tu as tué quelqu'un ? murmura Val.

— Non, assura Joe.

Baron éclata de rire.

— Dégradation et renvoi immédiat de ton corps d'armée, tribunal, puis prison militaires, énuméra-t-il. Que te faut-il de plus ? Bien sûr, quand j'ai découvert, en regardant les informations, que tu t'étais évadé, j'ai su que tu viendrais me trouver. Je pensais même que tu viendrais plus tôt. Et maintenant te voilà. Que de colère dans l'enfant que tu étais… Et que de colère dans l'homme que tu es devenu !

Joe soupira.

— C'est faux. Je n'ai tué personne. J'ai sauvé quelqu'un.

Par une étrange ironie du sort, le lieutenant Brass était rapidement devenu pour Joe une sorte de figure paternelle – ou du moins celui qui s'en approchait le plus parmi ses connaissances. Non que Brass lui eût prodigué la moindre affection (austère et désagréable, il en était incapable), mais il savait se montrer constant, ce que Joe porta à son crédit : ballotté toute son enfance de familles d'accueil en centres de redressement, il avait principalement souffert d'un manque de stabilité. C'était d'ailleurs la raison pour laquelle il s'était engagé dès sa majorité : l'armée lui paraissait susceptible de lui inculquer la discipline et de l'aider à se contrôler lorsque la colère lui montait à la tête. Et il ne s'était pas trompé : de la constance, le lieutenant Brass lui en avait offert à la pelle. Il avait commencé à perdre pied lorsqu'ils étaient arrivés en Irak. Dix mois à côtoyer la mort, du sable plein les yeux, avaient accentué son sale caractère. Et emporté sa raison, vaincue par la mécanique barbare de la guerre. Brass avait basculé dans la folie un jour d'été, alors qu'ils étaient postés sur un toit de Bagdad chauffé par un soleil impitoyable.

— Il voulait que je tire sur un gamin qui passait dans la rue. Il me hurlait dessus pour que j'appuie sur la détente. Que je l'exécute. Un gamin !

Joe sentait encore la pression du chargeur contre son épaule. Fermant les yeux, il revit le réticule de la lunette et, en gros plan, le duvet noir qui couvrait la lèvre supérieure de l'adolescent.

— Le gosse n'était pas armé. Alors, j'ai refusé. J'ai refusé de tirer. Le lieutenant était furieux, d'autant que les autres gars de l'unité n'en perdaient pas une miette. Brass s'est jeté sur moi pour me frapper.

Baron cracha, maculant le plancher d'un jet de salive brune.

— Mensonges ! Tu n'es qu'une bête sauvage. Tu l'as toujours été. Bon à enfermer. Je n'ai rien de commun avec toi.

— Ne l'écoute pas, fit Joe à Val. Je te dis la vérité.

Le lieutenant l'avait roué de coups sous le regard horrifié des autres soldats. Pétrifiés, ils n'avaient pas fait un geste pour le secourir ni pour empêcher Brass de s'emparer de la mitraillette de Joe, qu'il avait pointée lui-même vers le gamin.

Brass avait tiré, mais Joe avait tendu la main, écartant le canon au dernier moment. Ivre de rage, le lieutenant avait alors tourné l'arme vers Joe.

— Je l'ai frappé, reprit-il. Une seule fois. Mais j'ai visé juste.

Brass avait lâché la mitraillette et s'était effondré en travers du torse de Joe comme une marionnette dont on aurait coupé les fils. Ses yeux grands ouverts ne reflétaient que du vide.

Le gamin s'en était tiré. Pas le lieutenant. Joe avait éprouvé un sentiment similaire à celui qui l'avait traversé lorsqu'il avait regardé brûler le labyrinthe des années plus tôt : le monde tel qu'il le connaissait venait de changer radicalement sous ses yeux. Désormais, plus rien ne serait pareil. Il savait que le souvenir de ces quelques instants le hanterait toute sa vie.

— Tu l'as tué ? souffla Val.

— Non, assura Joe, les yeux brillants de larmes. Il est toujours vivant.

— Vivant ? répéta Baron. Tu appelles ça vivre ? Ce pauvre type est un légume en chaise roulante !

— J'ai sauvé le gamin ! protesta Joe. Je l'ai sauvé !

Val s'approcha de lui. Elle enveloppa ses joues de ses mains et lui caressa la nuque du bout des doigts avec une douceur qu'il n'avait jamais connue.

— Je n'avais pas l'intention de le blesser. Je voulais me défendre, c'est tout.

— Je sais, dit-elle. Je sais.

— Allons ! s'emporta Baron. Vous n'allez tout de même pas lui pardonner ? Joseph est un sale type, vous m'entendez ? Un dangereux criminel.

Le canon de son pistolet lui glaçait la cuisse.

— Ta tête est mise à prix, reprit-il à l'adresse de son fils. Comme quoi, j'ai bien fait de me débarrasser de toi il y a des années ! Je ne l'ai jamais regretté, crois-moi. J'ai dormi sur mes deux oreilles le soir de ton départ. Et toutes les nuits qui ont suivi.

Il mentait. Rongé par la culpabilité, il avait bien souvent perdu le sommeil au fil des années. Le remords le taraudait encore en cet instant même, tandis qu'il regardait son fils pleurer dans les bras de Val. Au fond, il était jaloux. Et cette jalousie ne faisait qu'accroître sa colère.

— Et vous, ma petite dame, lança-t-il à l'adresse de Val, vous vous croyez innocente ? Seule une personne comme vous pourrait pardonner à un homme comme lui !

— Ça suffit, grogna Joe. Tais-toi, maintenant.

— Une femme qui a enlevé un petit garçon à son père…

— Tais-toi, j'ai dit !

Joe se redressa. La rage reprenait le dessus, séchant ses larmes. Il était en nage, malgré le froid ambiant.

— Sais-tu que cette femme a laissé ce pauvre gamin dans l'ignorance ? poursuivit Baron. Elle ne lui a même pas dit que sa mère était morte, alors qu'il se trimballe depuis le début du voyage avec un bocal rempli de ses cheveux !

— Tais-toi !

Joe avait crié, cette fois. Déjà, il imaginait la joie qu'il éprouverait à arracher les amygdales de son père, à sentir son sang couler entre ses doigts. Quel plaisir ce serait d'assister à ses derniers instants !

— Tue-moi, ordonna Baron.

— C'est ce que je vais faire, répliqua Joe.

— Tue-moi, Joseph, répéta le vieil homme. C'est pour ça que tu es venu, non ?

Joe crut entendre le bruit que feraient les os de son père lorsqu'ils se briseraient sous ses poings. Il saisit Baron par le cou.

— Arrête ! cria Bobby.

Joe s'immobilisa, les doigts serrés sur sa prise.

— Ne fais pas ça, insista l'enfant. Tu n'as rien de commun avec Baron, tu entends ? Ce n'est pas ton père, puisque tu ne lui ressembles pas.

Joe regarda l'enfant qui se dressait près de Val. Puis il regarda la fillette et le chien. À leur manière de se tenir les uns près des autres, on aurait dit qu'ils posaient pour une photo de famille destinée à être joliment encadrée et accrochée au-dessus d'une cheminée. Ils avaient laissé un espace derrière eux afin qu'il puisse se joindre à leur petit groupe. Vaincu par l'émotion, il lâcha Baron.

— Allons-nous-en, déclara Val.

Baron avait mal au cœur. Il porta son verre à ses lèvres, mais parvint à peine à avaler une gorgée de whisky. Il se leva, sortit le pistolet de sa poche et se dirigea en chancelant vers ses hôtes qui s'étreignaient au fond de la pièce.

Rosa était au bord de la crise de nerfs. La dispute qui avait éclaté entre les adultes l'avait rendue nerveuse. Elle pinçait depuis un moment la chair tendre de ses hanches, faisant rougir des cercles de peau sous ses doigts. Ce faisant elle avait, pour la première fois de sa vie, réussi à dissimuler, et même à contenir sa colère. Elle la laissa exploser à l'instant où Baron se faufilait derrière Joe, son arme à la main. Furieuse, Rosa bondit, l'agrippa par la taille et le fit basculer sur une pile de vieux journaux et de pièces de monnaie retirées de la circulation depuis des lustres.

Un moment plus tard, Baron assistait impuissant à leur départ. Souffle coupé, mains sur les côtes, il fut incapable de rappeler Captain, qui avait quitté son perchoir pour se poser sur l'épaule de Joe. Seul un râle sortit de sa gorge lorsque son fils disparut, emportant l'oiseau avec lui.

La police arriva quarante minutes plus tard, après un trajet interminable sur des routes exemptes de tout véhicule – hormis un gros camion blanc auquel personne ne prêta attention. Le manoir de Baron n'était pas facile à localiser. Baron lui-même leur parut d'abord introuvable : il leur fallut trente minutes supplémentaires pour fouiller les pièces une à une avant de le découvrir dans sa chambre, les yeux rivés au plafond. Il n'avait pas bougé depuis le départ de ses hôtes.

— Vous êtes sûr de ce que vous dites ? lui demanda l'inspecteur Jimmy Samas en arrivant sur les lieux.

Il peinait à croire que ce vieillard fût, à ce jour, la meilleure piste qu'il ait dénichée. De son côté, Baron ne se donna même pas la peine de cacher son déplaisir à l'idée d'être interrogé par un tel freluquet.

— Évidemment ! rétorqua-t-il.

— Et vous affirmez que cet homme était avec les autres disparus ?

— Oui. La femme et les gamins du bibliobus. On ne parle que d'eux aux infos depuis des semaines. Vous feriez bien de vous y intéresser, non ?

L'inspecteur Samas avait l'habitude d'être traité avec condescendance par ses aînés. Ce type d'attitude commençait à l'agacer, mais il réussissait à s'en accommoder. Les remarques les plus paternalistes glissaient sur lui. Ce qu'il ne supportait pas, en revanche, c'était le mensonge.

— Comment est-ce possible, d'après vous ? s'enquit-il.

— Aucune idée. C'est vous qui menez l'enquête, pas moi.

À l'heure qu'il était, Samas aurait dû se trouver chez lui devant un bon film, avec sa compagne enceinte, les jambes bien au chaud sous leur couette garnie de plumes d'oie.

— Et vous n'avez pas vu le bibliobus ?

— Non.

— Il se peut donc qu'ils ne soient pas repartis avec ?

— Comment voulez-vous que je le sache ? Ils se sont peut-être jetés dans le lac ! Surtout si ce dingue de Wiles était au volant… Ça ne m'étonnerait pas de sa part, d'ailleurs. Histoire d'en finir, et de les entraîner avec lui dans sa chute. Tout ça parce qu'il n'a pas réussi à m'abattre. Quand Wiles est en colère, il est incapable de se contrôler, je vous l'ai dit. Enfin… Vous n'avez qu'à draguer le lac, si ça vous chante. Vous les retrouverez peut-être !

L'inspecteur referma son bloc-notes et promena un regard autour de lui. Il ne lui restait plus qu'une seule question, Dieu merci. Il était pressé d'en finir.

— Monsieur…

— Baron. Appelez-moi Baron, ça me suffira.

— Entendu. Baron, avez-vous un lien de parenté ou d'amitié avec Joseph Sebastian Wiles ?

Baron passa consciencieusement sa langue sur ses molaires et finit par déloger une miette de pain rassis.

— Non, mentit-il.

Et il l'avala.

17

LE ROBOT
(DEUXIÈME PARTIE)

Joe roula vers le sud pendant vingt-quatre heures d'affilée. La police n'était pas à la recherche d'un chauffeur de poids lourd seul dans un camion et, même si elle l'avait été, il lui aurait fallu le retrouver parmi les milliers d'autres semi-remorques qui encombraient les autoroutes britanniques. Ce trajet lui laissa amplement le temps de penser à Baron, envers lequel, pour la première fois de sa vie, il n'éprouvait strictement rien. Il n'avait pas l'impression que le vieillard était mort : il lui semblait qu'il n'avait jamais existé. Son nom occupait un espace vide. Plus Joe le sondait, plus il se heurtait au néant. L'amour, la haine, et tout ce qui se trouve entre ces deux pôles, n'y avaient aucune place.

Son seul moyen de communiquer avec Val, Rosa et Bobby résidait dans le poste de radio relié à un récepteur à l'arrière du bibliobus, où tous trois se cachaient, plongés dans des livres du matin au soir.

Bert passait son temps à contempler Captain, niché au sommet des rayonnages, au-dessus des ouvrages de zoologie. Val, qui l'observait depuis un moment, se demanda à voix haute s'il n'avait pas perdu l'appétit.

— C'est ridicule, répliqua la voix de Joe dans la radio. Les chiens ne tombent pas amoureux.

— Peut-être, mais je t'assure que c'est vrai : Bert n'a plus d'appétit depuis quelques jours.

Elle posa le sandwich qu'elle venait d'entamer. Elle-même ne mangeait plus grand-chose. Leur capture lui paraissait désormais inévitable. Restait à savoir quand et comment elle se produirait. Puis viendrait la séparation – alors qu'ils venaient tout juste de se rencontrer ! À choisir, elle aurait préféré que leur histoire s'arrête à cet instant précis, puisqu'ils étaient encore ensemble, réunis dans l'espace clos du bibliobus.

Chaque fois qu'il terminait un livre, Bobby le glissait par le vasistas entrebâillé des toilettes. L'ouvrage tombait sur la route, formant avec ses prédécesseurs une série d'histoires menant au-delà de la frontière avec l'Écosse. Val le laissait à son chagrin. Elle savait qu'il faisait le deuil de sa mère. Elle respectait son désir de solitude, mais elle souffrait de le voir entrer dans ce long tunnel, dont il ne verrait peut-être jamais la fin. Le deuil est un point fixe dont on ne peut que s'écarter sans jamais le voir disparaître complètement à l'horizon. Malgré tout, chaque minute écoulée depuis leur départ du manoir, chaque kilomètre parcouru éloignait Bobby de la source de son chagrin. Il lisait sans discontinuer, même lorsque Joe empruntait de mauvaises routes de campagne pleines de nids-de-poule. À chaque cahot, les murs métalliques du bibliobus se mettaient à trembler et les ouvrages sautaient des étagères comme des oisillons apprenant à voler.

Ce fut Rosa qui, la première, brisa l'isolement dans lequel Bobby s'était reclus. Elle vint s'asseoir près de lui avec un bloc de papier et sa trousse remplie de crayons de couleur.

— Veux-tu jouer avec moi ? demanda-t-elle.

— Non.

Il relut le premier paragraphe de la page ouverte devant lui. *Chitty Chitty Bang Bang : l'auto-magique*, de Ian Fleming. Coincée dans un embouteillage, la fantastique création de Caractacus Potts n'avait qu'à déployer ses immenses ailes mécaniques pour échapper aux ennuis. Si seulement le bibliobus pouvait faire pareil ! songea Bobby. Cachés dans les nuages, ils parviendraient enfin à semer leurs poursuivants.

— Bobby Nusku, veux-tu jouer avec moi ? répéta Rosa.

Il se tourna vers elle. La feuille de papier était couverte de leurs noms entrelacés, comme elle avait l'habitude de le faire, mais son écriture était bien plus lisible. Il se pencha. *Bobby Nusku Rosa Reed Val Reed Joe Joe Bert.* Les lettres formaient de jolies boucles sous les lignes tracées pour les accueillir. En outre, Rosa avait employé un stylo à encre noire du plus bel effet. À certains endroits, les mots se cognaient les uns dans les autres, ou se retrouvaient tête-bêche, comme s'il en allait de leur survie.

— À quoi veux-tu jouer ? demanda Bobby.

— Je ne sais pas, répondit-elle.

Rosa ne prévoyait jamais rien. C'était une de ses nombreuses qualités. Elle rappelait à Bobby que leur aventure n'était pas encore terminée, loin de là.

— Je sais où aller, annonça soudain Bobby.

Val, qui écoutait distraitement Joe chantonner dans le poste, coupa le son et tourna la tête vers lui. Il avait changé depuis leur rencontre : il était plus costaud, et ses traits s'étaient affûtés.

— Qu'est-ce que tu viens de dire ? demanda-t-elle.

— Je sais où nous serons à l'abri, répondit-il posément.

Sa carapace se fendillait, dévoilant les premiers signes de l'homme qu'il deviendrait bientôt.

— Vraiment ? fit-elle, étonnée.

— Oui, vraiment.

Un large sourire aux lèvres, il plongea la main dans la poche arrière de son jean et en sortit un morceau de papier froissé qu'il tendit à Val. Elle le lut, puis acquiesça. Ils avaient si peu de perspectives que celle-ci lui paraissait aussi bonne qu'une autre.

Ils arrivèrent sur la côte sud de l'Angleterre en début d'après-midi. En ville, quelques mouettes maladroites se disputaient les reliefs d'un repas, emportés sur les toits. Un hypermarché venait d'ouvrir en lisière de l'agglomération, précipitant les petits commerces du centre vers la faillite. Les habitants ne s'étonnaient plus de voir surgir d'énormes camions de livraison dans leurs rues tranquilles. Joe arrêta le bibliobus derrière une rangée de garages abandonnés, non loin de l'artère principale.

Il se pencha vers l'émetteur radio.

— On y est, annonça-t-il d'une voix lasse, avant de s'endormir sur la banquette en Skaï.

Le marchepied se déroula sous la porte de la bibliothèque, tandis que Bobby, debout dans l'encadrement, plissait les yeux pour se protéger du soleil.

— Attendez-moi ici, dit-il à Val. Je n'en ai pas pour longtemps.

Il longea un sentier envahi de mauvaises herbes et déboucha dans une rue étroite. Saisi d'une légère appréhension – il était seul dans un espace public pour la première fois depuis des mois –, il traversa pour rejoindre le trottoir opposé, où se dressaient une rangée de pavillons sans charme. Celui qu'il cherchait se trouvait à l'extrémité, l'air plus désolé que ses comparses. Plusieurs ardoises étaient tombées du toit, lui donnant l'apparence d'une bouche édentée ; la cheminée de travers évoquait un mégot de cigare. Bobby s'approcha de la porte et frappa nerveusement à trois reprises.

Quand Sunny Clay ouvrit, son visage inerte ne trahit aucune émotion. On aurait dit un totem sculpté dans un tronc d'arbre. Mais Bobby devina au son de sa voix (qui grimpa d'une octave) à quel point son ami était content de le voir.

— Ça alors ! Bobby Nusku !

Ils s'étreignirent chaleureusement, puis Sunny ferma la porte derrière lui pour que sa mère ne se doute de rien.

— Ça alors ! répéta-t-il dans un murmure. Qu'est-ce que tu fais là ?

— Tu m'avais demandé de venir te chercher.

— C'est vrai, mais à l'époque tu n'étais pas une célébrité.

— Je suis connu, alors ?

— Plus que ça. On ne parle que de toi !

— Je suis content de te voir, Sunny.

— Moi aussi.

— T'es *vraiment* content ?

— On verra ça plus tard.

Son ami le prit par le coude pour l'attirer à l'intérieur. Ils filèrent à l'étage et s'enfermèrent dans la chambre de Sunny. Longue et étroite comme une boîte à chaussures, elle semblait glacée – et pour cause : les murs de brique n'avaient pas été enduits. Quelques posters accrochés de travers surveillaient le combat auquel se livraient au sol plusieurs figurines en plastique abîmées par l'usage.

Bobby sortit un paquet de sa poche arrière et le tendit à Sunny, qui déchira le papier. C'était un exemplaire du *Géant de fer*, de Ted Hughes.

— Je voulais t'offrir un cadeau, expliqua Bobby. Pour te remercier.

— De quoi ?

— D'être devenu un cyborg. Ce n'était pas facile, mais tu l'as fait. Tu as réussi.

Sunny venait de passer un été solitaire, suivi d'un automne morne et ennuyeux. Il n'avait pas d'amis dans sa nouvelle ville, et peinait à entrer dans les bonnes grâces de ses camarades de classe, auxquels il ne pouvait pas sourire. Il avait l'impression d'être une larve incapable de sortir de son cocon. Pire encore, les résultats de sa métamorphose s'étaient révélés décevants, voire déplaisants. Il souffrait de maux de tête et n'avait pas recouvré ses forces dans son bras et sa jambe, qui lui faisaient encore mal. Les mois écoulés l'avaient contraint à regarder la réalité en face : il n'était pas un cyborg, mais un garçon bourré de métal.

Le manque que l'absence de Bobby avait creusé dans sa vie lui avait confirmé son échec. Ce manque se répétait jour après jour. La douleur le vrillait comme une perceuse. Or les cyborgs ne ressentent pas ce genre d'émotions. Dépourvus d'affect, ils ne sont pas programmés pour les regrets. Sunny s'était vite rendu à l'évidence : il ne s'était pas métamorphosé. À présent, Bobby se tenait devant lui, fermement convaincu du succès de leur entreprise. Sunny ne voulut pas le décevoir. Il était son meilleur ami, mais aussi son garde du corps. Il s'était engagé à le protéger, et il tiendrait parole.

— Bien sûr que j'ai réussi ! dit-il.

— Comment te sens-tu ?

— Bien.

— Plus fort ?

Il haussa les épaules en signe d'assentiment.

— Dois-tu encore manger de temps en temps ? reprit Bobby.

— Parfois. Mais seulement en cas d'urgence, pour recharger mes batteries.

Bobby fit craquer les jointures de ses doigts. Comment aurait-il pu soupçonner que Sunny lui mentait ? Lorsque l'apprenti cyborg s'exprimait, son visage demeurait de marbre.

— Bon, fit Bobby. J'ai une mission pour toi.

Sunny s'assit par terre près de son lit. Il s'empara d'un robot en plastique, tourna la clé dans son dos et le regarda se diriger vers la porte.

— Une mission ? répéta-t-il. Je t'écoute.

— Nous aimerions que tu nous protèges, mes amis et moi.

— Vous protéger de qui ?

— De la police.

— Ils prétendent que tu as été enlevé.

— C'est faux. Je suis parti à l'aventure.

— Il y a beaucoup de gens qui te cherchent, tu sais.

Bobby s'assit sur la moquette et passa un bras autour des épaules de Sunny. Il était plus grand que lui, à présent. Il s'en aperçut, et mesura d'un coup à quel point il avait changé ces derniers mois. Il se figea, saisi d'une impression étrange, comme s'il avait soudain le pouvoir de remonter le temps.

— Je sais.

Le vrombissement d'un moteur leur parvint aux oreilles. La mère de Sunny venait de brancher l'aspirateur.

— Qu'est-ce qui t'est arrivé, en fait ? demanda Sunny.

Bobby ferma les yeux et entreprit de raconter toute l'histoire. Il choisit ses mots avec soin, de manière qu'ils puissent tous deux la comprendre. Val avait raison, en fin de compte. Les aventures n'arrivaient pas que dans les livres. Tout le monde y avait droit, même les gamins comme lui.

18

UN CONTE POUR ENFANTS (PREMIÈRE PARTIE)

Il était une fois un Enfant qui tentait de concevoir une formule magique pour ramener sa mère à la vie. Pour ce faire, il gardait dans ses poches trente mèches des cheveux de la disparue, douze gouttes de son parfum, et vingt-cinq morceaux de tissu découpés dans ses robes.

Le plus difficile, c'était de pratiquer la magie. L'Enfant vivait dans une petite maison, sur une île qu'il ne pouvait aborder qu'en franchissant un pont en bois branlant. Sous le pont vivaient l'Ogre et sa petite amie. Ils n'aimaient pas l'Enfant et se montraient cruels avec lui. L'Ogre était si cruel qu'il avait tué la mère de l'Enfant. Si l'Ogre découvrait la formule magique que préparait l'Enfant, il se fâcherait tout rouge. Il avait déjà tué une fois la mère de l'Enfant. Il n'était pas question qu'il la tue à nouveau.

Pour se prémunir contre l'Ogre, l'Enfant se mit à construire un robot. Ce serait le robot le plus fort de tout l'univers. Il commença par fabriquer les jambes, parce que, sans jambes, un robot ne peut ni tenir debout ni marcher. Quand les jambes furent achevées, l'Enfant fabriqua les bras, parce que, sans bras, un robot ne peut ni saisir des objets ni les déplacer. Enfin, il entreprit de construire la tête, parce que, sans tête, un robot ne peut rien faire du tout.

C'est difficile de construire la tête d'un robot. Il faut beaucoup de fils électriques, d'interrupteurs et de boutons. C'est tellement difficile de construire la tête d'un robot que l'Enfant commit quelques erreurs. Quand il assembla les différentes pièces, les yeux du robot ne lancèrent pas d'éclairs comme il l'aurait voulu. Tandis qu'il cherchait à résoudre ce problème, un autre événement effroyable se produisit.

On lui vola son robot.

Désormais, plus personne ne le protégerait de l'Ogre. Quand on est triste et seul, il n'est pas très agréable de devoir emprunter le pont d'un ogre pour arriver chez soi.

L'Enfant erra longtemps dans les rues. Il n'avait nulle part où aller. Finalement, il s'assit près d'un grand buisson vert et mangea quelques-unes des délicieuses baies poussant sur ses branches.

Soudain, il entendit un bruit qu'il n'avait jamais entendu auparavant : le clip-clop des sabots d'un cheval. Le cheval s'immobilisa devant le buisson de manière à pouvoir lui aussi manger quelques-unes de ses baies. L'Enfant vit qu'il était chevauché par une Princesse. Elle n'avait ni couronne ni chevelure ruisselant jusqu'au sol, assez résistante pour servir de corde. Cette Princesse-là était différente.

Quand un horrible chien à trois têtes vint grogner devant la Princesse, l'Enfant la regarda au fond des yeux et vit qu'elle avait peur, elle aussi. Elle n'était pas si différente, après tout.

Il raccompagna la Princesse à son château, où il rencontra sa mère, la Reine. La Reine était la plus belle femme que l'Enfant eût jamais vue. Elle était attentionnée, bienveillante, et surtout, elle aimait la Princesse plus que quiconque n'avait jamais aimé quelqu'un.

La Reine avait deux animaux. Le premier était un toutou paresseux qui ne mangeait que du chocolat. Le second était un énorme et sympathique dragon, que l'Enfant reçut la permission de chevaucher.

Bientôt l'Enfant, la Reine et la Princesse prirent place tous les jours sur le dos du dragon, où ils profitèrent du soleil et se racontèrent des histoires.

Ils décidèrent de s'enfuir dans un endroit où personne ne pourrait les retrouver, et s'installèrent dans une petite forêt en haut d'une colline. L'Enfant était fou de bonheur. Désormais, il pouvait passer tout son temps avec la Reine, la Princesse, le toutou et le dragon, sans plus se soucier de l'Ogre ni des chiens à trois têtes.

Un jour, ils rencontrèrent un Homme des cavernes. L'Homme des cavernes se montra gentil avec l'Enfant. La Reine décida de le récompenser en le laissant dormir pelotonné contre le ventre chaud du dragon.

Peu après, un Chasseur surgit dans la forêt. Il cherchait l'Homme des cavernes, qui fut saisi de panique. Ils remirent leurs déguisements et décidèrent de s'enfuir cette nuit-là à bord du dragon.

Ce fut un long, très long voyage vers les montagnes, mais ils l'accomplirent sans être repérés et atteignirent le zoo que l'Homme des cavernes avait vu dans son enfance. On ne l'avait pas élevé comme un homme des cavernes. Il l'était devenu à cause de son père, le Gardien de zoo.

Le Gardien de zoo était un méchant vieillard. Il avait enfermé toutes sortes d'animaux exotiques dans les cages de son zoo, mais il ne laissait personne y entrer. Il préférait les garder pour lui seul. Il vivait dans un gigantesque palais à côté du zoo, qui comptait un million de chambres à coucher, mais il ne laissait personne y entrer non plus. Le pire, chez le Gardien de zoo, c'est qu'il faisait semblant de ne pas reconnaître son propre fils, l'Homme des cavernes, alors que ce dernier se tenait devant lui.

L'Homme des cavernes voulut capturer le Gardien de zoo et le ligoter, mais il ne le fit pas, parce qu'il comprit ce que l'Enfant cherchait à lui apprendre depuis le début du voyage.

La Famille est là où on la trouve.

Une famille, ce n'est pas forcément un père, une mère, un fils et une fille. Ce qui compte, c'est d'avoir assez d'amour. Or, de l'amour, l'Enfant, la Reine, la Princesse et l'Homme des cavernes en avaient beaucoup. À eux quatre, si improbable que cela paraisse, ils formaient une vraie famille.

Ils partirent ensemble sur le dos du dragon, tandis que les animaux du Gardien de zoo s'évadaient sous ses yeux – même son oiseau chéri. Il demeura dans son château et devint l'homme le plus seul au monde.

Les membres de la Famille voyagèrent le plus vite possible. Le Robot les attendait.

19

LE ROBOT (TROISIÈME PARTIE)

Sunny fit courir ses doigts sur le flanc du bibliobus. D'un blanc sale (et non vert, comme on le racontait), le camion paraissait beaucoup plus grand qu'au journal télévisé.

Plusieurs semaines auparavant, l'inspecteur Jimmy Samas était venu voir Sunny dans sa nouvelle maison. Selon le témoignage de Mme Pound, Sunny était le seul ami de Bobby au collège. La mère de Sunny invita l'inspecteur – dont elle trouvait l'allure bien juvénile – à accepter trois sablés de la fournée qu'elle avait fait cuire le matin même. Il se serait volontiers contenté d'un seul, mais il était trop poli pour refuser. Il fut saisi d'une brusque envie de dormir au moment de finir le troisième biscuit. Lorsque Mme Clay lui livra les raisons de leur départ vers le sud du pays – pour se rapprocher de ses parents, qui étaient souffrants –, l'inspecteur baissa les paupières une seconde de trop et faillit s'assoupir. Quand il les rouvrit, elle avait terminé ses explications.

— Pardon ? fit-il.

— Je disais juste que ce déménagement était peut-être aussi une bonne chose pour Sunny. Tu en as vu de toutes les couleurs, n'est-ce pas, mon chéri ?

L'inspecteur observa le petit garçon. Personne ne l'avait prévenu de l'état dans lequel se trouvait Sunny. Aussi supposa-t-il avoir affaire à un enfant particulièrement sérieux. Or, rien n'est plus perturbant qu'un enfant au visage grave. Pour détendre l'atmosphère, il lança quelques plaisanteries. Pas assez drôles, sans doute : personne ne rit. Il ignorait que Sunny aurait souri, s'il l'avait pu, ne serait-ce que pour le mettre à l'aise. Car le gamin l'avait immédiatement trouvé sympathique.

— As-tu reçu des nouvelles de Bobby Nusku ? demanda l'inspecteur.

— Non, monsieur.

— Avant de partir, a-t-il parlé avec toi d'une dame nommée Valerie Reed ?

— Non, monsieur.

— A-t-il évoqué certains garçons du collège avec qui il aurait pu avoir des problèmes ?

— Non, monsieur.

Troublé par cette affaire – et par la dispute qu'il avait eue un peu plus tôt avec sa petite amie enceinte, au sujet de ses absences prolongées –, l'inspecteur tapota son bloc-notes sur son genou. Il lui avait été offert par l'homme dont il avait pris la relève. Jimmy Samas n'aimait pas s'en servir. Il trouvait que cet objet lui donnait l'air d'un homme politique – image qu'il associait, de manière plus ou moins consciente, à un personnage peu fiable et déplaisant. Dans sa profession, laisser penser à votre interlocuteur que vous possédez de tels traits de caractère n'est pas le meilleur moyen de parvenir à un résultat. Jimmy utilisait malgré tout le bloc-notes, pour ne pas offenser son ancien collègue, quand bien même celui-ci n'était pas là pour s'en apercevoir.

— À ton avis, pour quelle raison Bobby Nusku se serait-il enfui de chez lui ?

Sunny réfléchit un moment, assez longtemps pour que l'inspecteur Samas s'attende à une autre réponse négative.

— Vous êtes allé chez lui ? demanda Sunny.

Relevant la tête, l'inspecteur abandonna son questionnaire pour observer le gamin, qui avait choisi de s'asseoir à ses pieds, sur le tapis.

— Pardon ?

— Vous êtes allé chez Bobby Nusku ?

— Oui, répondit Jimmy.

Il se remémora le froid qui régnait dans la chambre de Bobby, la tache noircie au-dessus de la cuisinière et le trou dans le plâtre du mur. Il se souvint aussi du père de Bobby, des odeurs d'alcool qui s'exhalaient de sa bouche, du téléviseur à l'écran brisé. Il revit ses mains gigantesques, et le moignon rouge de son petit doigt perdu. En conversant avec Bruce Nusku, il avait perçu dans sa voix une inflexion pour le moins inattendue. Troublé, il ne l'avait identifiée que plus tard, une fois seul : elle trahissait le soulagement de Bruce. Cet homme était soulagé que son fils soit parti.

— Dans ce cas, reprit Sunny, vous connaissez déjà la réponse.

— Vraiment ?

— Oui.

— Et quelle est-elle, d'après toi ?

— Bobby ne s'est pas enfui de chez lui. On ne peut pas fuir ce que l'on n'a pas.

L'inspecteur refusa un autre sablé. Il remercia la mère de Sunny et referma sa sacoche, bien décidé à ne plus jamais se servir de son bloc-notes.

— Une dernière question, ajouta-t-il.

— Oui ?

— Penses-tu que Bobby envisage de te rendre visite ?

Sunny secoua la tête. Il était conscient que le masque inerte de son visage ne laisserait pas transparaître son mensonge.

— Non, assura-t-il. Il n'a même pas ma nouvelle adresse.

Sur l'insistance de Bobby, Sunny appuya sur le bouton situé à l'arrière du bibliobus. Il fut dûment impressionné par le marchepied qui se déploya devant lui pour l'aider à grimper à bord. Val apparut dans l'embrasure de la porte. Elle non plus ne ressemblait pas à l'image qu'on donnait d'elle à la télévision : elle paraissait douce, équilibrée et gentille.

Elle l'enlaça avant qu'il pût ouvrir la bouche.

— J'ai beaucoup entendu parler de toi, assura-t-elle.

— Et moi de vous, répondit Sunny.

On ne voyait qu'elle aux informations, ces derniers temps. Une femme au physique attrayant, coupable d'avoir enlevé un enfant et volé un bibliobus : voilà qui éclipsait tout le reste, y compris l'affaire du détenu militaire en fuite – que Sunny, ébahi, vit sortir en bâillant de la cabine.

— Je te présente Joe, dit Bobby.

Sunny songea à l'histoire que lui avait racontée Bobby et serra la main de l'homme. Puis il pensa à la récompense qui était offerte pour sa capture, et la jugea largement insuffisante.

Ensuite, il embrassa Rosa. Leur rencontre lui procura une sensation inédite. Il ne s'y attendait pas – ou plutôt, il ignorait qu'une telle sensation pût exister. Il fut d'abord incapable de la définir. Rosa lui demanda quel était son prénom, puis elle le consigna dans son carnet. Elle modela les lettres en lui jetant des coups d'œil par-dessus son épaule, comme pour dessiner son portrait. Sunny comprit alors ce qui se passait : Rosa n'avait pas remarqué sa paralysie faciale. Elle ne s'était pas arrêtée sur la demi-lune renversée que formait sa bouche, ni sur sa lèvre inférieure, pendante comme un sac trop lourd. Elle avait saisi le Sunny qui vivait sous ce masque inerte et l'avait accueilli avec une telle pureté qu'il en avait le cœur serré. C'était agréable et chaud, comme un bain après une rude journée. Une larme que personne ne vit roula sur la joue de Sunny. Il ne la sentit pas.

Pour finir, il fit la connaissance de Bert et de Captain. Les plumes du ventre de l'ara avaient déjà repoussé.

— Visiteurs ! cria-t-il en se balançant d'une patte sur l'autre.

Il se servait de son bec, dur comme une balle de revolver, pour taper sur le bois et imprimer un rythme dansant à sa petite démonstration.

Le voisin de Sunny, M. Munro, observait la scène depuis la fenêtre de la salle de bains, au premier étage de sa maison. Cette pièce donnait sur le terrain où s'alignaient les garages. Il avait récemment pris l'habitude de s'asseoir là et d'y passer une grande partie de ses journées.

Les rayures roses du crépuscule vinrent estomper le bleu vif du jour. Sunny attendit que sa mère se rende chez ses grands-parents, puis il vida le réfrigérateur et les placards de la cuisine, et déversa les provisions dans un vieux sac de couchage, qu'il traîna jusqu'au bibliobus, dissimulé derrière les garages. Val estima qu'en la rationnant il y avait là assez de nourriture pour une semaine.

Ensuite, Sunny et Bobby longèrent l'allée maculée de taches d'essence qui menait aux garages les plus éloignés de la rue. Plus personne n'y allait : même les adolescents désœuvrés du quartier avaient mieux à faire. Les résidents qui avaient acheté ces abris quand le lotissement semblait plein d'avenir se contentaient désormais d'y entreposer leur bric-à-brac, quand ils ne les laissaient pas à l'abandon. Nombre de ces propriétaires étaient sans doute morts depuis longtemps, estimait Sunny. La parcelle, grande comme un demi-terrain de football, était sale et envahie de mauvaises herbes. De chaque côté, des rangées de garages la dissimulaient en partie à la vue depuis la rue. Les murs en brique tombaient en ruine, et une odeur ferrugineuse flottait dans l'air humide.

À l'aide d'un levier caché dans les buissons, Sunny ouvrit la porte cabossée d'un des garages. Derrière la carcasse rouillée d'un vieux lave-linge et le squelette d'un matelas à ressorts, il s'était construit un repaire secret, composé d'un tabouret cassé, d'une carte du monde déchirée épinglée au mur, et d'une radio à manivelle qui ne captait qu'une seule station, en gujarati – entièrement consacrée, avait-il fini par comprendre, aux techniques culinaires.

— Bienvenue au quartier général ! déclara-t-il.

Bobby remarqua le siège que Sunny avait placé devant la carte – comme un vieillard placerait le sien sur sa terrasse pour admirer la vue. Bobby jugea ce spectacle d'autant plus triste que Sunny passait là l'essentiel de son temps, seul avec lui-même.

— C'est parfait, dit-il.

— Il y a un peu de bazar, mais ça ira. Je me demandais si tu finirais par me donner de tes nouvelles. J'avais prévu de consigner sur la carte les endroits où tu t'étais rendu, avec du fil et des punaises de couleur.

Bobby prit place sur un seau posé à l'envers, qui se fendit et s'affaissa sous son poids. Ils évoquèrent leur ancien collège. Sunny imita M. Oats (c'était encore plus drôle maintenant que son visage exprimait une once de misanthropie). Malgré les mois de séparation, aucun fossé ne s'était creusé entre eux. Aucune dent perdue, pas de trou douloureux sous la langue revenue l'explorer.

— Dans l'histoire que tu m'as racontée, dit Sunny, est-ce que l'Enfant finit par retrouver le Robot ?

— Oui, acquiesça Bobby. Il le retrouve.

Sunny se frotta le front. Il avait espéré une autre réponse.

— Je ne suis pas un robot, Bobby. Je ne suis pas un cyborg. Je ne suis rien. Juste un garçon avec du métal plein les bras et les jambes, et un visage qui ne bouge plus. Je ne fais pas partie de ton histoire. Ce genre d'aventure n'arrive pas aux enfants comme moi.

— Tu as tort, protesta Bobby. Tu as tort, je le sais.

Au cours des trois heures qui suivirent, ils se chargèrent de remettre de l'ordre dans le garage. Bobby récura les murs, arrachant les toiles d'araignée lourdes de poussière. Ils évacuèrent les débris qui jonchaient le sol. Un sèche-linge, un réfrigérateur, un lave-linge

– des appareils électroménagers autrefois jugés essentiels, puis relégués. Sunny répara la carte déchirée avec du chatterton. Bobby resserra le pied bancal du tabouret. Joe vint les aider : il récupéra le bois de vieux meubles et s'en servit pour construire une étagère. Val la remplit de livres du bibliobus, offrant à Sunny toute une collection d'ouvrages. Rosa lui indiqua lesquels étaient susceptibles de devenir ses préférés.

Bobby passa en mode nuit. À l'aide d'un cric, il força les portes des autres garages désertés et fouilla dans les choses mises au rebut. Bientôt, Sunny disposa d'un fauteuil en cuir râpé, d'un bureau en chêne doté d'un plateau en marbre rayé, et d'un tapis persan dont moins du quart était mangé aux mites. Il sentait le moisi, mais il suffirait de l'aérer pour régler le problème. Ils placèrent dans l'encoignure de la pièce un cabinet à alcools vide, en forme de globe terrestre. À côté, posté de telle façon qu'il paraissait examiner le sous-continent indien, se dressait un mannequin de couturier grandeur nature. Sunny disposait même d'un canapé, élimé par endroits, mais assez confortable, parfait pour dormir.

Quand ils eurent terminé – et que Sunny eut fait main basse sur le cadenas de l'abri de jardin de sa mère, pour garantir la sécurité des lieux –, l'endroit était méconnaissable. Le salon de Baron, pourtant plus large de vingt-cinq mètres, et orné de somptueuses colonnes soutenant un plafond qui flirtait avec les dieux, n'aurait pu accueillir la moitié de l'âme qui habitait la pièce.

Joe se roula une cigarette impeccable en puisant dans la blague à tabac volée par Sunny dans le sac à main de sa mère, et ils reculèrent pour admirer leur ouvrage. Marque ultime d'approbation, Bert parcourut la pièce quatre fois de suite et se coucha sur le tapis. Perché sur son dos, Captain pétrissait sa chair de ses griffes.

La nuit tomba, faisant taire les oiseaux dans les arbres. Val prépara un chocolat, si chaud qu'il leur brûla la langue. Tandis qu'ils dégustaient des cookies au goût de caramel, le bibliobus prit des teintes orangées sous la lumière vacillante de l'unique réverbère. Sa lueur était si ténue qu'aucun d'entre eux – alors qu'ils se tenaient sur les marches, occupés à souffler sur leurs tasses – ne remarqua M. Munro, qui, de l'autre côté du mur séparant les garages de la rue, les observait avec attention.

Ses hanches étaient percluses d'arthrite, et il lui fallut plus de temps pour rentrer chez lui qu'il ne l'aurait souhaité. Lorsqu'il arriva enfin sur le pas de sa porte, il fouilla dans ses poches en quête de sa clé, et s'aperçut qu'il s'était enfermé à l'extérieur. Sa seule chance d'accéder au téléphone et d'appeler la police consistait à escalader la palissade arrière, branlante et vermoulue. Avec l'argent de la récompense, il pourrait s'en acheter une nouvelle.

Après la solitude des mois précédents, Sunny savourait la compagnie de ses amis, l'ancien comme les nouveaux. Au vu de l'affection que Bobby témoignait à Joe, à Val et à Rosa, et de celle qu'il recevait en retour, il comprit qu'il n'avait pas affaire aux monstres dépeints à la télévision, mais à l'Homme des cavernes, à la Reine et à la Princesse.

Tous s'assirent devant le bibliobus. Joe, encore épuisé par le voyage, serra Val contre lui, l'embrassa puis annonça qu'il allait se coucher – sans quoi il risquait de s'effondrer.

— Dors bien, mon amour, dit-elle.

— Toi aussi, mon cœur, répondit-il.

Ils ne tardèrent pas à l'entendre ronfler. Val l'écouta, hantée par l'idée qu'il puisse être renvoyé en prison. S'arrachant à cette triste pensée, elle reporta son attention sur les deux garçons qui jouaient à se battre dans l'allée, Rosa tenant le rôle de l'arbitre.

— Ne vous faites pas mal, dit-elle.

— Pas de souci, répliqua Sunny. On est des gentils garçons.

Val lança un clin d'œil à Rosa.

— Ça, je n'en doute pas. Comme Tom Sawyer et Huckleberry Finn.

Bobby se figea, puis s'élança vers le bibliobus. Il reparut un instant plus tard, sourire aux lèvres, un livre à la main. Sa couverture cartonnée était usée, et son dos, tout fendillé. Il avait sans doute été lu par un millier de paires d'yeux.

— Tiens, fit Bobby en le tendant à Val.

C'était un vieil exemplaire du *Tom Sawyer* de Mark Twain.

— Tu veux que je te le relise ? s'enquit-elle.

Bobby resta sans voix. Ne comprenait-elle pas que la réponse à leurs problèmes se trouvait là, entre ces pages ouvertes sur ses genoux ? Ils avaient lu le roman au moins trois fois au cours de leur périple. C'était tout de même évident, non ? Il feuilleta l'ouvrage et s'arrêta sur le passage en question. Penchée vers lui, Val baignait dans la lueur chaude et dorée du vieux papier.

— Lis ça, ordonna-t-il.

Elle obtempéra. Tom et Huck s'étaient enfuis pour aller jouer aux pirates sur une île du Mississippi. Bobby se représenta le déferlement de l'eau dans l'immense chenal. Il se figura en train de jouer à se battre dans l'écume qui se fracassait sur les rochers du rivage.

— Je ne comprends pas, marmonna Val. Tu veux qu'on se transforme en pirates ? À bord d'un bibliobus sillonnant les océans ?

Rosa éclata de rire.

— Bien sûr que non, répondit patiemment Bobby. À ton avis, pourquoi Tom et Huck sont-ils soudain libres d'aller et venir à leur guise ?

— Eh bien…

— Parce que les habitants de la ville pensent qu'ils se sont noyés dans le fleuve.

Elle imagina le bibliobus au sommet d'une falaise. Portières ouvertes, battant doucement dans la brise. Au pied de la falaise, quatre paires de chaussures à demi enterrées dans le sable. La police attendrait que l'eau livre ses secrets, mais la marée ne vendrait pas la mèche. Les enquêteurs se demanderaient comment Joseph Sebastian Wiles avait rencontré Valerie, Rosa et Bobby. Ils se demanderaient aussi ce qui les avait incités à plonger dans la mer, les poches emplies de cailloux. Pendant ce temps, très loin de là, ils couleraient des heures paisibles en compagnie d'un chien et d'un perroquet ravis de les revoir sains et saufs.

Val soupira. Si séduisant soit-il, le plan n'avait aucune chance d'aboutir. Autant sauter pour de bon dans le Mississippi ! Mais la vie est ainsi faite : elle vous entraîne au gré du courant. Quelle que soit la force avec laquelle vous vous débattez, vous pouvez tantôt échouer sur la berge, tantôt vous briser contre les rochers. Les mois qui venaient de s'écouler avaient appris à Val que l'important n'est pas de nager, mais de savoir se cramponner à ses compagnons de voyage. Oui, c'était l'essentiel. Elle devait se cramponner.

Le lendemain, quand Joe se réveillerait, frais et dispos, elle lui parlerait de tout cela, et ils réfléchiraient ensemble à la meilleure solution. Pour l'heure, elle savourait le plaisir d'avoir Rosa et Bobby à ses côtés – puisque c'était là qu'ils devraient toujours se trouver.

Un reflet bleu électrique déchira brièvement la noirceur du ciel. Bobby supposa qu'il s'agissait d'un éclair, et guetta le coup de tonnerre. Il n'y en eut pas. Bert se mit pourtant à aboyer et à zigzaguer entre les garages. Perturbé par ce rodéo impromptu, Captain abandonna le dos du chien et pénétra d'un battement d'ailes dans le bibliobus, éblouissant Sunny de son plumage jaune vif. Ils dressèrent l'oreille, intrigués. Rien. Le calme était revenu sur la petite ville endormie.

— C'était quoi, ce truc ? demanda Bobby.

Sunny haussa les épaules. Ils se dirigèrent vers le fond de la parcelle, bordée par un mur. De là, ils voyaient bien la route, que jouxtaient sur quinze kilomètres plusieurs dizaines de ruelles plus étroites. Tels les affluents d'un fleuve, toutes filaient vers l'océan. À l'exception, çà et là, d'une fenêtre éclairée par la lueur d'une émission de télévision, les garçons ne perçurent aucun signe de vie aux alentours. La petite ville dormait sous le regard de la lune. Bobby observa les venelles les plus sombres, par acquit de conscience. Tout semblait absolument normal.

Sunny l'entraîna près des garages, vers un étroit sentier envahi par les orties. Quatre pas chassés, le dos contre le mur en crépi. Dix-huit longues enjambées à travers les ronces. Une course rapide de cinq secondes, en direction du pont. Là, accroupis derrière le piquet d'une clôture, ils bénéficiaient d'une vue dégagée sur la rue – jusqu'à l'endroit où les voitures, quittant la route, s'engageaient sur le terrain menant aux garages. Joe avait travaillé dur, un peu plus tôt, pour élever un rempart sommaire, fait de briques et de rondins. Ils furent impressionnés par le résultat : sans être particulièrement solide, ce muret empêchait tout véhicule ordinaire de pénétrer dans les lieux. Il n'y avait personne en vue, de toute façon.

— Attends, dit Bobby. Là-bas.

Le doigt pointé vers la demeure voisine de celle de Sunny, il désigna la fenêtre de la salle de bains du premier étage.

— C'est la maison de M. Munro, précisa Sunny. Un vieux type solitaire. Il passe sa journée assis là, à regarder défiler les gens.

— Il est plus de minuit !

— Et alors ?

— Il est encore là.

À sa grande surprise, Sunny constata que Bobby avait raison. Plissant les yeux, il finit par distinguer la forme familière du crâne chauve de M. Munro, sur lequel une étoile se reflétait de temps à autre.

— Comment t'en es-tu aperçu ? s'enquit-il.

Bobby ne répondit pas. Il tentait de suivre le regard de M. Munro, fixé sur le bas de la rue. Il franchit un autre buisson d'orties, lesquelles firent rougir ses bras nus, et s'immobilisa, les yeux rivés sur ce que M. Munro était en train de contempler : une voiture de police. Une deuxième approchait. Puis une troisième. Bientôt, il y en eut sept, alignées à l'extrémité de la rue.

Bobby et Sunny s'élancèrent vers Val et Rosa, qui s'apprêtaient à se coucher, et qui s'effrayèrent, à juste titre, d'entendre leurs pas précipités.

— Ils sont là ! s'écria Bobby.

Val se leva d'un bond.

— Partons, dit-elle.

— On réveille Joe ?

— Non. On n'a pas le temps.

Elle verrouilla de l'extérieur l'arrière du bibliobus, et poussa Rosa et Bert dans la cabine. Le moteur, une fois allumé, se mit à vrombir, comme s'il percevait avec quelle urgence elle avait tourné la clé de contact. Jetant un coup d'œil par-dessus son épaule, elle vit Bobby campé à côté du camion, près de Sunny.

— Viens avec nous ! supplia Bobby.

— Je ne peux pas, répondit Sunny.

— Pourquoi ?

— Parce que je suis le Robot, maintenant.

Ils s'étreignirent, et les larmes retinrent leurs joues l'une contre l'autre. Cette fois, Sunny les sentit couler sur son visage. Il sentit aussi celles de Bobby, sur ses joues si longtemps inertes.

Le bibliobus déploya ses grandes ailes mécaniques et se mit en route.

En entendant démarrer le bibliobus, les policiers se précipitèrent vers le rempart érigé par Joe. Ils eurent vite fait de l'abattre, jetant briques et rondins dans les buissons. Les voitures de police s'engouffrèrent aussitôt dans le passage, et pénétrèrent en file indienne dans la cour bordée de garages. Là, ils découvrirent enfin ce qu'ils cherchaient : le bibliobus, désormais peint en blanc, phares allumés, inondant l'espace de son aveuglante lumière.

Val fit rugir le moteur. Le vrombissement se propagea jusqu'aux pare-brise des voitures, faisant vibrer les volants et les mains posées dessus. Les pneus arrière de l'énorme camion soulevèrent de gigantesques panaches de poussière. Des gravillons se mirent à pleuvoir sur les capots avec une violence assourdissante.

Val, selon toute apparence, était prise au piège.

Elle reprit le contrôle de la situation en orientant le bibliobus vers le mur de brique. Puis, enfonçant l'accélérateur, elle le heurta de plein fouet. L'ouvrage se fissura, avant de s'effondrer quand Val força le passage.

Médusés, les policiers virent le bus rouler sur les briques effondrées, qui craquèrent sous son poids, libérant un grand nuage de poussière rouge. La conductrice n'eut plus ensuite qu'à s'engager dans l'allée rejoignant la rue. La voie était libre. Le bibliobus poursuivit son chemin, laissant derrière lui un tas de ruines et une brigade de policiers battue à plates coutures.

Lorsque la poussière commença à retomber, couvrant le sol d'une nappe grisâtre, couleur d'ossements, ils aperçurent le corps d'un enfant.

20

LA TRAQUE

Une jeune policière jaillit de la voiture la plus proche du corps de l'enfant et se rua vers lui. Elle n'avait encore jamais vu de cadavre, mais elle savait, pour avoir été avertie par ses collègues, que les morts peuvent sembler presque sereins, comme plongés dans un profond sommeil. Or cet enfant-là paraissait extrêmement serein. Âgé d'une douzaine d'années (c'était difficile à dire, à cause de la poussière), il avait tout d'un dormeur pris dans les filets d'un rêve merveilleux.

Le petit récepteur radio de la policière se mit à grésiller.

— Est-ce Bobby Nusku ?

— C'est possible, mon capitaine.

— Mort ou vivant ?

— Je crois qu'il est mort.

Elle se pencha vers le garçon, glissa une main sous sa tête, l'autre sous ses genoux, et entreprit de le soulever.

— Non ! protesta Sunny en ouvrant les paupières. Il faudra me passer sur le corps.

Ses yeux grands ouverts creusaient deux puits humides dans le désert de son visage sale et desséché. La jeune femme poussa un hurlement et le laissa retomber sur le sol. Elle courut jusqu'à la voiture sans cesser de hurler et claqua la portière derrière elle.

Elle fut vite remplacée par un autre agent, plus expérimenté mais tout aussi incapable de soulever Sunny. Lorsqu'il tenta de le faire, le gamin contracta les muscles de ses bras et les agita en tous sens, le frappant au ras de l'œil gauche, avec une telle violence qu'un bleu se forma aussitôt.

— Je suis un robot ! beugla-t-il. Vous pouvez me rouler dessus ! Allez-y !

L'officier de police fit une nouvelle tentative. Cette fois, la plaque de métal insérée dans le bras de Sunny atterrit sur l'arête de son nez. Sa belle chemise blanche se tacha de sang.

— Je suis un robot ! Je suis un robot !

Les vociférations de Sunny étouffèrent les voix furieuses qui jaillirent de la radio, criant un même ordre à l'unisson :

— Emmenez-le !

Et ils y parvinrent, au prix de cinq minutes de lutte acharnée dont furent victimes deux cols de vestes (déchirés) et le menton d'un officier (méchamment amoché). Les policiers durent s'y mettre à cinq pour neutraliser Sunny (deux pour les bras, deux pour les jambes, un pour la tête) et le transporter vers l'entrée de la parcelle, où il fut arrêté. Lorsqu'il cessa enfin de s'égosiller, le bibliobus avait pris une bonne longueur d'avance sur les voitures de patrouille lancées à sa poursuite.

Bobby Nusku avait raison, songea-t-il en tentant de cacher sa joie. Les aventures n'arrivaient pas que dans les livres. Tout le monde y avait droit, même les gamins comme lui.

— Roulons vers la côte, déclara Val. Il n'y a plus que ça à faire.

— On va à la mer, alors ? s'enquit Rosa.

— Oui. Tout au bord de la mer.

Elle avait pris l'habitude de conduire le bibliobus, qu'elle manœuvrait désormais avec aisance. L'énorme camion devenait une prolongation d'elle-même : les roues étaient ses pieds, les fenêtres étaient ses yeux ; les centaines d'ouvrages rangés à l'arrière évoquaient des péripéties qu'elle avait vécues, des endroits qu'elle avait visités, des personnes qu'elle avait rencontrées. La bibliothèque leur avait offert des milliers de mots. Comme Rosa et Bobby, Val s'en était imprégnée. Ils coulaient maintenant dans leurs veines, mêlant d'autres expériences, d'autres émotions aux leurs. Les milliers de personnages qui vivaient entre les parois du camion les aidaient à se déterminer en toutes circonstances : chacun des problèmes auxquels ils étaient confrontés n'avait-il pas déjà été résolu entre les pages d'un livre ? Toutes les tempêtes que l'existence nous réserve – l'amour, le deuil, le mal de vivre, la mort – ont déferlé sur des centaines de personnages. Grâce à eux, nous ne sommes jamais seuls.

— On a vécu une sacrée aventure, pas vrai ? lança Bobby.

Malgré la vitesse avec laquelle Val négociait les virages (au mépris des branches d'arbres qu'ils brisaient sur leur passage), elle parvint à jeter un regard à son interlocuteur, assis près d'elle. Bobby Nusku, le gamin qui avait changé sa vie.

— Tout à fait. Et ce n'est pas fini, assura-t-elle.

La peinture blanche dont ils avaient recouvert le bibliobus commençait à s'écailler, révélant sa livrée vert pomme. Vu de loin sur une route de campagne, il ressemblait vraiment à un mirage flottant dans la brise.

Rosa baissa la vitre et se pencha à l'extérieur, ravie d'offrir ses cheveux au vent (qui en fit un nid de serpents). Bobby la tint fermement par la taille pour qu'elle puisse se pencher plus encore et peigner les feuilles du bout des doigts chaque fois que le bibliobus passait près d'un arbre.

Val conduisait pied au plancher dans l'espoir d'atteindre l'horizon avant le lever du soleil. Il serait plus facile de disparaître à la faveur de la nuit. D'ailleurs, la nuit est faite pour ça, songea-t-elle brusquement, sourde aux vibrations du camion, qui se démantelait à chaque accélération : il semait à grands bruits des pièces métalliques sur le bitume, comme s'il faisait sa mue, tournant le dos au passé, ou comme s'il se préparait pour sa dernière heure.

Bientôt, la route se fit plus étroite, forçant Val à ralentir. La mer apparut à l'horizon à l'instant où la première voiture de police, toutes sirènes hurlantes, surgissait dans le rétroviseur. Peu après, un hélicoptère vint fendre l'air au-dessus de leurs têtes.

— C'est trop tard, dit Val. On n'y arrivera pas.

Bobby posa un baiser sur sa clavicule, là où la peau est si douce, puis il cueillit une larme sur sa joue et la laissa explorer sa main comme une minuscule araignée.

— Si. On y est arrivés, affirma-t-il.

Les voitures de patrouille les rattrapèrent, formant un long convoi derrière le bibliobus, mais elles ne purent les dépasser : la route était trop étroite. Val ralentit encore et les conduisit à travers un village endormi au sommet de la falaise.

L'aube se levait lorsque la procession funèbre atteignit le chemin de crête qui surplombait la mer.

Soutenu par une série d'ordres lancés avec une fermeté inhabituelle sur les ondes radio de la police, l'inspecteur Jimmy Samas parvint à se placer en tête du cortège qui suivait le bibliobus. Lorsque les pneus avant du camion s'immobilisèrent au bord de la falaise (un frôlement sur l'accélérateur aurait suffi à le précipiter dans le vide), l'inspecteur intima à ses collègues de s'arrêter, mettant un terme à leur poursuite, si lente qu'elle en devenait surréaliste. Une centaine de mètres séparaient maintenant les policiers (et Jimmy, à leur tête) des individus qu'ils traquaient depuis des mois. Un pas de plus, et la femme risquait de céder à la panique – ce qui, au bord d'une falaise, pouvait se révéler lourd de conséquences. Il était donc essentiel que cette dame ne prenne pas de décision inconsidérée. Privée de sommeil, les nerfs à vif, elle mettrait certainement à rude épreuve les compétences de négociateur dont Jimmy avait si brillamment fait état à l'issue de sa récente formation. Il fallait qu'il lui parle, qu'il la regarde dans les yeux. Sa radio grésilla. Le pilote de l'hélicoptère qui vrombissait au-dessus du convoi l'informa de la situation : il y avait une femme et deux enfants dans la cabine du camion, mais pas d'homme. Jimmy le remercia et lui commanda de s'éloigner. Il ferait peur aux enfants, s'il continuait à tournoyer au-dessus de leurs têtes. Lorsqu'il fut parti, et que les sirènes des voitures de patrouille se turent, elles aussi, la matinée sembla reprendre son cours normal. Il n'en était rien, évidemment.

— Pointez vos armes vers l'arrière du bus, indiqua Jimmy dans l'émetteur radio. Pas vers la cabine. C'est de Wiles qu'il faut se méfier, pas des autres.

21

FIN

Un baiser qui colle, pas comme ceux de sa mère. Bobby ne se souciait jamais de leur différence d'âge, sauf quand la saveur de son rouge à lèvres imprégnait les siennes.

— On va avoir des ennuis ? demanda-t-il.

— Non, répondit Val. Plus maintenant.

Les yeux rivés sur le rétroviseur latéral, Val vit Rosa et Bobby passer devant le jeune inspecteur de police pour se diriger vers la camionnette du marchand de glaces. Bert les suivait en se dandinant. Elle déglutit. L'air iodé forma un film au fond de sa gorge. Bobby lui avait raconté que sa mère projetait de s'enfuir avec lui en arrivant à la plage, sur cette même partie de la côte. Des années plus tard, Val reprenait le flambeau. Elle s'apprêtait à accomplir ce projet pour Bobby, qui avait été le fils de Gee avant d'être le sien. Et cette perspective l'emplissait de fierté.

L'inspecteur s'approcha du bibliobus, les mains profondément enfoncées dans ses poches. Comment devait-il se présenter ? Il passa en revue plusieurs phrases d'introduction, surpris par sa propre nervosité. Bien qu'ils ne se soient jamais rencontrés, il connaissait cette femme mieux que quiconque.

— Bonjour, dit-il en s'arrêtant devant la portière qu'elle avait laissée ouverte. Je suis Jimmy Samas.

— Bonjour, Jimmy. Je m'appelle Val.

Il sourit.

— Ça, je le savais déjà.

Elle resta au volant, mais fit pivoter ses jambes de manière à lui faire face. Ébloui par le soleil matinal, Jimmy plaça une main en visière au-dessus de ses yeux, qu'il avait levés vers elle. Il fit deux constats, le premier plus important que le second : Valerie était calme, et bien plus belle que sur les photos.

— Savez-vous combien de personnes se sont lancées à votre recherche, madame Reed ?

— Appelez-moi Val, je vous en prie.

— Je n'aurais jamais cru qu'il nous faudrait tant de temps pour retrouver une dame cachée dans un camion géant !

— La traque est terminée, n'est-ce pas ?

— Elle touche à sa fin, en tout cas.

Valerie s'exprimait à voix basse, ce que Jimmy prit pour une précaution : elle préférait certainement éviter que Joseph Sebastian Wiles, reclus à l'arrière du bus, ne surprenne leur conversation.

— J'aimerais procéder calmement et à votre rythme, déclara-t-il. Rosa et Bobby sont maintenant en sécurité avec mes collègues, ce qui me paraît de très bon augure pour la suite des événements.

Val lança un coup d'œil vers la camionnette du marchand de glaces, garée de l'autre côté du cordon de police. Les deux enfants se tenaient par la main, occupés à choisir le parfum qui leur plairait le plus.

— En effet, acquiesça-t-elle.

— Parfait.

L'inspecteur désigna la porte du bibliobus.

— Val, reprit-il posément, y a-t-il quelqu'un dans la bibliothèque ?

Elle haussa les épaules.

— À votre avis ?

— Pourriez-vous me donner l'identité de cette personne ? insista Jimmy.

— Il s'agit d'un individu que vous semblez connaître sous le nom de Joseph Sebastian Wiles.

L'inspecteur porta sa radio à ses lèvres et marmonna quelques mots que Val ne parvint pas à entendre. Près des voitures, les policiers pointèrent plus fermement leurs armes vers l'arrière du bibliobus. La cible venait d'être confirmée. En contrebas, une série de vagues plus hautes que les précédentes vinrent se briser contre la falaise dans un fracas qui les fit tous deux sursauter.

— J'aimerais descendre de la cabine, annonça Val.

— Venez, je vous en prie.

Il tendit les mains vers elle – des mains tremblantes aux doigts repliés comme pour agripper un rameau d'olivier.

— Avant cela, je tiens à vous expliquer ce qui s'est passé, dit-elle. Nous n'avions pas prévu de partir si longtemps. Au départ, il s'agissait d'un jour ou deux – vous comprenez ?

— Tout à fait.

— Bobby Nusku est venu me trouver en sortant du collège. Il était couvert de bleus. Êtes-vous allé chez lui, inspecteur ?

Jimmy Samas repensa aux grosses mains du père de Bobby, au petit doigt manquant.

— Oui. J'y suis allé.

— Dans ce cas, vous avez rencontré son père… Quand j'ai vu que le petit avait été battu, j'ai décidé de l'emmener quelques jours. Pour le mettre à l'abri, loin de cet homme. Or le bibliobus était le seul véhicule auquel j'avais accès.

— Vu sous cet angle, votre départ semble logique. Toutefois, puis-je vous demander pourquoi vous ne vous êtes pas adressée à la police ? Un dépôt de plainte aurait suffi, vous ne croyez pas ?

Val chassa une mèche qui tombait dans ses yeux.

— Permettez-moi d'en douter. Il se trouve que j'avais déposé une plainte un mois plus tôt. À propos d'une agression dont ma fille avait été victime. Or cette plainte n'a eu aucun effet. J'estimais que Bobby était en danger de mort. J'ai voulu faire quelque chose qui attirerait l'attention de la police sur le drame que cet enfant était en train de vivre.

Tout en l'écoutant parler, l'inspecteur réévaluait les risques. Il se souvenait de cette plainte, à présent. Il avait vu le récépissé dans le dossier, mais l'avait aussitôt oublié. Il s'en voulait, bien sûr. Sa culpabilité le mettait dans l'embarras. En outre, le vide qui s'ouvrait devant eux lui donnait le vertige : la tête lui tournait comme jamais auparavant et, chaque fois qu'il baissait les yeux sur ses pieds, l'herbe lui semblait plus loin que la fois précédente. Il n'avait qu'une envie : en terminer au plus vite et rentrer chez lui. Par chance, il parvint à cacher son malaise à Valerie, qui poursuivit son récit sans se douter de rien.

— Nous avons roulé une partie de la nuit et nous nous sommes arrêtés dans une forêt. Nous avons décidé de camper là jusqu'au lendemain.

— Et ensuite ?

— Nous avons découvert qu'un homme se cachait près du campement. C'était Joseph Sebastian Wiles.

— Que faisait-il là ?

— Il cherchait à échapper à la police. Il nous a expliqué qu'il avait été jeté en prison après avoir violemment frappé un autre soldat.

— C'est exact. Wiles est un homme dangereux, sujet à des accès de colère incontrôlables.

— Il nous a aussi raconté qu'il s'était évadé.

— Effectivement.

— Il n'a blessé personne, au moins ? On entend tellement d'histoires abominables sur ce genre d'évasions… J'espère que Wiles n'a pas pris ses gardiens en otage !

Jimmy se gratta l'arrière de l'oreille du bout de son stylo. La vérité n'était pas agréable à dire, mais il ne pouvait la dissimuler à Valerie.

— En fait, son évasion s'est produite dans des circonstances très différentes de celles que vous imaginez. Wiles est sorti du centre de détention militaire à la faveur d'une erreur administrative. Le dossier d'un autre détenu a été confondu avec le sien, et Wiles a bénéficié de la remise de peine de cet homme. Il a franchi les portes de la prison sans aucune violence. Le temps que l'administration s'aperçoive de son erreur, il s'était volatilisé. C'est aussi simple que ça.

Val retint un sourire en imaginant Joe sur le seuil du bâtiment carcéral, faisant un signe de tête au gardien avant de sortir.

— Il nous a pris au piège, reprit-elle. Il nous a forcés à le suivre dans sa cavale parce qu'il était convaincu d'échapper plus facilement à la police s'il se trouvait en compagnie d'une femme et de deux enfants. Nous devions faire semblant d'être une famille – c'était son idée.

— Vous a-t-il fait du mal ?

— Il nous a fait peur.

— J'entends bien, mais vous a-t-il blessés physiquement, vous ou les enfants ?

— Il nous a emmenés en Écosse, chez son père. Là, il m'a présentée comme son épouse. Je crois qu'il cherchait à impressionner son père, qui l'avait abandonné lorsqu'il était enfant.

Son père ? Jimmy l'ignorait. Gêné par cette preuve de son incompétence, il n'en dit rien à Valerie. Et se promit de faire arrêter Baron pour faux témoignage dès que possible.

— Vous lui avez obéi ?

— Oui. Je n'avais pas le choix. Contrairement à ce que vous croyez, je n'avais enlevé personne, moi ! J'étais terrifiée. Je craignais qu'il ne s'en prenne à moi ou aux enfants si je ne suivais pas ses consignes.

— Vous n'avez plus rien à craindre, désormais.

— Vraiment ? N'ai-je rien à craindre de vous, inspecteur ? Qu'allez-vous faire de moi ? Vous pensez que j'ai mal agi, n'est-ce pas ?

— Ce n'est pas à moi de juger de vos actes, madame Reed.

— Je ne suis pas une criminelle. Pas du tout. Je suis une mère. Tout ce que je souhaite, c'est obtenir l'assurance que Bobby Nusku ne sera pas contraint de retourner vivre chez son père.

— Je comprends. Si vous dites vrai, ce que vous redoutez ne se produira pas. Il faudra tout de même que nous en parlions à Bobby afin de connaître sa position sur la question.

— Bien sûr. J'aimerais qu'il vienne habiter avec nous, dès que ce sera possible.

— Ce n'est peut-être pas encore l'heure d'en discuter, madame Reed.

— Je crois que si, au contraire. C'est même la raison pour laquelle j'ai enfermé Wiles dans le bibliobus. Vous n'avez plus qu'à l'arrêter, inspecteur.

— Et je vous en remercie. Je suis certain que votre requête sera examinée sous un jour favorable, compte tenu de l'aide que vous nous avez apportée pour livrer Wiles à la justice de notre pays.

La négociation touchait à sa fin, Jimmy en était convaincu. Il sortit un mouchoir en papier de sa poche, et le tendit à Valerie.

— Merci, dit-elle en s'essuyant les yeux.

Elle se réjouit d'avoir prononcé ce petit mot, qui s'attardait sur sa langue comme les arômes d'un grand cru.

— J'ai encore une question à vous poser, reprit l'inspecteur.

— Oui ?

— La porte du bibliobus est-elle verrouillée ?

— Évidemment.

— Wiles ne peut pas sortir ?

— Pas sans les clés.

— Où sont-elles ?

— Ici, dans mon sac à main.

— Dans ce cas, si vous descendez de la cabine comme vous l'avez suggéré, nous pourrons discuter de la suite des événements.

— Tout à fait, inspecteur…

— Jimmy, indiqua-t-il.

— Entendu, Jimmy. Le temps de prendre mes affaires, et je vous rejoins.

L'inspecteur se retourna pour allumer la cigarette de la victoire. Ce genre de négociations était extrêmement complexe, et très variable d'un dossier à l'autre. Celle qu'il venait de mener, et qui mettait un terme à une traque dont on avait parlé dans toute l'Europe et jusqu'aux États-Unis, se concluait du mieux possible.

Sur ce point, Jimmy se trompait. Il commettait une erreur (la deuxième depuis le début de l'enquête, et sans doute la plus sérieuse) en pensant que la négociation était terminée. Elle était loin d'être achevée, au contraire. Ce n'était pas à lui de mettre fin à cette histoire. Il aurait dû s'en souvenir, puisqu'il l'avait appris dès son premier jour de travail – à une époque plus lointaine que son apparence juvénile ne le laissait supposer.

Val effleura du plat de la main la banquette en Skaï de la cabine, ferma les yeux et posa le front sur le tableau de bord – sa manière à elle de faire discrètement ses adieux au bibliobus. Ensuite, elle prit son sac sous la banquette, allongea au maximum la bandoulière et forma une boucle, qu'elle passa autour du frein à main. Enfin, elle tira sur la sangle pour former un nœud et appuya sur le bouton rouge qui servait à déverrouiller le frein.

— J'arrive, Jimmy. Le bibliobus est à vous !

L'inspecteur se retourna à l'instant où Val sautait à terre, son sac sous le bras. Il vit la bandoulière se prendre dans le frein à main, se tendre, puis desserrer le levier. Val poussa un cri, lâcha son sac et courut vers Jimmy, qui l'entraîna plus loin, à bonne distance du vide. Les yeux rivés sur le camion, ils le virent rouler lentement vers le bord de la falaise. La gravité, l'inclinaison du sol et la rosée matinale conspiraient à sa perte : emportée par son propre poids, l'énorme baleine métallique glissait inexorablement vers le gouffre.

Tout s'accéléra lorsque les roues avant quittèrent la terre ferme. La cabine de pilotage bascula sur le côté, tordant l'essieu qui se brisa dans un grand claquement sonore. L'écho se répercuta le long de la falaise tandis que le bibliobus se cabrait. Il bondit, comme monté sur ressorts, puis oscilla à la verticale, saluant les flots en contrebas. Au loin, ceux qui observaient la scène (le spectacle était visible à plus d'un kilomètre à la ronde) le virent se froisser et se recroqueviller sur lui-même, tel un bandonéon privé d'air. Condamné à la catastrophe, il se fendit en deux, libérant son chargement, avant de plonger. Des centaines, puis des milliers de livres prirent leur envol. Ils battirent des ailes et virevoltèrent, tourbillonnant dans l'air matinal comme une nuée de mouettes prêtes à piquer vers les vagues.

Un moment plus tard, la cabine s'écrasait sur les rochers dans un fracas tonitruant. Sous l'amas de métal froissé, une minuscule étincelle embrasa une goutte d'essence. Le camion prit feu dans une explosion retentissante. Dévorée par les flammes, la tour rougeoyante brûla jusqu'à son ombre, réfugiée dans la craie.

Wiles est pris au piège, songea l'inspecteur tandis que la main brûlante du brasier rampait vers son visage et se glissait sous ses vêtements. L'évadé ne s'en sortirait pas. Un enfer réclamait ses restes. Et signait la fin de l'histoire.

Tournés vers la mer, Bobby et Rosa contemplaient l'incendie. La chaleur des flammes faisait fondre la glace sur leurs doigts. Arrachées aux ouvrages du bibliobus, des pages noircies tourbillonnaient dans la fumée, répandant sur eux une pluie de cendres. Soudain, un splendide ara jaune et bleu jaillit du brasier et s'éloigna à tire-d'aile, enfin libre. Les enfants franchirent de nouveau le cordon de police pour rejoindre Val au bord de la falaise. Un frère, une sœur, une mère.

22

UN CONTE POUR ENFANTS (SECONDE PARTIE)

Le Robot vit le dragon à la télévision. D'après le présentateur du journal (qui semblait encore sous le choc, comme tout le monde), l'animal avait craché des flammes pour la première et la dernière fois de son existence. Des images tournées sur place étaient apparues à l'écran, venant étayer ses dires : une imposante colonne de fumée s'élevait de la mer, visible à des kilomètres à la ronde. Le Robot fut si surpris par cette nouvelle que ses yeux lancèrent des éclairs, exactement comme ils étaient censés le faire.

Il commença par resserrer les boulons de ses bras et de ses jambes. Puis il courut jusqu'à son quartier général, récemment achevé et rempli de cartes, de fauteuils et d'objets humains.

Là, il raconta tout à l'Homme des cavernes, qui s'était endormi au fond du local. L'Homme des cavernes fut ravi d'apprendre la nouvelle. Maintenant que le dragon avait craché des flammes, plus personne ne se soucierait d'un homme aussi insignifiant que lui. Les gens penseraient qu'il n'existait plus et cesserait les recherches (puisqu'on ne peut pas chercher quelqu'un qui n'existe pas). L'Homme des cavernes se carra avec satisfaction dans un fauteuil et attendit le retour de sa famille. L'Enfant, la Princesse et la Reine. Il les attendrait aussi longtemps que nécessaire.

REMERCIEMENTS

Sans Paul Whitlatch, pas de livre. Paul, je te dois un immense merci – pour m'avoir persuadé de ne pas sauter, et pour un million d'autres raisons. Je remercie également toute l'équipe chez Scribner : Nan Graham, Colin Harrison, Roz Lippel, Kara Watson, Mia Crowley-Hald, Tom Spain, Charlotte Gill, Karen Fink, David Lamb, Alexsis Johnson et Lauren Hughes. Merci à Gray318 d'avoir conçu la couverture du livre, et à David Goodwillie d'avoir organisé la fête.

Mille mercis à Francesca Main, qui a parfaitement accompli sa mission. L'avenir s'annonce radieux. Merci à tout le monde chez Picador : Paul Baggaley, Nicholas Blake, Sandra Taylor, Lucie Cuthbertson-Twiggs, Jodie Mullish et Katie Tooke.

Comme toujours, merci pour tout à mon agent, Cathryn Summerhayes, ainsi qu'à sa famille en pleine expansion et de plus en plus ravissante.

Merci à toute l'équipe de WME, et en particulier à Claudia Ballard, Laura Bonner et Siobhan O'Neill, ainsi qu'aux collaboratrices des débuts, Becky Thomas et Eugenie Furniss.

Merci à Francis Bickmore, à Jamie Byng et à Canongate pour les aventures que nous avons vécues ensemble.

Enfin, j'adresse ici toute mon affection à ma mère, mon père, Alison, Glenn, Darren, Alex, William, Oliver, Anna, Thomas et Jonathan, ainsi qu'au reste de ma famille et aux Jakeman.

Sans oublier TC, le meilleur pote qu'un gamin puisse avoir, et tous mes amis, dont les (trois) blagues me font tant rire.

MIXTE
Papier issu de
sources responsables
FSC® C003309

10/18, une marque d'Univers Poche,
est un éditeur qui s'engage pour
la préservation de l'environnement
et qui utilise du papier fabriqué à partir
de bois provenant de forêts gérées
de manière responsable.

10/18 – 92 avenue de France, 75013 PARIS

Imprimé en France par CPI

N° d'impression : 3038229
X07109/01